诗里游踪——

我在白云边

shiliyouzong
wozaibaiyunbian

袁本良/著

贵州出版集团
贵州人民出版社

图书在版编目（ＣＩＰ）数据

诗里游踪：我在白云边 / 袁本良著. -- 贵阳：贵州人民出版社, 2022.3
 ISBN 978-7-221-16934-1

Ⅰ.①诗… Ⅱ.①袁… Ⅲ.①诗集－中国－当代 Ⅳ.①I227

中国版本图书馆CIP数据核字(2021)第233788号

书　　名	诗里游踪：我在白云边
出 版 人	王　旭
著　　者	袁本良
书名题签	戴明贤
封面作品	戴明贤
责任编辑	黄　冰
版式设计	王丹丽
出版发行	贵州出版集团　贵州人民出版社
社　　址	贵州省贵阳市观山湖区中天会展城会展东路SOHO办公区贵州出版集团大楼（邮编：550081）
印　　刷	贵州新华印务有限责任公司
开　　本	787×1092mm　16开
印　　张	20
字　　数	260千字
版　　次	2022年3月第1版
印　　次	2022年3月第1次印刷
书　　号	ISBN 978-7-221-16934-1
定　　价	48.00元

版权所有　翻印必究

水是山之神，山是水中仙。

山水如梦幻，我在白云边。

　　　　——节自《游阳朔》诗（二〇〇七年）

丹梯逼仄上天游，九曲风光一望收。

试挽白云天外走，此身自在便风流。

　　　　——《登天游峰》诗（一九九八年）

序一

旅游，风景的发现与行旅诗
——读袁本良《诗里游踪：我在白云边》的浮想

钱理群

一

读本良诗，总能引发联翩浮想，这回也是这样。

我首先想到的，是本良这些行旅诗，是怎么生产出来的。据本良《后记》的介绍，他的"第一首行旅诗"写在1965年，这是大山里的小青年第一次对山外的风景与世界的发现："长空明曙色，心逐莽原宽"（《赴京途中》）。接着再写，却是在"文化大革命"期间，因为家庭出身不允许革命，"无事可做，'不得已'只好游山玩水"，"乍别嚣尘来世外，长空淡荡雁声高"（《花溪坝上桥独步》），是典型的逍遥派的心态，但也难免有革命的印记："真情融赤县，热血御寒冬"，这时是谈不上发现风景的。真正主动去发现风景而吟诵为诗，是从1992年夏，全家到湘西新开发的风景区张家界去旅行开始，"此前的行旅诗都是在因事外出就便观览的情况下写的，这一次却是自家正儿八经的自费旅游"。此番观景写诗，就是另一种心境了："登山为看山，山路入云端。人在天阶走,松从世外悬"(《登山》)。景开始入心,人也开始入景了。这只是小试牛刀。到1994年,才有全家"历时四十三日"的"三人行","跨越黔、湘、赣、苏、浙、沪、徽、粤、津、辽、吉、京、冀、豫、鄂十五省(含直辖市),行程一万余公里,花费一万多元"。如本良自己所说,"在二十几年前,花一万多元出去游玩,应该算得上是一次'豪举'。我和内子都是教师,当时两人每月的工资收入加在一起还不到四百块,这一万多元是我们辛辛苦苦'一口一口讲出来''一分一分攒出来'的"。而且一发不可收拾,以后就有了2002年的河南、山东行,2003年的海南、云南、东北、山东行,2004年的西北行,2007年的川西北行,2010年的西藏行,2011年的内蒙行,2012年的山西行,等等。正是这样的被称为"与美丽同行"的家庭旅游,产生了本良这一本厚厚的纪游诗集,还有老伴的游记,以及为数不少的摄影作品。可以说,本良的行旅诗是旅游的产物,是因旅游而生产的。

而旅游业和文人的文学书写、艺术(绘画、摄影)创造的这样的关联,这本身就是一个很有意思的文学、艺术、文化现象。这就引发了我的专业联想:"1930年代是中国现代旅游业开始兴盛发展的时代,旅游杂志也应运而生。文人雅士的文学书写由此进一步与旅游业建立了关联性,也印证了一个以旅游文化为表征之一的消费主义时代的逐渐形成。"(吴晓东:《旅游产业的兴起与中国现代"风景的发现"》,文收钱理群、吴福辉主编《中国现代文学编年史——以文学广告为中心》(1928—1937)第2卷,北京大学出版社,2013年版)其中的典型代表就是郁达夫。1933年秋,浙江铁路局邀请郁达夫乘快车,沿着新开辟的铁路在浙东遍游,最后写出游记由浙江铁路局出版,算是《浙江铁路导游丛书》的一种,郁达夫的散文名著《屐痕处处》就是这么生产出来的。当时出现的旅游热催生了游记作家的流行,又反过来给旅游热推波助澜。出版界也闻风而动,精心策划、主动出版旅游书籍,如名噪一时的《黄山揽胜集》《富春江游览志》等，在游记文字之外，还附录历代文人写的诗词，并收入大量风景图片。可以说，"作家游记与政府行为、旅游产业以及出版传媒一起催生了中国现代风景的发现"（吴晓东：《旅游产业的兴起与中国现代"风景的发现"》）。20世纪30年代出现这样的旅游热与行旅文学热，显然是江浙一带进入中国社会的现代化进程的一个反应：一方面是旅游成为消费主义生活方式的重要组成部分；另一方面，旅游也是对现代都市病的一种疗救，郁达夫为代表的行旅文学即是为满足这样的精神需求而产生。

二

于是，我们又不能不由此联想到20世纪90年代以来的中国旅游业的再度兴起：它同样有着中国全面进入现代化历程并必然承受现代化后果的社会、经济、文化、心理的背景。本良一家从1992年开始，持续到今天的旅游生涯，正是从一个家庭的小视角反映了二十余年中国旅游业的快速发展。如今的旅游业，已经成为政府发展地方经济、改善民生的主要手段之一，为市场经济提供了巨大商机。旅游也日益成为解决了温饱问题的城市居民，特别是中产阶级的重要消费开支，像本良当年那样以万元之资全家出游，如今已经成为越来越多的家庭的选择。这里有一组数据：仅今年（2015年）清明小长假的第二天，本良的家乡贵州全省游客接待量上万的重点景区就达二十五个，其中，百里杜鹃景区游客达20.48万人次，黄果树景区游客达5.06万人次，自驾车自助游尤为火爆。（《"多彩贵州"旅游产品受热捧》，载《贵州日报》2015年4月6日）

当然，旅游业的繁荣，不仅是因为有了物质基础与条件，其背后更有精神的需求。手头正有一份杂志，谈到了2015年春节期间，上海大学一位博士的返乡笔记在微信圈疯传、刷屏，形成了一个媒体公共事件，因为他所提出的"乡愁"问题，触动了许多人。如论者所说，此时的"乡愁"已经不同于传统的"他乡——家乡"二元结构下的产物，而是在"乡村——城市"二元结构下的产物，这是一种"现代乡愁"。随着城市化的快速发展，城市却越变越陌生，"我们生活在它粗糙的表皮，在水泥森林中穿梭，在日见膨胀的道路网络上奔驰，赶路、赶公交、赶地铁、赶超其他车辆"，却突然感到没有了精神栖息之地："我们在精神上走到哪里了？自我的家在哪里？"于是，就"热衷于在假日驱车数千公里到风景区去重新体会'家的温馨'"。从小居住在城市里的居民如此，连从农村来到城市并已经立足的"城一代"也产生了"有家归不去"的危机：不仅与城市化相伴的农村衰落，生态与人情全面败坏，自己也已经和故乡格格不入，只能且把他乡作故乡，也加入旅游的队伍，借以"曲线回乡"。这样，构成旅游内在动力的"乡愁"的背后，是对人与人、人与自然、人与自我分裂的焦虑，于是就有了"对过去的眷恋，对自然的向往，想寻找真实自我的渴望"。（何蕴琪：《寻找"远方"，寻找什么？》，载《南风窗》2015年第8期"我们的精神史"专栏文章）

乡愁的深处，是对更自由自在的生命存在方式的追寻。在这方面，本良可能是更为自觉的。就像我在读本良的《守拙斋诗稿》的《断想》中所说，"对在大自然中行走的兴趣，则和人们对人和自然关系的反思，显然有关。在摆脱了人的自大狂，走出征服自然的误区以后。人们终于醒悟到'人在自然中'的意义：这是人的最理想的生存状态"。本良在《后记》里说："而一旦走出校门或所在城市，到了无人相识的环境之中，跟自然山水为邻，与前代先贤共语，便感到身心俱宽，自由自在。"所谓"寄形无大小，寓兴任迩遐"（《平生》），他的行旅诗也正是"心境适而逸兴生的结果"。

当然，也不能将旅游理想化、诗意化。我们首先必须正视一个基本事实："在'跟团旅游'中，风景是能被展现和再现的可销售商品，一种被购买和消费的对象"，"在商品和有力的文化符号的双重角色中，风景成为拜物教行为的对象"，"作为一个被崇拜的商品，风景是马克思所说的'社会的象形文字'，是它所隐匿的社会关系的象征"。（［美］W.J.T.米切尔编：《风景与权力》，译林出版社，2014年版）本良的这本诗集里就收有一首很特殊、与全书情调很不协调的《长城行》，书写的就是商业化的旅游带来的烦恼："如此游乐真叫苦，游人个个神情沮。朝发夕至一整天，途中花费数百元。不愿看的偏让看，要看长城何其难。不到长城非好汉，此来长城真遗憾！车中忽有太息声，一声引得众声叹。"还有旅游中的"拜物教行为"，出现了旅游胜地（例如本良去过的丽江、大理）的中产化和土豪化，以及新的"造城运动"，都让人感到资本力量的无所不在：它创造一切，也破坏、污染一切。（《寻找"远方"，寻找什么？》）

论者在谈到风景的商品价值以后，更强调风景的"超越价值"，"表现为一种纯粹的、无尽的精神价值的源泉"（《风景与权力》）。我们由此而得到的启示是：旅游意义的发现与呈现，也是一个过程，因而有不同的层次。当下中国的旅游，虽然如前文所说，本身是存在着内在精神需求的，但目前恐怕还处于"初级阶段"，即主要表现为一种物质化的消费享乐，所以才有土豪式的炫富，一般旅客也只是"到此一游"，热闹一番而已。在这样的情况下，行旅文学是不可能有大的发展的。但随着社会的发展，旅游也必然要由物质消费的层面提升到精神与文化的层面，由外在的虚荣的满足提升为内在的精神需求，风景也将逐渐淡化商品性，而凸显其文化符号的特性，并在这一基础上，产生新的行旅诗、游记、风景画与摄影。在这个意义上，本良的行旅诗多少有些超前，但这也恰恰是其特殊价值之所在。

三

在做了这一番对当下中国旅游业的宏观联想与考察以后，我们终于可以讨论本良行旅诗的特点与启示了。我以为，最重要的是，本良是怎样"发现风景"与"如何表达"的？

我们还是从本良1992年第一次去张家界旅游写的行旅诗说起。本来，在当时，连张家界的风景都是新发现的，但本良却有似曾相识的感觉："景从摩诘诗中出，人到武陵源内来。"（《张家界山行二首》其二）这就是论者所说的，"对一个诗人而言，观看风景最明显的方式还是借鉴前辈诗人的智慧"，当旅游者为眼前风景所动，不知如何评价的时候，就常常要通过联想，把眼前景纳入到前人所描述的图景中。（［英］马尔科姆·安德鲁斯：《寻找如画美》，译林出版社，2014年版）本良本有很高的古典文学、史学修养，按西方风景美学家的说法，他是属于"有趣味的人"，"习惯性的比较和联想提升了他们对于自然美的体验"，同时也唤起了他们在想象中"改善"自然的冲动。（《寻找如画美》）这就是本良所说的，"由来美景待文心"（《黄果树四绝》其二），他笔下的风景，其实就是自然景象与文心唤起的文化记忆与文学想象的结合，"既反射展现在自己面前的一切风景，但同时又修改了风景"（《寻找如画美》）。这几乎构成了本良行旅诗的最基本的创作模式，如他自己所说：他旅行的目的即在"跟自然山水为邻，与前代先贤共语"。他的诗，可以说是处处、时时与古人相遇：武夷宫前，"低回神仰朱夫子，长咏心追陆放翁"（《游武夷十绝》其八。朱夫子即朱熹）；九曲溪上，"昔读晦翁诗，一心向九曲"（《漂游九曲溪》）；庐山瀑布下，"长吟太白句，仰首向天隈"（《咏黄岩瀑布》）；漫步于庐山花径，"白傅行吟迹何在，桃花万树待春风"（《游庐山十二绝》其二。白居易有"山寺桃花始盛开"句）；来到庐山风景绝佳处锦绣谷，又只见"成岭成峰尽绝姿，眺临如画亦如诗"（《游庐山十二绝》其四。苏轼诗："横看成岭侧成峰"）。可以说，本良的行旅诗所沿袭的正是"山水文人化"的中国游记、纪游诗、山水画的传统，他所发现与表现的"风景"也就有了文化的意味与历史的积淀，显示出深厚的人文底蕴，同时也就赋予了风景以意义。如论者所说，"在某种意义上，真实的风景本身并没有'意义'，意义是人为赋予的，是阐释出来的"（吴晓东：《旅游产业的兴起与中国现代"风景的发现"》）。

这样的人的主体对自然风景的深度嵌入，又是多面、丰富的。不仅有历史文化的联想，和前贤的对话，更有童年的记忆："大袍大袖大衣带，石井石街石院墙"（《鹧鸪天·辛卯中元九溪行》）；亲情的融入："祖孙三代乐，瀛宇两眸宽"（《辛卯新春携孙儿想想三亚玩海八首》其二）；"沙滩日日行三里，自在旅途即是家"（《海南诗二首》其一）；友情的浸润："老友重逢游兴高，泛舟湖上共逍遥。闲听欸乃桨轻摇"（《浣溪沙·游红枫湖》）；地方民族习俗风情的观赏："孔明灯起，夜色初浓。老青山、圆月升空。河灯入水，浮彩飘红。正月光清，灯光乱，水光朦"（《行香子·九溪七月半观河灯》）；废弛的山村风景的追寻："人去遗空巷，庭闲掩敝门。院中残磨臼，室外弃缸砧。橡檩参差架，墙苔斑驳痕。屯荒愈草盛，屋老倍风侵。丛竹兀然翠，洋槐犹自芬"（《壬辰谷雨后六日七眼灶村十四韵》）。在本良的笔下，不仅是主客体的交融，更有自然风景与人文景观的交融，自有一种浑厚的风采。

本良的行旅诗中，还有一类没有那么多的文化意味，更多地保留了在面对自然时的直觉、感悟，或许是更本色状态下的自然。本良自己也强调"初始的观感"的重要性。他说："余诗每乘兴而为，兴来则吟，兴去即罢。所作多一气而成，反复修改润色者少。余意吟诗乃性灵之事，非仅以匠工技术亹亹而求即可为者；又诗人于景于物于事，初始之观感及联想最为紧要。诗作屡经镌改润色，用意或愈巧，遣字或愈工，然于诗之灵气境界则未必有益而无损也。"（《守拙斋诗稿二集跋》）这里说的是写诗重在灵气而不在技巧，却说出了发现风景的奥妙，全在人与景相遇那一瞬间的顿悟。像本良行旅诗中我最喜欢的这几句："水是醉心绿，天真逼眼蓝。"（《初夏游半边山十四韵》）"水是山之神，山是水中仙。山水如梦幻，我在白云边。"（《游阳朔》）这是"高处的无人风景"：只有山，水，和我，没有他人；而"我"又是"对周围外部的东西没有关心"的"内在的人"，如论者所说，"风景乃是被无视'外部'的人去发现的"。（吴晓东：《孤独的人才能真正发现风景》，载《文艺报》2010年第13期）。这是两个生命（自然的生命与自我的生命）在排除了一切外在的干扰以后，直接面对面地相晤，其实就是本良最喜欢的李白诗的境界："相看两不厌，只有敬亭山。"但又是有距离的，这就是美学家朱光潜先生所说的，"旅行家到一个新地方总觉得它美，就因为它还没有和他的实际生活发生多少关联，对于它还有一种距离。"（朱光潜：《从"距离说"辩护中国艺术》，文收《无言之美》，江苏文艺出版社，2010年版）这是心与心的交融，又有诸多层次：先是外在感官的感应（"水是醉心绿，天真逼眼蓝"），同时因"醉心"而进入内在生命；首先感悟的是山与水的互融（"水是山之神，山是水中仙"），然后是山、水和我的交融（山水入我心，我在山水中），最后就达到了浑然的梦的境界（"山水如梦幻，我在白云边"）。这就是本良所说的，"山水之乐，在与自然相觑相亲，对觥对语，于兹参悟真元化境，此人生之大乐也，舍此复何求哉！"（《守拙斋诗稿二集跋》）我还要补充一句：因为这样的参悟是有距离的，进入后又能超然而出，化为动情感人的诗句。既参悟人生，又能一吐为快，何其乐也。

　　这样的瞬间感应，是很容易联想起摄影的。我曾说过，"所谓摄影，本质上是人与自然发生心灵感应的那一瞬间的一个定格，是所谓'瞬间永恒'。它所表达的是一种直觉的、本能的感应，又有极强的直观性，也就保留了原生形态的丰富性与难以言说性，这正是语言文字达不到的。摄影所传达的是人与自然的一种缘分；

摄影者经常为抓不住稍纵即逝的瞬间感到遗憾，这实际上是意味着失去了（或者本来就没有）缘分"。（钱理群：《旅加日记》，文收《那里有一方心灵的净土》，中国文联出版社，2008年版）我因此只用摄影来表达自己与大自然的缘分，甚至不无偏激地认为，这样的缘分一落为文字，就变味了。这自然是不足为据的，这样的瞬间感应的镜头感是可以同样存留在诗里的。本良的诗里就有不少这样的佳作，他发现的风景，在某种程度上是可以称为"镜框风景"的。这就说到了也是我很喜欢的本良的《西藏纪行三十绝》："连峰屈绕逐层高，天路盘旋上九霄。澄碧一湾忽入眼，清空疑是梦中遥。"（其十一）"幽绝境中最自如，蜿蜒奇幻绿珊瑚。流滢澄潋银峰裹，圣洁恍开天地初。"（其十三）"身边鸥鸟掠翩翩，水面凫禽往复还。廓落湖山天宇净，澄心静虑咏怀宽。"（其廿七）这里每首诗都是瞬间感应留下的绝妙的构图，全都是线条与色彩的完美融合，神景与圣心的天然合一（本良说："高原神湖，令人生圣洁肃穆之感。流连于此，顿消俗虑。"），却又稍纵即逝，用文字定格下来，可谓"如画的风景"。

而每一个瞬间所留下的只是风景的某一个侧面，是所谓特定的风景；如果要获得总体效果，就需要变换视角，不断地观看、感悟、描绘同一风景，最后得到的就是一个综合景色。这也是本良常用的与风景结缘的方式。我在读《守拙斋诗稿》的《断想》里，曾专门谈及本良的"花溪诗"，那是在生命不同时期，不同处境与心境下，与花溪风景相遇的记录，是一幅幅流动的花溪图。现在又吸引我的，是本良与黄果树瀑布的一次次结缘。第一次将黄果树瀑布入诗是1986年："倏尔千寻来绝顶，訇然万丈下深潭"（《黄果树瀑布水帘洞》），充满了初识的新奇与惊喜。以后就有了不同情境下的一个个瞬间：或在盛夏观外景，"裂石崩崖下九陔，挟云裹雾进山隈。犀牛潭涌千堆雪，白水河倾万壑雷"（《盛夏游黄果树大瀑布》），显然被其雄伟的气势所震撼；或深入水帘洞里往外看，"迷茫远岭楼台外，绰约游人水幕中"（《夏日游黄果树瀑布》），这就另具一种迷茫之美了；或在月下看夜景，"许是天仙新入浴，琼崖高挂白纱裙"，"百丈晶帘终不卷，玉钩空自挂深穹"（《黄果树灯光夜景二绝》），如此安谧、圣洁的黄果树恐是一般游客所难以窥见的；或是和学界诸诗家同游，风景里就有了他人了："莫谓夜郎荒瘴地，此中山水最精神"，"临虚放胆一声啸，吐尽胸中半世尘"（《黄果树四绝》其三、其四），这就有了由自然景引发的人生感慨了。因此，当本良决定要对黄果树瀑布作全面描述，就必然要通过广泛的联想，引入大量的历史文化内容："腾挪一如醉素书，潇洒浑若大痴图。醉书痴图或不似，霞客子尹游观留锦字：捣练飞空鹭群翻，惊起天马与水仙。山水自待诗人占，最惜谪仙中道返；悬想长流到夜郎，此景彼诗两增光。"（《黄果树瀑布歌》）真的是山水全让诗人、书家、文人占尽，那又是怎样的大家啊，黄果树瀑布因此而大增异彩了，这是典型的山水人文化，另一面说，又何尝不是文人的山水化：确确实实是"此景彼人两增光"。不可忘，还有一人在旁边击掌欣赏：本良先生是也。兴酣之时，本良又"观瀑有吟"："上篇直露下篇藏，意溢兴酣势激扬。谁执倚天蘸海笔，书成绝壁大文章？"（《黄果树观瀑有吟》）这"上篇直露下篇藏"的"大文章"，是可以借用来描述本良的黄果树诗，以至他的行旅诗的：这又是景与诗的相得益彰。

为获得综合景色的整体效果，本良又自创"旅程组诗"的体式，并在《后记》里有如下说明：其组合以绝句为多，如《西藏纪行三十绝》《内蒙古东四盟纪游四十绝》《西北纪游六十四绝》等；间有律诗组合，如环游西湖之十八律。以组诗纪游程，"移步换景，次第而为"。分则视界集中，易于"表现不同地点不同景物的特点"；合则能瞻前顾后，"集中起来体现一次游程的概况"。以《西北纪游六十四绝》为例，真是看不尽的一路风光，且不论应接不暇的人文景观，单就自然风景就令人目眩神迷："如涛崇岭连幽壑，笔架三峰入窈冥"（其二十二，贺兰山东麓风景区），"河湾落日波光渺，绿野金沙一望收"（其二十三，银川黄河金水风景区），"天赐飞禽澄澈境，人来对此也翩翩"（其三十六，青海湖鸟岛），"高崖危耸走山羊，谷地坡畴绿间黄"（其三十九，西宁赴甘肃途中），"瀚瀚前程戈壁滩，皑皑山脊耀银鞍。时徐时疾近还远，奋鬣扬蹄向玉关"（其四十七，河西走廊），"雄关耸峙对祁连，滚滚黄尘天地间"（其四十九，嘉峪关），"天际一线莹莹色，海景朦胧幻化中"（其五十二，戈壁滩），"丘脊熔金夕照斜，骆驼背上看流沙"（其五十四，鸣沙山），"茫茫戈壁驼铃杳，几树胡杨天地间"（其五十七，玉门关），"信是火洲火焰山，赤崖如火照红天"（其六十，火焰山）。可以想象，这是一幅西北图的长卷，人行走于其间，得以依次展现；而这些被观照的风景，又反作用于人自身的情感、心灵、审美，甚至主体精神结构，这就是本良所谓"豁目洗心，契悟天然妙明之谛"。

　　本良有诗云："老来脱网尘，拂衣无田里。要在归本心，未必延寿纪。乘快即出游，以时作兴止。"我最看重的，就是这"归本心"三个字。先要有心的解放，方能以心观景、契景，最后还要回归本心，达到景与心的融合与升华：这其实就是"旅游——发现风景"的真义所在。如果能如本良这样，转化为诗，那于己于人（我们读者）都是一件快事，善哉，善哉。

2015年4月28—30日

序二

心定与天游

戴明贤

捧读本良纪游诗集《我在白云边》书稿,十分高兴。他的这些诗,我是常读不倦,多次为人书写的。随着旅游的大普及,纪游诗成了当代诗词写作的一大体裁,其中可读之作也较应景化的时事和节庆两大类为多。但纪游诗做到本良这样多又这样好者,绝对是稀如星凤。随着"水泥丛林"的蔓延、"路虎洪流"的拥塞,都市人越来越不接地气,与大自然越来越疏远。要想慰藉对明山秀水、清风朗月的怀念和渴望,除有数的亲身旅游外,一些间接的、"非物质"的方式(如观看纪录视频,欣赏风光影集等)渐渐成为都市人亲近大自然的一条精神通道,甚至一种特殊的精神家园。阅读纪游诗,自是重要方式之一。我就是这种以目代身的"间接旅游者"。当代旧体纪游诗词产量虽大,个人结集尚未它见,本良这本书必会受到读者的欢迎。

艺术无定则,纪游诗自不例外,但也应有共同的基本要求。我认为的好纪游诗,一应准确,写景确是此景,不能移用于别处。风景如人,各具容貌,不能写得"放诸四海而皆准"。二应有生动的现场感与即兴感,使读者宛如身历,心旷神怡。三应有精微的观察和发现,让读者欣然于得到新解又怅然于为什么自己没看到。四应有一二新鲜好句跳出来,令读者眼睛一亮。今人旅游成风,见多识广,阅读纪游诗文,不再满足于风光介绍,而要看诗人作家的独具慧眼和锦心绣口。本良的纪游诗,很大程度上满足了我的期望值。

当代的旧体纪游诗词写作,遥接古人"山水田园诗"传统。"山水田园"是笼统分类,包含了差异:田园诗多为乡居的隐者、耕者自写日常生活,情绪恬淡;山水诗多为游子所感受的自然景物,往往伴随羁旅、失意、穷愁、思乡的怅惘。纪游诗则以审美之眼领略大自然,少些身世遭际的色彩。于纪游诗有开拓之功的是谢灵运,但从构思到语言都还未摆脱玄言诗影响,句式又单调,结构又常是纪游—写景—兴情—悟理的套子,读来冗杂隔膜。钟嵘说他"颇以繁富为累"。王国维《人间词话》说"隔",举陶、谢为"不隔",费解。陶诗诚然不隔:"山气日夕佳,飞鸟相与还。"谢诗可以印证的"池塘生春草,园柳变鸣禽"等天然好句,在谢集中不过九牛之一毛。山水诗到了王维、孟浩然、陆游,读之如入其境,如见其人,方臻极致。所谓"隔与不隔",大略近乎今语之"亲切不亲切"罢。本良的诗,好处正在亲切。朱彝尊说"唐诗色泽鲜妍,如旦晚脱笔砚者;今诗才脱笔砚,已是陈言",这"色泽鲜妍"四字,正是我读本良纪游诗的感觉;而许多纪游诗之不佳,也正在于"才脱笔砚已是陈言"。

诗有别才,再"唯物"也唯不掉。诗人首先是天资,其次才是学识与技巧。本良中学时代就已诗才秀出,后来又专攻古汉语,通晓声律。内美而兼修能,才成为优异的诗人。他的诗词,构思深致而吐属自然,清词好句似不经意。前人论诗词有"写"出来的与"做"出来的之别,前者自然流露,时或流于率易;后者精雕细琢,时或伤于刻意。其实诗思化为诗句,不可能不"做",理想是"做"到泯灭"做"痕,所谓"看不见技巧的技巧是最高技巧"。本良的诗,多是这种"看似容易实艰辛"之境。但不论"写"出、

"做"出，终须诗有心在。做旅游诗，情由景生，景因情活；心境是体，诗境是用。本良释"守拙斋"义："愚以为守拙之意，质言之即不失人之本分耳。"生活中的本良，温蔼诚恳、和而不同，是真仁者、真君子；山水中的本良，以怡然之眼观自在之景，主客间有一种"相看两不厌"的契合。所以读他的纪游诗，就像跟着一位挚友观赏一处美景，经他稍加点评，你就茅塞顿开。本良的诗（不仅纪游诗），朋友们读起来都感觉与他促膝谈心无异。真正诗如人人如诗，这是最宝贵的诗品诗格。

　　本良有敏锐的文体感，善于针对风景的特色采用不同的体制。如写历史文化积淀厚重的泰山，用古朴庄重的五古十韵；写磅礴奔放的黄果树，用两句转韵的七古长篇；写嵩阳书院用典雅的排律；写天然秀逸的花溪、红枫湖用七绝与令词。《漂游九曲溪》出以五古三十六韵，读之如乘舟泛武夷，两岸景色次第展开，如读宋人山水长卷。而对多处地域宽景点多的地方，常选用七绝组诗的形式，一景一咏，视界集中；有景即咏，集腋成裘；既无遗珠之憾，又免臃肿之病。我读《西北纪游六十四绝》，仿佛与本良把臂畅游壮丽西域，大开眼界，心神俱旺。

　　我年轻时也向往"读万卷书，行万里路"的古训。记得读杨朔的一篇散文，第一句话说"久在异国他乡"，好叫我羡慕嫉妒恨。工作以后，不放过任何出差的机会。但限于当时条件，到过的地方不多。等到旅游大盛行的时代，却又对滚滚人流望而生畏了。这种摩肩接踵挤景区的场面，非仅如明陈仁锡说的"如此游山，与未游等耳"，简直就是对佳山秀水的亵渎。我懒于矮人观场，随众俯仰，乃选择"替代方式"：从电视中看景，从读书中玩景。而且真觉得这种孤独的"坐游"，胜过在山水间看人头攒动的当代旅游，也胜过宗炳只有静态山水画可看的"卧游"。电视旅游开拓视野，增加知识，南极北极，海洋深处，沙漠丛林，吴哥窟，大峡谷，随兴选择，真所谓取之不尽，用之不竭。读古今山水诗文，则是深层次的心灵漫步：玩味"气蒸云梦泽,波撼岳阳城"的声势,"几处早莺争暖树,谁家新燕啄春泥"的气息,"山路原无雨,空翠湿人衣"的滋润,"夜泊孤舟古祠下,满川风雨看潮生"的冷峭,"无边落木萧萧下,不尽长江滚滚来"的苍茫,都会感觉如在其境、胜在其境。山水文字和美食文字,都有独立的品质,非亲游亲尝可以取代。明人刘士龙感叹古代名园如唐之平泉、晋之金谷,无不归于乌有,而借文字传之后世;乃撰《乌有园记》,建造了一座尽善尽美的纸上园林,并自赞曰:"吾之园不以形而以意,风雨所不能剥;水火所不能坏;即败类子孙,不能以一草一木与人也。人游吾园者,不以足而以目。三月之粮不必裹,九节之杖不必扶。而清襟所托,即几席而赏玩已周也。又吾之常有吾园,而并与人共有吾园者也。"此君极得我心,而且"与人共有吾园",风格又比我高多了。

本良是我的世交小弟、莫逆之友,又都是"幸福生活从退休开始"论者。但我退休后安作宅佬;他退休后却游兴更高,诗也更清醇有味。纪游诗只是他的《守拙斋诗稿》中的一部分。读《我在白云边》书稿,想起朱彝尊的词:"变灭白衣苍狗,寂寞寒山虚牖,心定与天游。"心定方能与天游,诗人才真配访山问水。欢喜羡慕之余,忍不住学了一回东施,曝丑于后,以结束本文。

《读本良游踪诗集〈我在白云边〉》诗:

君在白云畔,我困红尘渊。忽然得遁出,神入壮游篇;虽非把臂行,宛似并辔骖:同眺大漠黄,共饮远海蓝。近天攀华岳,狎鸥竚银滩。探秘神农架,凭吊嘉峪关。切瓜走哈密,蒲桃吐鲁番。君自有彩笔,眼债一一还:组诗酬碧野,古风谢青山;不欠山水情,永结翰墨缘。嗟予诗囊涩,藏拙旅展悭;知止求其次,揩油解眼馋。天幸生诗人,我辈得溉沾;世若无诗人,吾生竟何堪?

乙未春分后一日,黔中戴明贤具草于适斋晴窗。时年八十。

目录

序一　旅游，风景的发现与行旅诗——读袁本良《诗里游踪：我在白云边》的浮想 / 钱理群
序二　心定与天游 / 戴明贤

一九六五年

赴京途中 / 002

一九六六年

重庆旅次四绝 / 002
如梦令·宿贵阳花溪 / 003
花溪坝上桥独步 / 003
忆少年·桂林芦笛岩 / 003
旅桂林四绝 / 003
满庭芳·湛江小住欲往海南未果 / 004
江门乘船夜行珠江晨至广州 / 004
广州谒中山纪念堂 / 004

一九六七年

骑车往云周西村途中小憩 / 005
交城赴东沟途中 / 005
峪河小景 / 005
念奴娇·晋中雯云水库徜徉怀京中友人 / 005
一剪梅·西山碧云寺 / 006

一九七一年

颐和园偕文侠同游 / 006

一九八一年

游滁州醉翁亭四绝 / 006
钱塘潮 / 007

一九八二年

北戴河海滨口占 / 007
北戴河小住四日 / 007

一九八三年

游雍和宫 / 007

一九八四年

琴台怀古 / 008
武汉东湖小景 / 008
甲子仲夏游修文阳明洞 / 008

一九八五年

初游安顺龙宫 / 008
黄鹤楼 / 009

一九八六年

龙宫天池 / 009
龙门瀑布口占 / 009
龙宫宾馆小憩 / 009
黄果树瀑布水帘洞 / 010
游昆明六绝 / 010

一九八七年

再游龙门瀑布 / 011
游西安七绝 / 011
浣溪沙·长生殿 / 012
登大雁塔 / 013
旅成都游杜甫草堂 / 013
武侯祠 / 014

一九八八年

游天星桥 / 014
夏日游黄果树瀑布 / 014
天星桥纪游二律 / 015

一九八九年

暮春游黔灵山弘福寺 / 015

一九九〇年

红枫湖 / 015

一九九一年

漩塘 / 016
卜算子二首·秋日游漩塘 / 016
盛夏游黄果树大瀑布 / 016

一九九二年

黔灵山早行 / 017
花溪十二韵 / 017
游花溪 / 018
张家界山行二首 / 018
卜算子·张家界游山 / 019
武陵源看山十韵 / 019
卜算子·杨家界途中 / 020
登山 / 020
游镇远 / 020
高阳台·镇远青龙洞 / 020
舟行潕阳河 / 021
鹧鸪天·潕阳 / 021

鹧鸪天·镇远鹧鸪天·镇远铁溪消夏 / 021

一九九四年

浣溪沙·游红枫湖 / 021

游黄山二首 / 022

江南春·紫金山 / 022

访秦淮河畔李香君故居 / 022

忆江南·南京街头得句 / 023

参观南京大屠杀死难同胞纪念馆 / 023

天净沙三首·姑苏 / 023

游苏州留园 / 024

游苏州拙政园 / 024

高阳台·游西湖 / 024

秋瑾墓 / 025

慕才亭 / 025

吟虎跑 / 025

西江月五首·普陀游 / 026

普陀山 / 026

吟溪口 / 027

访溪口四绝 / 027

西江月·长春 / 028

长城行（效元和体）/ 028

一九九五年

龙宫漩塘观音洞四首 / 029

黄果树观瀑有吟 / 030

一九九六年

重游龙宫 / 030
游普定夜郎湖 / 031

一九九七年

一湾 / 031
黄果树四绝 / 031

一九九八年

访沈阳东陵 / 032
陪叶玉超吟长游花溪 / 032
游镇江十绝 / 032
无锡灵山大佛 / 034

一九九九年

登滕王阁二首 / 034
游福州鼓山四绝 / 034
游福州马尾二绝 / 035
游武夷十绝 / 035
登天游峰 / 037
漂游九曲溪 / 037
登庐山五老峰 / 038
游庐山秀峰黄岩瀑布试为入律五古一首 / 038
咏黄岩瀑布 / 039

游庐山十二绝 / 039

黄果树灯光夜景二绝 / 041

游昆明世博园 / 041

游路南石林二绝 / 041

游修文扎佐高尔夫中心 / 042

修文四绝 / 042

二〇〇〇年

花溪春晚 / 043

广州行五首 / 043

二〇〇一年

辛巳春日花溪平桥二首 / 044

登平坝天台山 / 045

游花溪镇山村 / 045

安龙招堤 / 046

兴义马岭河峡谷 / 046

游息烽吟成四绝 / 046

二〇〇二年

菩萨蛮·壬午春日游平桥 / 047

香港行八绝 / 047

尖沙咀观景 / 048

深圳世界之窗 / 049

水调歌头·壬午谷雨后二日游平桥 / 049

嵩山中岳庙 / 049

嵩阳书院十二韵 / 050

永泰寺 / 050

少林寺十二韵 / 050

箕山 / 051

龙门石窟 / 051

香山寺 / 052

白园 / 052

白马寺 / 052

关林 / 053

曲阜孔庙十韵 / 053

孔府 / 053

孔林 / 054

青岛谒康有为墓 / 054

小鱼山观澜阁 / 054

栈桥回澜亭 / 055

青岛海滨四绝 / 055

游泉州开元寺三绝 / 055

游清源山观宋代老子石像口占 / 056

乘船观金门 / 056

厦门南普陀 / 056

厦门鼓浪屿二绝 / 056

二〇〇三年

游海南十二绝 / 057

游大理十三绝 / 059

天净沙·丽江行 / 061

游丽江十六绝 / 061

昆明斗南花市 / 064

花溪西舍 / 064

花溪坝上桥 / 064

长白山五绝 / 064

旅大连 / 065

蓬莱阁 / 065

游烟台山 / 066

岱庙 / 066

登泰山吟成五古一首 / 066

大明湖 / 067

李清照纪念馆 / 067

游趵突泉用赵松雪韵 / 068

金阳石林 / 068

游金华双龙洞 / 068

金华山黄大仙祖宫 / 069

浙江访诸葛八卦村 / 069

游西湖登雷峰塔 / 069

二〇〇四年

春日平桥 / 069

西北纪游六十四绝 / 070

游宁夏沙湖 / 081

西宁塔尔寺 / 081

甘南拉卜楞寺 / 081

游炳灵寺石窟 / 082

登嘉峪关 / 083

莫高窟 / 083

鸣沙山 / 083

访交河故城 / 085

天山天池 / 085

游神农架八绝 / 085

重游黄鹤楼 / 086

吟真武阁 / 087

游经略台真武阁 / 087

旅湛江夜游寸金桥公园 / 087

二〇〇五年

游湛江东海岛二绝 / 088

游湖光岩二首 / 088

浣溪沙二首·郊行 / 088

清明漫步花溪平桥 / 089

浣溪沙·花溪公园看花 / 089

再游李村 / 089

江城子·屯堡 / 090

花溪公园谒戴安澜将军衣冠冢 / 090

二〇〇六年

渔歌子·北戴河海滨晨泳 / 091

游长城山海关及老龙头二首 / 091

秦皇岛北戴河五日 / 091

游天坛 / 092

渔家傲·琉璃厂 / 092

蒙自四日 / 092

蒙自至建水五绝 / 093

桃源忆故人·访哈尼村寨 / 094

建水三律 / 094

江城子·元阳 / 095

清平乐·建水西门井记所闻见 / 095

登海龙囤 / 096

天净沙二首·游海龙囤山上用饭下山遇雨 / 096

二〇〇七年

重游湖光岩楞严寺 / 096

象鼻山 / 096

独秀峰 / 097

叠彩山 / 097

伏波山 / 098

还珠洞 / 098

桂林三日 / 099

游阳朔 / 099

菩萨蛮·漓江 / 100

湛江南三岛二律 / 100

湛江金沙湾观海长廊 / 100

水调歌头·三亚 / 101

回黔途中有作 / 101

初夏游半边山十四韵 / 101

醉花阴·六月四日飞机舷窗观景 / 102

吉林松花湖 / 102

水调歌头·长春南湖 / 102

江城子·长春街头观大秧歌 / 103

参观伪满皇宫及东北沦陷史展览馆 / 103

凤凰台上忆吹箫·吉塔用餐观景 / 103

捣练子·向阳屯饭店 / 104

更漏子·长春牡丹园 / 104

西江月·哈尔滨圣索菲亚教堂 / 104

哈尔滨逛街三绝 / 104

松花江畔斯大林公园小憩 / 105

游江阴鹅鼻嘴 / 105

大热中登惠山中道而返 / 106

游东林书院八绝 / 106

蠡园四绝 / 107

思越人二首·蠡园 / 108

西江月·太湖灵山胜境 / 108

鹧鸪天·西湖泛舟 / 108

环游西湖十八律 / 109

乘机二律 / 113

岷江行 / 113

卜算子·九寨沟 / 115

卜算子·黄龙 / 117

都江堰二律 / 117

青城山三律 / 117

杜甫草堂四律 / 118

访广汉三星堆 / 119

浣溪沙·花溪雨景 / 119

鹧鸪天·游南江峡谷 / 120

鹧鸪天·丁亥寒露后二日花溪郊行 / 120

丁亥重阳偕文侠登高摘得红籽归 / 120

普定行三绝 / 120

二〇〇八年

重游湖光岩 / 121
清明后十日南方归来花溪河畔观花 / 121
摊破浣溪沙·郎德苗寨 / 122
杉木河漂流 / 122
凤凰行十七绝 / 122
浣溪沙十首·花溪杂吟 / 125

二〇〇九年

重游湖光岩 / 127
己丑元宵日羊城送别文侠返湛途中有占 / 127
清平乐·深圳 / 127
八声甘州·深圳博物馆得观国家宝藏 / 127
如梦令·深圳街头观景 / 128
画堂春·晨游深圳荔枝公园 / 128
鹧鸪天·珠海景山公园 / 128
踏莎行·珠海侨苑酒店凭窗观景 / 129
生查子·银滩 / 129
相见欢·北海老街行 / 129
画堂春·游南宁 / 129
梵净山二律 / 130
卜算子·重游凤凰 / 130
旅青岛澳门路海滨漫步 / 130
浮山湾海岸行吟 / 131

满江红·青岛澳门路暂寓此处海滨清幽可喜 / 131

浣溪沙·青岛黄岛往返 / 131

三亚玩海五律 / 131

菩萨蛮·十二月五日湛江湖光岩行吟 / 132

虞美人·湖光岩登望海楼 / 133

游湛江东海岛 / 133

访雷州西湖十二绝 / 133

访雷州雷祖祠 / 135

二〇一〇年

庚寅正月初十游湛江东海岛 / 135

庚寅元宵日访特呈岛 / 136

自东海岛东南码头乘船访硇洲岛 / 136

海南诗二首 / 136

洞庭诗赠友人 / 137

花溪春暮 / 137

西藏行 / 138

西藏纪行三十绝 / 138

庚寅端午客于成都 / 144

捣练子三首·锦里 / 144

更漏子·宽窄巷子 / 144

成都火锅绝句 / 145

成都青羊宫二律 / 145

游青羊宫二仙庵三绝 / 145

如梦令·琴台故径 / 146

武侯祠 / 146

访汉昭烈陵 / 146

过坝陵河大桥 / 147

晴隆观史迪威公路二十四道拐 / 147

庚寅中秋旅次青岛二首 / 147

游吉林蛟河红叶谷 / 148

南湖新村小住 / 148

庚寅重阳京城听戏 / 148

登慕田峪长城 / 149

二〇一一年

辛卯新春携孙儿想想三亚玩海八首 / 149

生查子·三亚湾观黎苗盛会 / 151

关索岭歌 / 151

内蒙古东四盟纪游四十绝 / 153

鹧鸪天·辛卯中元九溪行 / 163

行香子·九溪七月半观河灯 / 163

重游镇远二十四韵 / 163

西江月四首·辛卯中秋宿西江苗寨 / 164

二〇一二年

壬辰谷雨后六日七眼灶村十四韵 / 165

访清凉洞 / 166

西安大觉巷参观大清真寺 / 166

华阴朝西岳庙 / 167

玉泉院 / 167

登华山歌 / 168

壶口瀑布行 / 169

临汾尧庙 / 170

临汾寻访故地 / 170

游王家大院 / 171

游张壁古堡 / 171

介休绵山 / 171

平遥三日六绝 / 172

平遥访双林寺 / 172

重游晋祠八韵 / 173

悬空寺诗 / 174

登悬空寺 / 175

恒山行 / 175

登恒山朝北岳庙 / 176

应县木塔 / 177

云冈石窟写怀试为柏梁体 / 177

游承德六绝 / 178

黄果树瀑布歌 / 179

壬辰立秋后访周渔璜桐埜书屋遗址 / 180

壬辰九日偕内子文侠登大将山 / 181

车行盘江 / 181

二〇一三年

青岛浮山湾畔行吟 / 181

西江月·观潮 / 182

西江月三首·青岛海滨 / 182

青岛燕儿岛海滨 / 183

鹧鸪天·癸巳季夏作客息烽赶子 / 183

安顺东郊行二绝 / 183

浪风湖 / 184

游甲茶六律 / 184

平塘二绝 / 185

高荡村八绝 / 186

白云庄谒陈法墓并故居二首 / 187

登高二绝 / 188

都江堰三律 / 188

奶子沟观彩林四绝 / 189

旅三亚遇台风 / 189

二〇一四年

甲午春日凤冈茶海小住 / 190

鹧鸪天·织金洞 / 191

西江月·甲午八月再访平坝白云庄陈法故居 / 191

禹门沙滩行三首 / 192

甲午九日偕文侠登麟山 / 193

吴哥行四首 / 193

二〇一五年

游普定思源生态园 / 196

安顺行三绝 / 196

三亚湾日落 / 196

鹿回头山观凤凰岛有占 / 197

三亚小景二绝 / 197

二〇一六年

都江堰四绝 / 198

云栖谷写意 / 198

观乐山大佛 / 199

游乐山八绝 / 199

都江堰三律 / 201

峨眉行六绝 / 202

眉山谒三苏祠四律 / 202

成都永王陵四绝 / 204

游赵公山三绝 / 205

访镇宁高荡 / 205

安顺逛街有赋 / 205

经下九溪至旧州 / 206

江城子·娄湖 / 206

立秋后花溪雨景 / 206

八声甘州·访开罗埃及博物馆 / 207

定风波·观金字塔 / 207

桂枝香·访卢克索 / 208

踏莎行·帝王谷 / 209

沁园春·尼罗河写怀 / 210

水调歌头·红海洪加达小住 / 210

卜算子·撒哈拉沙漠行 / 211

渔家傲·伊斯坦布尔行吟 / 211

水调歌头·船游博斯普鲁斯海峡 / 212

二〇一七年

浣溪沙·游花溪十里河滩 / 212

花溪行吟余居此间逾廿载矣 / 212

平桥溯溪数里归而有吟 / 213

丁酉五日二绝时在都江堰 / 213

灌县行吟四绝 / 213

咏张松银杏 / 214

西欧行四十六绝 / 214

都江堰向峨乡观景有吟 / 223

青城后山四绝 / 224

华严洞歌 / 224

花溪晚步 / 226

贵州赫章韭菜坪五绝 / 226

雨中赤水二日有吟十四绝 / 227

丁酉九日大将山二首 / 228

二〇一八年

登鹿回头岭 / 229

元阳梯田三绝 / 229

观贵州平坝樱花 / 230

高阳台·黔西百里杜鹃 / 230

阮郎归·安顺文庙 / 230

访歪寨 / 231

访羊昌河 / 231

访旧州 / 231

浣溪沙二首·溪山 / 231

鹧鸪天·访久安茶乡 / 232

登将军山 / 232

俄罗斯双城十二律 / 232

水调歌头·天河潭 / 236

行香子·花溪早行 / 236

云栖谷四律 / 236

访街子古镇 / 237

念奴娇·玉垒山有怀用东坡"凭空眺远"韵 / 237

阆中十九绝 / 238

川西杂吟二十一绝 / 240

邛崃杂吟九绝 / 243

戊戌秋分都江堰即景 / 244

西双版纳纪行廿七绝 / 244

二〇一九年

百里杜鹃三绝 / 248

日本本州岛纪游十八律 / 249

游本寨二绝 / 255

游云山屯二绝 / 255

坝陵河大桥二绝 / 256

阮郎归·安顺武庙 / 256

江阴纪游十二绝 / 256

乌镇二日十绝 / 258

东欧行半月五古十五首 / 261

草海行歌 / 265

己亥九日花溪平桥有句 / 265

二〇二〇年

庚子孟夏云栖谷行吟六律 / 265

访崇州道明镇竹里村 / 267

偷声木兰花·晨起平桥漫步 / 267

过平桥溯溪行有赋 / 267

滴水滩瀑布 / 267

梦游格凸河寨而作歌 / 268

白露次日入花溪公园二首 / 269

西江月·安顺文庙 / 270

修文桃源河乘小火车观景有吟二绝句 / 270

桃源河小住二律 / 270

庚子重阳登高 / 271

采桑子·花溪 / 271

后记：山水如梦幻，我在白云边 / 272

负笈东游买镜
沅江莱山去衣服曙
色以迎寿原宽

赴东大学校一号馆今五十七年矣
抚兹编晚书此为念 袁布 乙

赴京途中 /一九六五年八月

负笈去乡关,铁龙出万山。
长空明曙色,心逐莽原宽。

<small>赴京入学,首次乘坐火车,三日后初见平原。</small>

重庆旅次四绝 /一九六六年十月

乘船来览朝天门,秋水浩茫秋野青。
迎浪傍舷思邈远,川江号子一声声。<small>其一</small>

<small>朝天门码头。</small>

苍旻浩渺画屏开,阵阵长风入我怀。
汽笛一鸣山水应,火轮载客过江来。<small>其二</small>

<small>临江候船赴江北区。</small>

云色空明水色幽,众芳飘堕过渝州。
我心归去如江水,吹面晨风感劲遒。<small>其三</small>

<small>九月初十日离重庆赴黔。</small>

一水牵愁万里长,思归白鹭正横江。
乌啼日暮秋山远,何处青林是我乡?<small>其四</small>

<small>车过江津。</small>

如梦令·宿贵阳花溪 /一九六六年十月

　　水冷烟寒风骤,望尽孤云出岫。昨夜甫还家,今日别离依旧。吟袖,吟袖,放鸽桥头人瘦。

　　前人有"推门吟袖冷,满带野风归"之句。

花溪坝上桥独步 /一九六六年十月

青山有致客无聊,寂寞花溪坝上桥。
乍别嚣尘来世外,长空淡荡雁声高。

忆少年·桂林芦笛岩 /一九六六年十月

　　石扉微启,洞天乍露,肌肤寒逼。迷离看钟乳,惊嗟神天力。　极目间烟笼峰碧。觅仙居、了无消息。水横乏船渡,闻一声芦笛。

旅桂林四绝 /一九六六年十月

山崖九叠彩云张,外秀内奇傍碧江。
结伴登临无限意,风凉洞内煞风凉。其一
　　叠彩山。

水载仙歌百里长,去来竹筏弄天光。
漓江我爱太清浅,南国应称第一江。其二
　　水上泛舟。

昊长日远一江秋，碧水盈回过绿洲。
翠嶂芳畴嚣市远，坐看新月上山陬。其三
   伏波山下。

意尔本生真腊国，日饮清洌已几劫？
难怪象君长恋此，我亦流连不忍别。其四
   象鼻山叩鼻问石象。

满庭芳·湛江小住欲往海南未果 /一九六六年十月

  才去南宁，绿畴驰过，半天又到湛江。一城旖旎，看南国风光。扑面熏风奏暖，赏不尽、鸟语花香。长街畔，蕉花红艳，椰树蔽荫长。 徜徉。南海岸，巨轮几艘，知向何方。算几回漫步，久对澜沧？一阵海螺吹过，欣极目，云远帆扬。骄阳下，弄潮拨浪，胆气试舒张。

江门乘船夜行珠江晨至广州 /一九六六年十月

远火低星映霭蒙，江轮下水顺西风。
兴阑景黯只宜睡，一觉醒来天水红。

广州谒中山纪念堂 /一九六六年十一月

名重千秋史，身如百代松。
先驱开伟业，天下尽为公。

骑车往云周西村途中小憩 /一九六七年五月

清清河水漾流霞，汶水桥前笑语哗。
歇脚坐观村女戏，浣衣撩动水飞花。

交城赴东沟途中 /一九六七年五月

奇峰突起白云头，低峡幽深见小湫。
车慢更嫌山路远，忽闻前面是东沟。

峪河小景 /一九六七年五月

流水潺潺戏鸭群，婆娑细柳夕阳村。
沙洲独坐牧羊女，横笛声声过茂林。

念奴娇·晋中雯云水库徜徉怀京中友人 /一九六七年五月

　　乘奔御矢，藉清风，关山百里行迹。最爱峪河花柳岸，不尽畦平丘屹。村舍腾烟，斜阳照水，浩浩烟波谧。玉浆浇灌，青青荞麦沾浥。　　眼底云景天光，红霞翠竹，俱逐涟漪逸。耳际晚风吹送处，恍见波翻鱼翕。皓月东升，清光似洗，啸咏人欣怿。京华东望，婵娟千里相惜。

一剪梅·西山碧云寺 /一九六七年九月

古寺名园人共夸。山上幽遐，寺里清嘉。远行结伴揽芳华。石塔红霞，老树苍疤。　　桥下流泉翻水花。绿坠重杈，青漫层崖。松垣菊圃静无哗。夕照初斜，暮霭如纱。

颐和园偕文侠同游 /一九七一年十月

槛外水光映阁楼，小风爱抚柳丝柔。
知春亭畔潋波渺，万寿山前鸟语啾。
画栋曲廊花弄影，雕檐翘角月悬钩。
后湖最是绝幽境，半日偷闲荡小舟。

游滁州醉翁亭四绝 /一九八一年四月

琅琊深秀出滁州，薛老桥前清水流。
追念欧公游乐意，醉翁亭记诵从头。其一

苏字欧文宝宋斋，石碑双绝久徘徊。
流觞九曲游而醉，为有泉香自在来。其二

树林阴翳水潺湲，冈陇高低小路旋。
玄帝行宫遗址在，游人指点绿丛间。其三

赏罢红梅出古亭，醒园修竹正娉婷。
临溪枕石身潇洒，一洗心尘凡骨馨。其四

出醒园有洗心亭。

钱塘潮 / 一九八一年九月

人潮傍海潮，人逐浪峰高。
脚下地根动，眼前天幕摇。
一江奔野马，百里走狂飙。
有幸得观此，庸夫气也豪。

北戴河海滨口占 / 一九八二年八月

嬉浪随鱼跃，曝沙看鸟飞。
水天相接处，隐隐有帆归。

北戴河小住四日 / 一九八二年八月

晚行沙岸看潮涌，夙立峰巅迎日曦。
游憩浑忘碌碌事，心宽一任海风吹。

游雍和宫 / 一九八三年八月

重檐斗拱跨飞虹，汉藏辽金风格融。
法事盛隆喇嘛庙，殿堂雄伟古行宫。
鱼龙变化金盆里，圣迹传扬彩绣中。
巨佛精雕工绝世，顶天立地势恢弘。

　　雍和宫为雍正年间行宫，乾隆九年改为喇嘛庙。宫中鱼龙变化盆为乾隆"洗三"仪式所用，绿度母绣像为孝圣宪皇后所绣，万福殿有檀香木雕迈达拉佛。

琴台怀古 /一九八四年四月

流水高山意，听琴遗此台。
依稀犹绕耳，寂寞应骋怀。
红湿阶前影，绿凝雨后苔。
知音觅何处，云里雁徘徊。

武汉东湖小景 /一九八四年四月

爱看水景映天光，租得小船过柳塘。
陌上新绦簪碧玉，春风湖面正催妆。

甲子仲夏游修文阳明洞 /一九八四年八月

一代先贤遗爱处，龙岗书院洞中天。
蒙荒学子三山庶，苍劲柏株五百年。
满壁诗文室何陋，环亭田舍景堪怜。
倡明教化追心迹，玩易窝前思渺然。

　　王守仁先生于明武宗正德年间贬为贵州龙场驿丞，尝古洞玩《易》，中夜大悟，并创龙岗书院教育当地黎庶。院中遗址君子亭、何陋轩等，为先生读书憩息之所；古柏二株，传为先生手植。

初游安顺龙宫 /一九八五年五月

溯洄划桨入宫门，迎客群龙恣意蟠。
窈罅幽长通水府，洞天窈邃荡心魂。

眼中熠烨不暇接，身际泓汰可触扪。
呼哨一声船傍岸，恍如隔世出仙源。

黄鹤楼 / 一九八五年七月

高楼喜重建，黄鹤赋归来。
人赏晴川景，心追崔颢才。
长江栏下涌，古镇眼前开。
俯首云舒卷，清诗可剪裁。

龙宫天池 / 一九八六年五月

此来鼓枻挹清芬，环壁葱荣笼岫云。
澄澈如斯未污染，濯缨洗耳任由君。

龙门瀑布口占 / 一九八六年五月

石门冲决恣骄狂，霪雨霏霏沁骨凉。
许是敖君开盛宴，玉卮翻倒泻琼浆？

龙宫宾馆小憩 / 一九八六年五月

匆匆览罢诸山景，信步闲游一览园。
丛树高低闻雀噪，庑廊深浅绝人喧。

红萍白鹤凌清水,疏竹繁花傍短垣。
远隔尘嚣心自在,香茶数盏解劳烦。

黄果树瀑布水帘洞 / 一九八六年八月

冥迷屈绕巧勾连,石罅横穿瀑水帘。
倏尔千寻来绝顶,訇然万丈下深潭。
古藤苒惹盈春意,飞漱淋漓湿夏衫。
绿女红男欢笑处,浑如天半走神仙。

游昆明六绝 / 一九八六年八月

杰阁敞轩临水开,波光人影共徘徊。
绕陂绿树鸣黄鸟,更喜白鸥天外来。其一
　　翠湖。

一朝豪雨涤凡尘,山径蜿蜒履迹新。
百里滇池奔眼底,凌空摄影上龙门。其二
　　西山龙门。

到此果然一大观,云天浩渺水漫漫。
临风把盏抒襟抱,孙髯长联仔细看。其三
　　大观楼。(漫,平声寒韵,水大貌。)

嵯峨古观气氤氲,金殿灿然弥足珍。
兴逐松涛游胜迹,洪钟几杵动天门。其四
　　金殿有明永乐年间所铸十四吨大钟。

剑戟穿空势凛然，高低错落复盘旋。
南天砥柱雄奇景，不到石林枉至滇。其五
  路南石林。

浴罢身轻胆气舒，升庵赞语信非诬。
茗香宜客闲游憩，翠竹清溪入画图。其六
  安宁温泉，明杨升庵题赞为"天下第一汤"。

再游龙门瀑布 / 一九八七年十月

舍舟穿罅进山隈，石破天开瀑水来。
拾级履苔乘软雾，逾流攀练走沉雷。
非因池堰溢新汛，疑是龙君倾旧醅。
远客连声称胜境，几番回首几徘徊。
  陪北京大学林焘、裘锡圭、叶蜚声，贵州大学蒋希文四教授游安顺龙宫风景区。

游西安七绝 / 一九八七年十月

蓝田美玉骊山金，覆斗巍峨被茂林。
帝业终归埋圹冢，却听鸟雀噪榴荫。其一
  始皇陵。

生图帝业死难休，战阵泱泱似貔貅。
皇祚千秋终呓语，精工绝代永存留。其二
  兵马俑坑。

为燃烽燧戏诸侯，致令史书分两周。
西绣至今遗迹在，红云似火半天浮。其三

　　骊山烽火台。

曾惊陷地共工力，幸赖补天老母功。
自古骊山留享殿，飞檐掩映绿丛中。其四

　　老母殿。

侍儿扶起正娇姿，宠爱专承能几时。
晾发台前秋色好，游人指点贵妃池。其五

　　华清池。

堂堂正气塞苍冥，山麓长留兵谏亭。
史笔大书双十二，张杨一举普天惊。其六

　　兵谏亭。

来访半坡原始村，史前文化有遗存。
土陶石器堪惊叹，最妙鱼纹人面盆。其七

　　半坡博物馆。

浣溪沙·长生殿 /一九八七年十月

　　夜半无人细语时，渔阳鼙鼓未尝知。悲生乐极恨何迟。　　晚照亭前思古事，长生殿址赋新词。啾嘈鸟唱最高枝。

登大雁塔 /一九八七年十月

幸至慈恩寺,登临塔影斜。
晚风盈两袖,落照映千家。
树掩高楼矗,畴连平野遐。
欲吟工部句,黄鹤叹何赊。

  唐天宝十一载杜甫登此塔有句云:黄鹄去不息,哀鸣何所投?君看随阳雁,各有稻粱谋。

旅成都游杜甫草堂 /一九八七年十月

万里桥西觅客踪,浣花溪畔草堂空。
看云步月遣心水,忆弟思家断眼鸿。
未捷王师悲野老,尚馀杯酒唤邻翁。
冷衾漏屋不眠夜,广厦欢颜萦梦中。

"万里桥西觅客踪"(摄于杜甫草堂)

武侯祠 /一九八七年十月

一从受命去幽林,经纬山川莫与伦。
三顾两朝兴蜀汉,七擒六出瘁身心。
匡时已胜萧曹志,赓调难成梁父吟。
享殿清高久追仰,阶前鹂唱动庭阴。

游天星桥 /一九八八年五月

迤逦南来兴致高,此中清境绝尘嚣。
仙人掌掬一泓水,游客心留百步桥。
越壑历崖临浅濑,穿林枕石听鸣蜩。
徘徊忘却归程晚,更遣诗情上碧霄。

夏日游黄果树瀑布 /一九八八年七月

龙吟虎啸声威震,雾吐云蒸气象雄。
瀑坠千寻惊造化,洞穿一线见神工。
迷茫远岭楼台外,绰约游人水幕中。
笑奉糖饴饷远客,犀牛潭上话霞翁。

景区内出售当地特产波波糖;犀牛潭边有徐霞客塑像。

天星桥纪游二律 /一九八八年十一月

胜日秋游兴会浓,攀栏拾级沐清风。
红轩绿水画屏里,异树奇岩仙境中。
银练冰纨坠渊窟,金钟玉笋隐穹隆。
石林妙趣细吟赏,鸟唱声声入碧空。其一

天星洒地开奇景,水绕山环景万重。
展绿芭蕉迎远客,牵金藤蔓上高峰。
擎天雄劲仙人掌,偎石娇羞美女榕。
涉罢湍流真惬意,泱然爽气荡心胸。其二

暮春游黔灵山弘福寺 /一九八九年四月

闲来春暮且登临,石径蜿蜒走绿荫。
地谓黔灵灵气积,寺称弘福福缘深。
苍松翠柏诸山秀,墨迹茗烟满室馨。
香客盈门频拜谒,募资佛像待穿金。

红枫湖 /一九九〇年五月

絮云如柳柳如烟,水色山光共接天。
万顷明湖波渺渺,数群鸥鸟舞翩翩。
侗楼影动清歌发,苗寨人游笑语喧。
洗尽劳烦舒望眼,心胸恰似水云宽。

漩塘 /一九九一年六月

峰峦忽转见山溪，黔地景观数此奇。
塘转方劳双目骋，萍洄复令一心迷。
布依寨古掩丛树，扁豆花新傍短篱。
心眷田园多意趣，牧童牛背夕阳西。

漩塘在安顺龙宫景区，以塘水漩流不息得名。

卜算子二首·秋日游漩塘 /一九九一年六月

溪首瀑流飞，溪尾塘流转。喜上轻舟泛小溪，好把风光看。　　四望接天峰，九曲垂杨岸。瓦舍石桥指顾间，风动炊烟散。其一

翠竹傍清溪，路转峰回处。曲径通幽境忽开，石窍生岗阜。　　移步尽奇观，弥望多嘉树。阵阵清风拂稻香，且诵归田赋。其二

盛夏游黄果树大瀑布 /一九九一年八月

裂石崩崖下九陔，挟云裹雾进山隈。
犀牛潭涌千堆雪，白水河倾万壑雷。
穿洞已欣凉彻骨，凭栏又喜雨淋腮。
晴光摇曳烟岚里，忽有虹霓入眼来。

黔灵山早行 / 一九九二年三月

春日到黔山，山行料峭寒。
花红三两树，竹翠百千竿。
新柳披长堰，古松傍短垣。
人游幽径上，迎面拥晨岚。

花溪十二韵 / 一九九二年五月

来赏花溪景，欣逢雨霁天。
风清云淡淡，林茂鸟关关。
两岸山凝黛，一湾水贮蓝。

"山在青天外"（摄于花溪高坡云顶草原）

葱然涵野趣，爽尔浥尘烟。
修竹忻舒翠，珠榴笑吐丹。
池盈青绿水，沼卧白红莲。
轻舸河中度，曲蹊苑里旋。
碧波映台榭，紫燕掠廊檐。
憩石观纶钓，步桥听浪喧。
复攀蓊郁岭，又上崭峨巅。
放眼心胸阔，凭栏天地宽。
如兹游乐甚，何必羡神仙。

游花溪 /一九九二年五月

旖旎花溪在望中，淙淙流水伴和风。
时当九夏赊绿意，河跨双桥落彩虹。
菡萏香幽溢池沼，珠榴火爆耀葱茏。
此来观览多情致，游友年高未挂筇。

张家界山行二首 /一九九二年七月

驱车千里为寻幽，携水扶筇作此游。
山势盘旋天外险，奇峰突兀眼中收。
土家歌女清音渺，石径轿夫意气遒。
驻足片时忙趱足，风光无限在前头。其一

壮哉点将此高台，叠嶂层峦迤逦开。
最羡虬枝生石罅，更欣幽谷绝尘埃。

景从摩诘诗中出，人到武陵源内来。
路转峰回看不够，再拼馀勇上天陔。其二

　　　点将台观景。

卜算子·张家界游山 /一九九二年七月

　　暑日到湘西，来访张家界。百转千回尽看山，山在青天外。　　纵目尽葱茏，盈耳多清籁。险处风光最诱人，留影黄狮寨。

武陵源看山十韵 /一九九二年七月

来赏武陵景，峰林气象殊。
眼前多异趣，脚下倍踌躇。
峰壑近还远，烟云卷复舒。
干霄为御笔，伴月有蟾蜍。
巨掌巍然立，飞槎自在浮。
神兵列战戟，宝匣展天书。
侧览如车盖，横看似萼柎。
初明成老妪，乍晦见仙姝。
俯仰皆奇状，阴晴幻妙图。
风光观不够，转瞬日当晡。

　　其间有御笔峰、金蟾伴月、手掌峰、天书宝匣、神兵聚会诸景。

卜算子·杨家界途中 /一九九二年七月

甫出后天门，又往杨家界。越险穿荫景忽开，四望多青黛。　临井饮甘泉，赤足涉清濑。夕照桥头事最欢，翻石抓螃蟹。

登山 /一九九二年七月

登山为看山，山路入云端。
人在天阶走，松从世外悬。
闻声惊激漱，举扇动烟岚。
坐对青峰语，幽丛起白鹇。

游镇远 /一九九二年八月

楚尾滇头地，依山傍水楼。
檐飞云气涌，洞古阁亭幽。
吐纳乾坤气，送迎来往舟。
凭窗风景好，一碧向东流。

高阳台·镇远青龙洞 /一九九二年八月

画栋雕梁，飞檐斗拱，朱楹倒映清波。带水襟山，楼庭棋布星罗。廊轩全藉巉岩势，绕曲墙，石级嵯峨。看松萝，风动修篁，绿影婆娑。　窈然洞府清凉处，纵炎炎夏日，也好消磨。崖壁斑斓，游人指点擘窠。禅房道观勿忙辨，且临虚，饱览山河。莫蹉跎，大好时光，日丽风和。

舟行潕阳河 /一九九二年八月

久羡潕阳景，今从镇远游。
波光裁峡影，翠嶂枕清流。
河面掠鸥鸟，岸荫藏钓舟。
最怜三叠水，潇洒来天陬。

鹧鸪天·潕阳 /一九九二年八月

乘兴登舟溯潕阳，一江澄碧映天光。金龟上岸迎游客，孔雀开屏试靓妆。　风乍起，太清凉，好山好水惹诗肠。欲从清谷寻清句，又看沙鸥正颉颃。

_{金龟、孔雀皆为山石景观。}

鹧鸪天·镇远铁溪消夏 /一九九二年八月

骤雨初停暑气消，青龙洞外觅芳郊。斜晖脉脉山盈翠，烟柳芊芊鸟语娇。　穿巷陌，过溪桥，河湾沙岸绝尘嚣。晚风漾处野餐罢，又学轻凫水上漂。

浣溪沙·游红枫湖 /一九九四年六月

老友重逢游兴高，泛舟湖上共逍遥。闲听欸乃桨轻摇。　苗寨登高舒望眼，侗楼击鼓过花桥。心随水鸟上烟皋。

_{钱理群兄自京返黔，相邀同游。}

游黄山二首 /一九九四年七月

初明复晦渐氤氲，崖壑幻成水墨痕。
欲自鹤峰寻鹤影，更从云海上云岑。
扯将眼底千重雾，拭尽心中半世尘。
指点奇观如梦里，松风助我作长吟。其一

这山望着那山高，踏遍千山人自豪。
回顾方惊来路险，前瞻更叹旅程遥。
层峦如在胸中涌，浮霭竟从脚下飘。
大块文章造化境，振衣我欲步重霄。其二

江南春·紫金山 /一九九四年八月

宽似海，壮如潮。登山观碧浪，临塔听松涛。绿风吹得人心醉，忘却伏天暑气高。

访秦淮河畔李香君故居 /一九九四年七月

罗帐低垂玉枕凉，媚香楼上且徜徉。
秦淮传唱桃花扇，碧血绘成百世芳。

忆江南·南京街头得句 /一九九四年七月

金陵美,绿化冠神州。林里雪松撑巨掌,道旁桐树掩重楼。人在画中游。

参观南京大屠杀死难同胞纪念馆 /一九九四年七月

三十万民劫难时,如山铁证铸于斯。
斑斑血迹警天下,前事不忘后事师。

天净沙三首·姑苏 /一九九四年七月

溶金流彩云霞,枕河面巷人家。傍水依山古刹。如诗如画,吴都杨柳风斜。其一

<small>水城印象。</small>

粉墙黛瓦红栏,漏窗浅庑高轩。叠石明池深院。蝉鸣莺啭,市廛反胜林泉。其二

<small>园林景观。</small>

塔斜寺静台空,涧寒水黯荫浓。壁削井悬桥拱。奇峰海涌,虎丘幽绝吴中。其三

<small>虎丘,本名海涌山。</small>

游苏州留园 /一九九四年七月

留园佳景誉吴中，庭院回环曲径通。
剔透玲珑耆硕馆，孤高磊落冠云峰。
山房涵碧临荷沼，古木交柯听竹风。
最爱可亭观景处，凭栏小憩自从容。

游苏州拙政园 /一九九四年七月

清沼一泓入眼帘，垂杨袅袅草芊芊。
嶙峋奇石山依树，缱绻轻云水映天。
杰阁敞轩高复下，长廊短榭断还连。
荷风四面亭中望，翠盖红裳分外妍。

园中有亭名荷风四面。

高阳台·游西湖 /一九九四年七月

　　翠色添新，清波依旧，西湖一别经年。故地重游，兴高神爽心宽。屏风百里围明镜，望湖楼，极目云天。最堪怜，九夏荷风，四面柳烟。　　白堤行罢苏堤憩，喜花港观鱼，投饵留连。渡小瀛洲，轻舟绕过三潭。岛中竹径通幽处，听莺声，丛树间关。乐陶然，眼里诗情，心底诗笺。

秋瑾墓 / 一九九四年七月

西泠桥畔绿丛中,女侠凝眉望碧空。
世上公理究何在,英雄剑指气如虹。

慕才亭 / 一九九四年七月

香冢难埋玉洁心,由来烈女出风尘。
慕才亭下湖光好,油壁轻车说到今。

苏小小诗:妾乘油壁车,郎跨青骢马。何处结同心,西陵松柏下。

吟虎跑 / 一九九四年七月

有僧尝梦虎,虎跑泉眼开。清泉流不尽,游人络绎来。携瓶复提瓮,汲水井泉台。碗盛虎跑水,水满竟不溢。或有加钱币,浮水不沉底。田田如睡莲,观者尽称奇。虎跑煮龙井,水茶两相宜。品茗茶亭中,清香沁心脾。饮罢暑气消,游寺且流连。细瞻罗汉堂,又谒济公殿。心仰救世恩,辗转入塔院。复有展览室,纪念李叔同。法号弘一师,剃度此山中。修身大慈寺,潜心研律宗。艺术教育家,令名天下崇。盘桓山路上,古乐忽悠扬。循声觅琴室,乐女皆古装。闻乐思飘举,方悟在天堂。

唐元和间沙门性空在此修行而苦缺水,一夜忽梦神告南岳有童子泉,当遣二虎移来;次日果有二虎跑地作泉。故泉名虎跑。俗谚:上有天堂,下有苏杭。

西江月五首·普陀游 /一九九四年八月

鸥鸟船头起舞,碧波艇尾翻花。欲寻圣迹上珞珈,佛国海天清雅。　山麓婆娑绿树,海滨轻软金沙。游山嬉水览芳华,难得此番潇洒。其一

久羡瀛洲仙境,此来世外桃源。千回百转壑崖间,处处禅宫刹院。　紫竹林中净土,盘陀石上法坛。观音不肯去其间,留得慈心一片。其二

岛上有不肯去观音院,以观音不肯离此岛而去,故名。

心字石前留影,梵音洞口听潮。西天门外好登高,极目洪波浩渺。　神仰观音自在,漫游蓬岛逍遥。平沙百步弄波涛,洗尽此生烦恼。其三

观世音又名观自在。岛东有百步沙浴场。

风起千层碧浪,云开万里晴空。海滨戏水兴方浓,莫怕波翻浪涌。　携手同奔大海,纵身跃过潮峰。水深之处反从容,起落尽随波动。其四

山后林荫掩映,山前月色朦胧。匆匆步履影瞳瞳,忽听潮声汹涌。　百步沙平入海,千人面仰朝东。水云开处渐洇红,朝日一轮忽耸。其五

普陀山 /一九九四年八月

神奇幽邃海中开,木石莫非精卫堆?
一自观音驻足后,九州香客比肩来。

禅林处处腾青雾,潮汐声声起震雷。
缥缈梵烟如梦境,凡身何幸绝尘埃。

吟溪口 /一九九四年八月

浙东名胜地,九曲剡源通。
绿水萦回处,青山环抱中。
瀑飞四季雪,人坐万寻峰。
蒋氏故庐在,海天多旅踪。

  雪窦山有千丈岩瀑布高一百八十六米,半壁撞石成雪;妙高台海拔七百余米,其上有方形晏坐石,可容一人坐下。

访溪口四绝 /一九九四年八月

依街碧水向东流,古镇风光分外幽。
武岭山头绿胜染,剡溪竹筏荡悠悠。其一
  武岭门。

广庭深巷接回廊,刻塑精工丰镐房。
华屋犹存人却渺,坐观花影弄晴窗。其二
  丰镐房为蒋氏故宅。

簟墙弄口一门开,南北游人迤逦来。
识得此公诞生地,拖油瓶说谬乎哉。其三
  玉泰盐铺。

楼前回首几沧桑,碧树清溪绕此房。
窗外茗山终不老,昂头天际看归航。其四
  小洋房。

西江月·长春 /一九九四年八月

我爱长春多树,此番万里重来。青葱满眼画图开,尽展春城风采。　花艳翠坪绿地,荫浓大道长街。南湖幽境又徘徊,风起林涛如海。

长城行(效元和体) /一九九四年八月

千里迢迢到北京,专为携子游长城。建国门前购好票,楼边旭日始东升。黄河大巴停路侧,老板频频拉游客。连诓带拽车坐满,已是九时差一刻。导游未到车不开,左等右等费疑猜。忽有的士戛

"长城西起一烟墩"(汉长城遗存,摄于嘉峪关)

然止,摩登女士下车来。眼眉乌黑唇腥红,导游小姐正惺松。哈欠声中车发动,时间早过十点钟。闷坐车中心后悔,小姐半途才张嘴。非为致意与导游,只因要卖矿泉水。车到九龙游乐园,门票竟要五十元。游客下车全傻眼,面面相觑不上前。小姐一时来了气,双眉倒竖声色厉:尔等出门来旅行,历尽苦辛到北京。几百几千花去了,五十块钱倒心疼?游客此时不得已,连忙排队往前挤。地下龙宫逛一圈,特特乐中坐转椅。出门登车迤逦行,一路风驰到定陵。导游小姐门前站:买票进去自己看!时间规定半点钟,看完出来吃午饭。脚下步履急如风,走马观花游寝宫。出门已是满头汗,登车早觉腹中空。车行忽往小路拐,陋室几间饭桌摆。两菜一汤百馀元,忍气疗饥任他宰。导游姗姗出店门,酒足饭饱面带春。闻说导吃有回扣,此事不知假与真。山自蜿蜒路自长,秦始皇宫建道旁。应怪秦皇太多事,而今也为赚钱忙。泥塑行宫方看罢,又看太阳满墙挂。出得像章艺术馆,驱车才到长城下。长城巍巍入眼来,孰料又有奇景开:拦路设卡卖门票,黑熊营寨两边排。八达岭下一条路,熊乐园在必经处。匆匆留下买路钱,登上长城日已暮。天际归鸟正翩翩,晚风送我下城垣。寻车直奔灯明处,小姐车中睡正甜。如此游乐真叫苦,游人个个神情沮。朝发夕至一整天,途中花费数百元。不愿看的偏让看,要看长城何其难。不到长城非好汉,此来长城真遗憾!车中忽有太息声,一声引得众声叹。

龙宫漩塘观音洞四首 /一九九五年七月

胜日逢盛典,驱车游此塘。
沿溪多绿树,夹道尽修篁。
景辟新天地,洞开大殿堂。
梵音听缥缈,佛像正开光。 其一

观音成道日,山径客摩肩。
瀑自崖间出,萍随池水旋。
寺门香火盛,洞口众人喧。
钟磬声声里,青崖生白烟。其二

西鄙通南海,禅宫此地开。
竹溪成胜境,林壑起楼台。
鸟出排云去,人游拜佛来。
观音垂睐处,洞府有天陔。其三

绝巘生奇窦,灵山着化工。
徘徊幽径上,俯仰壑丘中。
岩滴四时雨,洞穿九夏风。
黔乡添圣迹,法事看兴隆。其四

值观音洞佛像开光大典。

黄果树观瀑有吟 / 一九九五年八月

上篇直露下篇藏,意溢兴酣势激扬。
谁执倚天蘸海笔,书成绝壁大文章?

重游龙宫 / 一九九六年六月

何来鬼斧劈清湫,荡漾心旌作此游。
俯首群龙迎远客,弓身一穴入扁舟。
迷离钟乳水中立,欸乃桨声天外柔。
始信人间有仙境,黔山深处最清幽。

游普定夜郎湖 / 一九九六年八月

七月稻风香,乘舟泛夜郎。
机声动幽谷,船浪搅天光。
人醉一江绿,歌回万仞冈。
半山云渺渺,瓦舍掩烟篁。

一湾 / 一九九七年八月

一湾碧水映蓝天,绿树红墙掩映间。
短笠长竿多意趣,老翁垂钓好悠闲。

<small>花溪平桥散步,文侠脱口得"一湾碧水映蓝天"句,随韵赓成一绝。</small>

黄果树四绝 / 一九九七年十月

诸公才调世无伦,每诵华章心自钦。
今日黔中欣把晤,崇崖幽壑共披襟。 其一

由来美景待文心,异水奇山助朗吟。
久雨初晴山色好,欢声笑语动秋旻。 其二

犀牛潭上虹流彩,白水河前瀑泻银。
莫谓夜郎荒瘴地,此中山水最精神。 其三

脚下轰雷动地根,眼前飞瀑入渊沦。
临虚放胆一声啸,吐尽胸中半世尘。 其四

<small>与霍松林、林从龙、周笃文、张进义诸诗家同游。</small>

访沈阳东陵 /一九九八年五月

结伴访东陵,驱车驰盛京。
环丛掩圆冢,重阙俯方城。
古柏苍然列,新莺自在鸣。
登高能望远,风起白云兴。

<small>与韩陈其、白平二君同游。韩君,南京师范大学教授;白君,山西大学教授。</small>

陪叶玉超吟长游花溪 /一九九八年八月

放鸽桥头水一湾,蒹葭环渚景天然。
等闲拾得沧州趣,何羡子陵垂钓滩。

<small>叶玉超,香港著名诗人。</small>

游镇江十绝 /一九九八年十月

前岭后峰长脊通,青松夹径势葱茏。
山川形胜今犹昔,百代兴亡一叹中。<small>其一</small>

<small>北固山。</small>

第一江山在望中,茫茫烟景水连空。
孙刘伟业成遗迹,古寺巍巍夕照红。<small>其二</small>

<small>甘露寺。</small>

凭窗北望且徘徊,多景楼头景色开。
佛狸古祠何处是,长风吹雨过江来。<small>其三</small>

<small>多景楼,在甘露寺后。北魏太武帝拓跋焘小字佛狸,尝于六合县瓜步山上建行宫,</small>

后人称佛狸祠。辛弃疾《永遇乐·京口北固亭怀古》词：可堪回首，佛狸祠下，一片神鸦社鼓。

北固山头舒望眼，祭江亭上听涛声。
王侯霸业今何在，千古江山一片情。其四
　　祭江亭为孙尚香北祭刘备处。

禅房四面水如环，叠阁层楼寺裹山。
慈寿塔前秋色好，红霞绿树映江天。其五
　　金山寺。镇江俚语：焦山山裹寺，金山寺裹山。

近水盈盈远寺低，芙蓉楼下草萋萋。
一从留得冰心句，千古何人敢品题。其六
　　芙蓉楼与金山隔水相对。王昌龄诗：洛阳亲友如相问，一片冰心在玉壶。

方槛回栏明镜开，池心牵出串珠来。
小风欲拾珍珠去，一井天光胡乱裁。其七
　　天下第一泉。

东泠泉浅映晴岚，定慧寺幽傍翠峦。
满眼青葱看不尽，江中浮玉是焦山。其八
　　渡船上焦山。

庑廊深浅巧勾连，唐石宋碑宝墨轩。
瘗鹤一铭绝天下，法书荟萃尽奇观。其九
　　焦山碑林。

曲径拱门掩翠微，楼台清雅沐秋晖。
惜哉彩塑煞风景，蛇足心思亦可悲。其十
　　焦山行官。

无锡灵山大佛 /一九九八年十月

孰谓灵山远，太湖指顾间。
青峰来眼底，紫霭蔚胸前。
心仰莲台近，手扪佛掌宽。
晴钟无限意，响到翠微巅。

登滕王阁二首 /一九九九年七月

西江形胜地，杰阁喜登临。
浦阔分吴楚，文奇动古今。
雄州添俊彩，逸兴入遥襟。
极目风光好，高天傍远岑。其一

山川留胜迹，崇阁诵奇文。
物事多兴废，风流贯古今。
檐飞凌海宇，帘卷待才人。
一览江天远，洪都气象新。其二

游福州鼓山四绝 /一九九九年七月

白云山麓境清幽，古寺嵯峨自在游。
谷秀崖奇观不尽，西行又上听涛楼。其一
　　涌泉寺。

灵源深处路萦回,崖刻依稀掩翠微。
雅士皆饶游乐趣,几人到此果忘归? 其二
  蔡襄题刻"忘归石"。

红墙夹径石阶长,绿树依崖野卉香。
喝水岩前观泉涌,忽消暑气倍清凉。 其三

登高直上白云亭,四顾天光万里晴。
众壑松涛奔眼底,又听黄雀两三声。 其四

游福州马尾二绝 / 一九九九年七月

船政学堂何处寻,昭忠祠外树成荫。
前尘旧迹凭追认,指点山川说甲申。 其一
  甲申中法马江海战。

罗星塔下马江横,山水依然岁月更。
扬武振威百年梦,巨轮鸣笛响连声。 其二
  扬武振威二舰为昔日马江船政所造,海战中被击沉。

游武夷十绝 / 一九九九年七月

碧水丹山迎客来,山环水绕画屏开。
几多竹筏联翩下,争把天光恣意裁。 其一
  九曲溪泛舟。

水自清幽情自浓，簪花照影正从容。
莫非感慕游山士，着意镜台描画工？其二

　　玉女峰在九曲溪畔，旁有峰名镜台。

品题历历壁间摩，接笋岩前胜迹多。
晦霭晴岚山岫出，云崖深处是云窝。其三

　　云窝在前往天游峰途中，昔有高士隐居。

羞窥仙浴临幽涧，径作天游上绝峰。
一览江天澄碧色，山环水绕百千重。其四

　　经仙浴潭上天游峰。

丹梯逼仄上天游，九曲风光一望收。
试挽白云天外走，此身自在便风流。其五

　　登天游似有黄山登天都之概。

虹桥一断几多年，遗板纵横崖壁间。
幽壑何时绝仙棹，飞槎竟挂白云边。其六

　　传说武夷君以虹桥接引乡人赴幔亭宴，众人离席下山后桥身忽断，桥板飞散崖壁间。今大小藏峰、金鸡洞等处壁隙间可见此类虹桥板。据考古研究，此为古越人崖葬遗物，用以支架悬崖洞穴中之船棺。

苍松环簇白云轻，宴会曾孙此幔亭。
绝境若非避世乱，此山此水怎知名。其七

　　幔亭峰。据宋人祝穆《武夷山记》，秦始皇二年八月十五日，武夷君于此峰设幔亭数百间宴请乡人，称乡人为曾孙。

低回神仰朱夫子，长咏心追陆放翁。
碧水丹山真有幸，文星常驻武夷宫。其八

　　武夷宫在汉武帝遣使祭武夷君处，唐时初建天宝殿，宋时扩建并改名冲佑观，朱熹、陆游尝为冲佑观提举。

文公遗泽披东南，追慕来寻冲佑观。
学达性天题匾在，廊庑深浅久盘桓。其九
  朱熹纪念馆。

遗板传闻秦代迹，干鱼崇祀汉时书。
闲庭漫话留连久，起看阶前岚翠浮。其十
  宿幔亭峰下彭祖山房。据《史记·封禅书》，武帝使者以幔亭峰干鱼祭祀武夷君。

登天游峰 /一九九九年七月

风景绝佳处，天游六曲中。
人行随鸟度，日照映崖红。
凭眺骋双目，登攀凌万峰。
山环水绕处，一览自从容。
  天游峰在九曲溪六曲处，上有一览台。

漂游九曲溪 /一九九九年七月

  昔读晦翁诗，一心向九曲。今到武夷山，风光悦我目。星村上竹筏，漂流图画中。九曲至一曲，顺水西而东。曲曲峰回绕，峰峰景不同。或为上水狮，或似啸天虎。甫逢玉屏开，又见金鸡舞。烟际转磨盘，天半擂石鼓。美女适更衣，盈盈耸双乳。仙家尝晒布，掌迹留壁间。武士试宝剑，兜鍪遗山巅。骚客忙题咏，儒巾落溪边。玉女对镜台，大王持铁板。溪行胜天游，观音亦忘返。玉华吐蕊香，金笋拔节长。香炉起烟霭，天壶泻琼浆。三十六奇峰，次第来眼底。如斩或如削，如柱或如砥。峰峰翠欲滴，石石净如洗。更有虹桥板，嵌集不知年。舟人指点处，崖罅见船棺。奇哉古越事，谁可解疑团。仰首叹观止，舟行景未已。一程复一程，蜿蜒复逶迤。时而泊浅濑，时而临深潭。时如马脱缰，时如珠走盘。风平听潺湲，浪起湿裙衫。方疑前无路，忽讶水程宽。岩岫生紫烟，翠岚出荫翳。决眦觅奇观，荡胸盈爽气。丹崖凭玩赏，碧溪任嬉戏。九曲十八弯，山水真特异。不虚千里行，游乐遂心意。

朱熹号晦庵，尝居武夷，有《九曲棹歌》。九曲溪三十六峰多以其形似命名。本诗所及，有上水狮、虎啸岩、隐屏峰、金鸡洞、磨盘峰、鼓子峰、更衣台、双乳峰、晒布岩（仙掌峰）、试剑石、兜鍪峰、题诗岩、儒巾石、玉女峰、镜台峰、大王峰、铁板峰、天游峰、大小观音、玉华峰、接笋峰、香炉峰、天壶峰等。

登庐山五老峰 / 一九九九年七月

庐山五老峰，峻险复奇雄。
壁削临青壑，岩危接碧穹。
山岚消又长，树影淡还浓。
雾霭一时尽，鄱阳入望中。

游庐山秀峰黄岩瀑布试为入律五古一首 / 一九九九年七月

昔吟太白诗，今到庐山瀑。峰秀掩龙湫，林深多古木。石梯上远岑，溪涧下幽谷。黄蝶傍人飞，白云依岫出。崖仄易摩肩，径斜难驻足。奔雷头顶鸣，陡壁眼前突。银柱自天垂，琼花迎面扑。奇观豁眼眸，爽气沁肌骨。甫临多悸惊，未敢久瞻瞩。憩石意忻忻，步云身漉漉。欲赓豪壮句，惜少杯中物。

咏黄岩瀑布 /一九九九年七月

来赏黄岩瀑,陟登布水台。
披襟迎骤雨,掩耳对沉雷。
壁挂千寻练,气澄百里埃。
长吟太白句,仰首向天陔。

  黄岩瀑布为秀峰开先二瀑之一。从龙潭溯山涧蜿蜒上行,经黄岩寺故址,即至布水台,巨壁兀立,悬瀑自顶飞挂而下,此即李白咏"飞流直下三千尺"之庐山瀑布。

游庐山十二绝 /一九九九年七月

暗石明泉显复空,重崖叠嶂有无中。
如纱似帛朦胧里,半掩庐山秀丽容。其一
  山行观雾。

如琴湖畔断桥东,芳圃草堂一径通。
白傅行吟迹何在,桃花万树待春风。其二
  花径为白居易吟"山寺桃花始盛开"之处。

世间奇境仙人洞,天上灵湫一滴泉。
胜迹依稀青霭里,风光无限白云间。其三
  仙人洞在锦绣谷。

成岭成峰尽绝姿,眺临如画亦如诗。
凌虚拍照候佳景,山影欲浓尚淡时。其四
  锦绣谷为庐山风景绝佳处。苏轼诗:横看成岭侧成峰。

庐山五老峰连天,澎湃松风崖壑间。
危岭一舒千里目,鄱阳隐隐白云边。其五
  登五老峰。

含鄱岭上且留连,远水迷云近水烟。
回望犁头耕雾处,云天翻动白绵绵。其六
  含鄱口西有犁头峰,状如犁铧插天。

幽庭静院蔚芳华,入得美庐景色佳。
蒋氏毛公尝驻跸,绿丛掩映碧窗纱。其七
  美庐。

变多最是此山云,东谷乍晴西谷阴。
牯岭街头风起处,几回人事看升沉。其八
  庐山会议会址。

青玉峡中一碧泓,引来龙瀑下长空。
风泉云壑毓灵气,秀色迷人是此峰。其九
  秀峰龙潭。

云里双龙下玉关,回龙楼畔入深潭。
喷珠漱玉清泠境,崖刻长留第一山。其十
  龙潭侧有米芾书"第一山"崖刻。

马尾黄岩绰约姿,香炉峰侧瀑肩差。
远观浑似飞白练,未必徐凝是恶诗。其十一
  车行星子县境遥望开先二瀑。徐凝有诗云:今古长如白练飞,一条界破青山色。
  苏轼斥谓:飞流溅沫知多少,不与徐凝洗恶诗。按:徐诗未必不佳,苏言太过。

庑敞亭幽树影重，蝉鸣雀噪讲堂空。
思贤台下游踪渺，门外清溪夕照红。其十二
  白鹿洞书院。

黄果树灯光夜景二绝 / 一九九九年八月

一潭蒸雾蔚兰熏，四面青屏障岫云。
许是天仙新入浴，琼崖高挂白纱裙。其一

高崖重树影朣朦，点缀银花夜色中。
百丈晶帘终不卷，玉钩空自挂深穹。其二

游昆明世博园 / 一九九九年十月

广厦旷园景色佳，嫣红姹紫展芳华。
地融三代寒温热，物聚五洲草树花。
蝶舞蹁跹影多彩，客游辗转兴无涯。
惠风和畅晴光好，人与自然是一家。

游路南石林二绝 / 一九九九年十月

举头神悚五丁力，移步心疑八阵图。
逼仄盘旋行复止，千姿百态叹奇殊。其一
  大石林。

辗转留连景不同，行来草绿缀花红。
多情最是阿诗玛，总在游人留影中。其二
　　　小石林。

游修文扎佐高尔夫中心 /一九九九年十二月

绿荫一带隔尘寰，山自清幽水自蓝。
软草如茵连雾阜，轻风似剪割晴岚。
廊轩错落曲溪岸，球道盘旋丛莽间。
来此饶多游乐趣，台前试手且挥杆。

修文四绝 /一九九九年十一月

千里谪居志不移，矮岩凹洞竟栖迟。
无方无迹留精论，遥想先生玩易时。其一
　　　城南玩易窝。无方无迹之论见阳明先生所撰《玩易窝记》。

先生罹难却从容，绛帐宏开岩穴中。
一盏寒灯消永夜，四方黎庶沐春风。其二
　　　阳明洞在城东北龙冈山，阳明先生在此设龙冈书院。

宾阳堂外且徜徉，绿树红楹傍粉墙。
论道龙冈遗迹在，先生德泽披遐荒。其三
　　　宾阳堂在龙冈书院侧，为阳明先生会友之所。

澹荡清泠自长消，壁间灵窟日三潮。

洗心观妙留连久，难得此间避俗嚣。其四
城郊有泉名三潮水，其地清幽可喜。

花溪春晚 / 二〇〇〇年四月

清溪三月后，向晚燕飞低。
花炽樱初盛，叶浓桃渐稀。
绿垂披曲涘，红坠散长堤。
茅屿熏风动，轻抽柔节黄。

广州行五首 / 二〇〇〇年八月

岭南寻胜迹，来访翠亨村。
楼宇旧容在，楹廊浩气存。
短墙摇树影，静室蔚兰馨。
天下为公字，凛然向远岑。其一
访中山市中山故居。

百越钟神秀，兹山最秀奇。
明湖波远近，幽径树高低。
观罢五羊石，还行百步梯。
茶亭容小憩，极目尽萋萋。其二
越秀山。

郁郁复煌煌，中山纪念堂。
环墙丛树绿，绕陛百花香。

八角围衡宇，四时融耿光。
先生卓然立，拄杖眺穹苍。其三

  中山纪念堂前有先生铜像。

生死自由故，捐躯是国殇。
云舒风浩浩，松直气堂堂。
碧血千秋祭，黄花百代香。
追思先烈事，池畔且徜徉。其四

  黄花岗七十二烈士墓。墓前有默池，为祭悼处。

闹市辟幽境，华南植物园。
远山连近水，高树傍长天。
苑曲涵芳气，荫浓起翠烟。
留连多意趣，时有鸟声喧。其五

  华南植物园在沙河龙眼洞。

辛巳春日花溪平桥二首 / 二〇〇一年四月

晴日寻芳去，平桥枕曲溪。
逾流临短瀑，拾级上高堤。
万树绿初染，千花红未晞。
吟朋正年少，笑语逐春鹂。其一

三月清溪畔，黄花衬碧萝。
水光亲笑靥，曲浃漾清波。
驻足和风爽，凝眸绿趣多。
青春来伴我，何叹鬓间皤。其二

"坐听鹂鸟短长吟"（摄于花溪）

登平坝天台山 / 二〇〇一年六月

蜿蜒石径上天台，风动新篁影洒阶。
拔地崖高俯平野，倚天殿伟望蓬莱。
梵钟清越危梁杳，诗壁斑斓绝顶开。
向晚凭栏看夕照，翩翩光影燕归来。

游花溪镇山村 / 二〇〇一年七月

来访布依寨，农家米酒甜。
环村三面水，当户半边山。
目极沙鸥远，心随云水宽。
泳游消暑气，鱼跃入清涟。

安龙招堤 / 二〇〇一年八月

长蹊九折接亭廊,四面荷风溢水香。
最美多情曲岸柳,朝朝暮暮对芰裳。

兴义马岭河峡谷 / 二〇〇一年八月

鬼斧斫成一堑空,幽深奇绝万山中。
参差瀑洒潇潇雨,荡漾桥悬瑟瑟风。
涧底急流浊浪涌,崖间钙菌紫烟笼。
漂游最是动心魄,险浪一峰又一峰。

游息烽吟成四绝 / 二〇〇一年十月

泉流宛转蔚烟篁,客舍深幽连曲廊。
十月犹多温润气,铺阶满是桂花香。其一
　　　温泉。

轻烟起处市声遐,场净窗明树色佳。
飨罢汤粑不尽意,又趋地垄摘南瓜。其二
　　　作客农家。

巨窍凌虚崖壁开,白云舒卷任徘徊。
沧桑阅尽老樟树,犹忆将军去后哀。其三
　　　玄天洞。杨虎城将军尝囚禁于此,每日在洞口樟树下远眺。

木舍俨然空寂寥，高墙深树绝浮嚣。
应知满眼青葱色，正是当年血雨浇。其四
　　　集中营旧址。

菩萨蛮·壬午春日游平桥 /二〇〇二年三月

　　春分过后日初暖，夜来一雨晨溪满。履磴过河湾，爱听瀑语欢。　　蜿蜒多顾盼，在在绿新染。小憩对回川，清歌上远峦。

香港行八绝 /二〇〇二年三月

罗湖桥外久盘桓，日午登车心怿然。
碧野青林观不尽，春风一路过沙田。其一
　　　火车行经新界。

车行隧道似游龙，坡路蜿蜒楼宇重。
客舍凌云豁眼界，天光海景一房中。其二
　　　入住半山区罗便臣道鸿基国际宾馆。

中环直达半山冈，世上扶梯数此长。
穿巷跨街行迤逦，鲜花串串饰檐廊。其三
　　　乘自动扶梯从中环到罗便臣道。

学府堂堂九十年，重庭广厦路盘旋。
斯文一脉同声气，指看林荫字迹斑。其四
　　　香港大学。

波平沙细海风轻，曲岸尽头小屿横。
屋舍倚山丛树远，滩湾摄影对沧瀛。其五
　　浅水湾。

登高眺远日初晡，楼宇如林薄雾浮。
蜡像馆前观广告，明星元首一张图。其六
　　太平山顶。

港岸煌煌金紫荆，海天辽阔同胞情。
观光犹忆回归日，万众欢呼雷动声。其七
　　金紫荆广场。

方言雅语细参详，故友新朋同举觞。
一曲骊歌无限意，满天灯火耀香江。其八
　　铜锣湾世贸中心会所。

尖沙咀观景 / 二〇〇二年三月

维多利亚港，轮渡去来忙。
重浪拍堤舞，轻鸥掠水翔。
码头连广衢，楼宇上高冈。
日暮华灯放，海天齐炜煌。

深圳世界之窗 / 二〇〇二年三月

半天竟作五洲游,异域风光眼底收。
奇彩华章跨世纪,和平发展共歌讴。

<small>环球舞台观大型音乐舞蹈史诗《跨世纪》。</small>

水调歌头·壬午谷雨后二日游平桥 / 二〇〇二年四月

潴泄作湍瀑,曲浃绕回川。平桥相约览胜,鱼贯过河湾。正是春溪雨后,指点近山滴翠,远岭隐层岚;浅水清如酿,深水绿如蓝。 碧梧岸,浓荫畔,泊游船。马蹄阵阵清脆,往复野林间。两岸竹楼烧烤,一路山庄歌唱,老板唤休闲。路转峰回处,农妇插秧田。

嵩山中岳庙 / 二〇〇二年七月

凤舞龙眠气势雄,峰峦七二尽朝宗。
山呼祠启千秋祭,坛祀名尊五岳崇。
汉篆唐书碑影翳,苍皮溜雨柏烟笼。
浮邱隐隐出云表,何处笙鸣向碧空。

<small>明人诗谓太室似龙眠,少室如凤舞。汉元封元年武帝登嵩顶,闻山呼万岁之声;唐垂拱四年武则天祭祀中岳,加封嵩山神为神岳天中皇帝。《列仙传》载,周灵王之子王子乔尝为浮邱公接引嵩高山,乘鹤飞升。今中岳庙西北有浮邱峰。</small>

嵩阳书院十二韵 / 二〇〇二年七月

嵩山风景异，书院久知闻。
太室幽奇境，双溪桃李林。
白云浮影阔，青霭入庭深。
褐壁衬灰瓦，红楹掩绿荫。
廊回碑历历，台旷树森森。
繁郁百千树，清游三两人。
峭槐宋儒士，老柏汉将军。
石喜庭坚字，碑羞林甫文。
观诗亲白傅，立雪忆程门。
讲室春风席，泮池秋月痕。
先贤留履迹，学子感文心。
无限追怀意，临风作啸吟。

书院内有二程手植槐、汉武帝封将军柏；门外唐碑为奸相李林甫撰文，后人于碑背题诗讥之。白居易尝在此写有《嵩阳观夜奏霓裳》诗。

永泰寺 / 二〇〇二年七月

子晋峰前一寺开，灵泉汩汩罅中来。
皇姑楼外娑罗树，风动竟疑堕凤钗。

寺建于北魏孝明帝正光二年，为孝明帝之妹永泰公主出家处。

少林寺十二韵 / 二〇〇二年七月

胜迹大乘教，禅宗此祖庭。
洛伊环似练，少室崭如屏。

门迓八方众，庙燃千载灯。
渡江凭一苇，修业继三更。
面壁肩巢鸟，入神石化形。
九年感天地，五乳证精诚。
师念折肢意，法传立雪亭。
前堂锤像谱，后殿站桩坑。
拳棍声威远，功夫海宇惊。
功标靖乱史，身显抗倭名。
院塔重重影，廊碑款款情。
欲暝人渐去，风送念经声。

　　禅宗初祖天竺僧达摩于北魏孝昌三年入少林寺，在五乳峰石洞面壁九年，今寺内尚存达摩面壁影石。二祖慧可为求佛法，立雪断臂，今寺中有立雪亭，寺后有养臂台。

箕山 / 二〇〇二年七月

太室巍巍颍水流，箕山南望景清幽。
避人避世称高洁，洗耳洗心何谤尤。
落轿帝尧尝有石，饮牛巢父尚存湫。
斯翁逝去却封享，终竟许由不自由。

　　许由坚辞帝尧所拜九州长不就，洗耳明志，然死后终被尧封为箕山公神。李白诗：归时莫洗耳，为我洗其心。洗心得真情，洗耳徒买名。

龙门石窟 / 二〇〇二年七月

伊水风生起碧澜，禹门胜迹映关山。
魏书唐字留精品，叠佛重龛蔚壮观。
力士袒胸瞋怒目，菩萨含睇展慈颜。

皇家一笔粉脂费，百姓千年血泪斑！

咸亨二年，武则天捐脂粉钱两万贯开凿奉先寺造像。

香山寺 / 二〇〇二年七月

伊河东岸壁，古寺树青青。
院静犹闻雀，门开未见僧。
赋诗结九老，饮酒会耆英。
胜迹寻何处，御碑山上亭。

白居易晚年居此结九老会，宋司马光效之，结耆英会。寺内有乾隆所书碑。

白园 / 二〇〇二年七月

琵琶峰上柏森森，青谷幽泉傍醉吟。
翠樾亭前游客杳，古来寂寞是诗人。

墓北天然巨石刻有白居易《醉吟先生传》。

白马寺 / 二〇〇二年七月

四海僧尼朝祖庭，禅宗胜地久知名。
永平一觉金神梦，异域千山白马经。
启道冢前藤袅袅，译经台上柏青青。
齐云塔院人空寂，去去犹闻清磬声。

白马寺为中国第一座佛教寺院。东汉明帝夜梦金神，遣人赴天竺取经。永平十年大月氏国高僧摄摩腾、竺法兰以白马驮经至洛阳，因有此寺。今寺中有二僧墓冢及二僧译经之所清凉台。

关林 / 二〇〇二年七月

千里雄关雁叫哀,春秋读罢起徘徊。
洛伊有幸埋英骨,荆楚无由展壮怀。
高义何求百世享,精忠为弭万民灾。
殿堂肃穆廊庑静,古柏苍苍入眼来。

曲阜孔庙十韵 / 二〇〇二年七月

鲁城留享殿,肃穆复堂皇。
至圣千秋祭,学宫万仞墙。
庭深盈浩气,殿广煜灵光。
笾豆牲常供,磬钟音永扬。
刻图传圣迹,法帖荟廊厢。
古桧先师植,群碑浩劫伤。
井怀疏食饮,壁忆焚书藏。
泮水桥池绿,杏坛亭瓦黄。
唐槐枝郁郁,宋柏叶苍苍。
仰望树梢鸟,翩翩正颉颃。

庙内有先师手植桧。"文化大革命"中庙中石碑不少被毁,虽经修复,断痕累累。

孔府 / 二〇〇二年七月

阙里圣人嫡孙宅,允称天下第一家。
房廊迤逦庭园旷,书画琳琅岁月遐。
六代含饴诗礼乐,千秋继享物华嘉。

昔时侯府森严地，今日游人笑语哗。
府中"六代含饴"匾为乾隆赐书。

孔林 / 二〇〇二年七月

鲁邑阙里千秋祀，夫子族中百世林。
桧柏森森神道远，冢茔累累草丛深。
抱孙携子封三垄，守墓筑庐不贰心。
洙水桥前人迹杳，残碑读罢听鸣禽。
孔子墓左为孔鲤墓，前为子思墓，风水师谓为携子抱孙。孔子墓之右有子贡庐墓处。

青岛谒康有为墓 / 二〇〇二年七月

北海长眠南海翁，浮山脚下树葱葱。
而今世眼唯观利，何处听人说大同。

小鱼山观澜阁 / 二〇〇二年七月

飞檐叠翼翘山头，琴岛风光四望收。
绿树红楼披广阜，蓝天碧海汇涯陬。

栈桥回澜亭 /二〇〇二年七月

百丈长桥入海深,重亭屹屹听潮音。
碧湾两翼回眸处,栉比高楼上远岑。

青岛海滨四绝 /二〇〇二年八月

天际碧涛映赤霞,眼前银浪吻金沙。
披襟最喜晨风爽,吹动遐思向海涯。其一

潮线频牵天幕走,浪花总缀岸礁开。
细沙软草情人语,危屿罡风壮士怀。其二

晚雾乍开咸湿风,夕阳西照影瞳瞳。
海天忽破鎏金镜,万顷波兴尽碎红。其三

遥观海面与天齐,点点舰船影渐移。
指数浑忘天色晚,忽来高浪上礁矶。其四

游泉州开元寺三绝 /二〇〇二年九月

紫云屏后殿廊开,经阁戒坛一字排。
古迹桑莲道不尽,拜庭步过绝尘埃。其一

石柱石檐卯榫身,东西双塔入青云。
环阶郁郁刺桐老,阅尽沧桑八百春。其二

寺内镇国塔、仁寿塔为南宋建筑,皆以花岗石材仿木头榫卯结构建造。

道义才情云海宽,藤箱布伞总萧然。
准提寺左大榕树,又听夕阳山外山。其三

东部准提寺今为弘一法师纪念馆。

游清源山观宋代老子石像口占 /二〇〇二年九月

浩浩穆穆,赫赫奕奕。垂耳飘髯,弹几抱膝。烛目幽穹,融身广场。门开众妙,神致虚极。先哲有像,大道无迹。伟哉老子,天下第一。

乘船观金门 /二〇〇二年九月

屹屹山崖猎猎旗,岛人岩堡影依稀。
涛声依旧炮声杳,咫尺还当叹隔离。

厦门南普陀 /二〇〇二年九月

海上神山南普陀,重重廊宇殿嵯峨。
行来最爱石千态,五老峰前对擘窠。

厦门鼓浪屿二绝 /二〇〇二年九月

长街曲绕小楼排,绿树青坪净绝埃。
坐对海天无限意,日光岩下几徘徊。其一

人歌鸟唱听和声，海韵琴思欣共鸣。
卧看蓝天清似洗，草香隐隐午风轻。其二

游海南十二绝 / 二〇〇三年一月

水涌深蓝逐浅蓝，三江入海蔚奇观。
窄滩划破海河界，轮渡如梭去复还。其一
  博鳌。万泉河、九曲河、龙滚河在此并流入海。

翠透绿融处处妍，山回水转尽芊芊。
天公犹恤谪居客，常遣春神驻此间。其二
  兴隆热带作物园。海南自古为谪迁之地，然冬日气候宜人，亦可谓天眼无偏。

鹿回头处我回头，港内云帆云外楼。
南海情山无限爱，天高水远意悠悠。其三
  三亚鹿回头。

飞艇翻耕雪浪宽，海天澄澈染青蓝。
吊床摇出椰林趣，耳际暖风过近滩。其四
  西岛。

洞天福地景葱茏，海碧崖青水接空。
最羡南山松不老，虬枝挺拔向苍穹。其五
  大小洞天。

向晚椰林染赤霞，留连沙岸看摩崖。
欲从海角游天宇，久坐心期银汉槎。其六
  天涯海角。海天空阔，不由生出尘之想。

不枉南来万里程，海空一镜透心明。
此间得见擎天柱，忽悟众星西北倾。其七
  南天一柱。

银沙岸上绿椰风，残月偏西日出东。
浪静滩平鸥影远，褰衣拾贝兴方浓。其八
  宿亚龙湾仙人掌大酒店。

几回夜寐听涛欢，寻梦今朝到海滩。
拾得晨光千万缕，绩绳牵梦返乡关。其九
  晨起观海。

索道凌霄绝壁悬，曲阶绕上白云边。
摩崖纵有神来笔，难状清空万亿年。其十
  东山岭。

不二法门自在游，倚山面海起重楼。
心经石壁留连久，清越梵钟过海陬。其十一
  南山寺。

好风一路到琼崖，碧野青畴色色花。
满目晴光如水洗，椰林绿染海天遐。其十二
  从琼山到琼海。

游大理十三绝 /二〇〇三年一月

飞檐串角缀三坊,彩画精工饰粉墙。
小憩庭阴摇躺椅,山茶朵朵艳而香。其一
  入住白族民居旅馆。

人流初减暮云垂,堞垛门楼去复回。
栉比民居收眼底,长街半抹夕阳辉。其二
  登大理城墙。

烛光摇影乐轻悠,一盏咖啡容逗留。
座客发肤色多异,此身疑在外邦游。其三
  洋人街咖啡店小坐。

院深庭静竹森森,金殿丹墀紫禁门。
莫谓天高皇帝远,滇西有士动乾坤。其四
  杜文秀帅府。清咸丰六年,杜文秀领导滇西各族民众起义攻下大理,在此建立政权。

凤尾竹青夹径长,流泉澄冽碧枝香。
丛间蛱蝶无寻处,陪照金花拦路忙。其五
  蝴蝶泉边合欢树为芳香树种。《徐霞客游记》云:真蝶万千,连须钩足,自树巅倒悬而下及于泉面,缤纷络绎,五色焕然。郭沫若诗:蝴蝶泉头蝴蝶树,蝴蝶飞来千万数。首尾联接数公尺,自树下垂疑花序。惜以季节原因未能获睹。

平野驱车过喜洲,长街深院暂勾留。
房厅四进连天井,日影斜移转角楼。其六
  严家院白族民居。

十九峰间十八溪，岩泉汩汩树萋萋。
山巅白雪披青嶂，林麓红花映绿陂。其七

  苍山。

莽莽连峰挽两关，游龙化作点苍山。
年年长脊负冰雪，融解春溪沃绿川。其八

  上关在苍山北端弄云峰下，下关在苍山南端斜阳峰下，两关相距百里。

苍山洱海听鸣钟，三塔巍巍向碧穹。
南国佛都崇圣寺，天龙八部觅前踪。其九

  崇圣寺即金庸小说所写天龙寺。寺内有云南第一大钟，徐霞客《滇游日记》言其声闻可八十里。

大理景观绝四时，风花雪月俱成诗。
蓝天好写清空句，笔塔濡毫入净池。其十

  三塔倒影公园在崇圣寺侧。"风花雪月"谓上关花、下关风、苍山雪、洱海月；三塔背靠苍山，面对洱海，左为上关，右为下关。

平畴碧绿衬金黄，油菜花开扑面香。
马健车轻惠风畅，铃声串串落溪旁。其十一

  从苍山到洱海。

海子清澄自在游，远山如黛望中收。
天光摇荡烟波渺，点点鸬鹚傍小舟。其十二

  洱海岸观景。

玉案山前镜半裁，高天云朵水中开。
埠头苇岸流连久，鼓枻凌波去复来。其十三

  泛舟洱海。

"廓落湖山天宇静"（海子边的藏民，摄于纳木错）

天净沙·丽江行 / 二〇〇三年一月

石城海子雪峰，金沙绿甸苍丛。水曲天低地迥。东巴古乐，悠悠回荡心胸。

游丽江十六绝 / 二〇〇三年一月

石桥高拱木桥平，迤逦长街顺水行。
店铺琳琅灯灿灿，晚风吹散满河星。其一
　　晚至丽江古城。

大石桥头里巷深，曲廊方井夜沉沉。
清歌听罢人声杳，灯下庭花带露馨。其二
　　夜宿金虹民居客栈。

店肆家家迎客忙，民庐骈集大研厢。
四方街上笛声起，挽手踏歌意兴昂。其三
　　《徐霞客游记》称丽江民庐骈集，萦坡带谷。

岁月无情石有情,晨曦初照见光平。
千年古驿经茶马,倾耳犹闻铃铎声。其四
  茶马古道。

狮子山头景色幽,风清柏翠鸟啾啾。
古城如砚撩书兴,擢笔须登万古楼。其五
  狮子山。登楼可观大研古城全景。

清空水色见灵奇,鱼戏浑如无傍依。
锁翠桥前晚风起,柳丝传浪过长堤。其六
  黑龙潭。

宛转金川饮玉龙,银浇蜡裹十三峰。
牦牛坪上晴光好,藏女放歌响碧空。其七
  玉龙雪山。

苍鹰只影看盘旋,草甸雪原明暗间。
揽辔回眸无限意,玉峰列戟刺云天。其八
  山脚至牦牛坪骑马往返。

晴光石底有无中,汩汩玉泉来雪峰。
一掬清泠忻爽目,茂林夹岸倍青葱。其九
  白水河停车小憩。

林深野阔景清嘉,游罢玉龙过白沙。
神树灵泉鱼自乐,曲亭学舍访东巴。其十
  玉水寨。

古寺名花傍玉峰，千柯万蕊竞芳容。
花心笑逐人心笑，人未娇羞也脸红。其十一
    玉峰寺观万朵山茶。

栈道临虚绝壁开，清江迤逦自南来。
云崖如削峡如斩，巨石惊涛入壮怀。其十二
    虎跳峡。

丽日晴天豁眼眸，江流曲绕绾沙洲。
何年古镇惊天鼓，织女坠残玉佩钩？其十三
    石鼓镇旁俯瞰长江第一湾。

细乐才闻云雀舞，洞经又奏浪淘沙。
沧桑岁月东巴老，牛角号中天地遐。其十四
    东巴宫赏纳西古乐，白沙细乐与洞经乐为其中两套大型乐曲。

银峰神韵玉川情，冷月朣朣纱幕轻。
舞袖婀娜歌婉转，恍如仙子落江汀。其十五
    观大型民族服饰风情歌舞《丽水金沙》。

大风车下日初斜，桥板过河头一家。
爽口难忘鸡豆粉，临窗小坐品清茶。其十六
    纳西阿妈小吃。

昆明斗南花市 / 二〇〇三年一月

嫣红姹紫郁芬芳，花贩花农交易忙。
异卉奇葩输四海，春城人不吝春光。

花溪西舍 / 二〇〇三年三月

绿瓦红楹衬粉墙，小园丛树碧苍苍。
明窗闲映清溪影，隔岸柳丝拂水光。

花溪坝上桥 / 二〇〇三年三月

小雨复初晴，春山照眼明。
度桥人步缓，掠树鸟飞轻。
瀑泻浪翻白，草荣屿泛青。
元戎吟咏处，朗朗听涛声。

> 陈毅元帅尝在此题咏。

长白山五绝 / 二〇〇三年七月

驱驰百里尽蜿蜒，掩映参棚丛树间。
仰首几回疑路断，盘旋竟上白云边。其一

> 从安图到长白山北坡。

云山变幻叹迷离，雾锁危崖人语低。

久伫忽欣腾野马,镜奁开处见涟漪。其二

  鹰嘴峰上久候约一小时终于得见天池。《庄子》:野马也,尘埃也,生物之以息相吹也。

游兴浓时雾恰浓,此来观瀑瀑无踪。
归程怅惘频回顾,倏尔银裾挂半空。其三

  长白山瀑布。

嶙峋乱石满河滩,镩水蒸腾涧水寒。
莫谓此流声势小,松江百里看翻澜。其四

  二道白河为松花江源头,其上为长白瀑布,经乘槎河通天池。河床中多有温泉自石镩冒出。

银环湖畔绝尘埃,岳桦森森迷眼来。
绰约云峰亲水景,洗心正可对瑶台。其五

  小天池。

旅大连 / 二〇〇三年七月

三日观光喜往还,红楼栉比绿坪宽。
长街广场净如洗,不尽天蓝接海蓝。

蓬莱阁 / 二〇〇三年七月

浩浩烟波习习风,丹崖山上阁凌空。
一弯城堞连霄陛,几处诗碑吟贝宫。
云海光生明暗际,蜃楼相幻有无中。
凭虚摄得赏心景,万里海天一镜容。

游烟台山 / 二〇〇三年七月

烟墩山上访烟墩,难觅旧时烽燧痕。
幢幢洋楼依碧树,巍巍灯塔入青云。
礁丛栈道随崖仄,海涘索桥悬壁深。
坐听闲蝉恣意唱,绿荫拱径最宜人。

岱庙 / 二〇〇三年八月

秦立畤祠汉作宫,迢迢天路此间通。
楼翔五凤排云起,殿广百楹对岳崇。
汉柏唐槐惊郁茂,铜亭铁塔叹峥嵘。
篆碑残字赏观久,廊外紫薇映日红。

登泰山吟成五古一首 / 二〇〇三年八月

岩岩头顶峰,盘盘足底路。
岩岩复盘盘,几回凭翘伫。
行看摩崖文,坐对临涧树。
观瀑惊珠陨,过桥随云步。
庙龛思梦仙,松风疑遥驾。
右岩如龙飞,左岭似凤翥。
一径上通霄,九重有门户。
岱顶觅圣迹,天街逐云度。
愈觉山风冷,满身披浓雾。
欲登玉皇顶,云深不知处。

"欲登玉皇顶,云深不知处"（摄于泰山）

大明湖 / 二〇〇三年八月

明净水天一色空，环湖幽径黛痕浓。
临风杨柳倾心绿，摇影芰荷得意红。
历下亭空闻鸟语，稼轩祠静对雕栊。
曲廊小坐剥莲子，留得清香浃齿中。

李清照纪念馆 / 二〇〇三年八月

漱玉泉旁柳，画堂掩映深。
吟边寻觅句，客里乱离人。
才胜须眉意，词存锦绣心。
碑廊凝目久，想见晓妆新。

《漱玉词》有"一番风露晓妆新"句。

游趵突泉用赵松雪韵 / 二〇〇三年八月

天下名泉有若无，此间未见涌银壶。
桥称来鹤鹤踪杳，亭谓观澜澜势枯。
攘攘熙熙争摄影，男男女女竞游湖。
前贤诗刻堪吟味，一路行来心迹孤。

趵突泉以地穴水涌在池面作趵突状而得名。刘鹗《老残游记》谓：三股大泉从池底冒出，翻上水面有二三尺高。又言：据土人云，当年冒起有五六尺高。近年因泉城人口多而水资源枯竭，趵突腾空之景观已难复见。元赵孟頫尝在此留诗一首，内云：谷虚久恐元气泄。明王守仁步韵诗亦云：却愁地脉还时枯。前贤之句，不幸而成谶语。附赵孟頫《趵突泉》诗：泺水发源天下无，平地涌出白玉壶。谷虚久恐元气泄，岁旱不愁东海枯。云雾润蒸华不注，波澜声震大明湖。时来泉上濯尘土，冰雪满怀情兴孤。王守仁《晚到泺泉次赵松雪韵》诗：泺源特起根虚无，下有鳌窟连蓬壶。绝喜坤灵能尔幻，却愁地脉还时枯。惊湍怒涌喷石窦，流沫下泻翻云湖。月色照衣归独晚，溪边瘦影伴人孤。

金阳石林 / 二〇〇三年九月

路转峰回处，蓦然奇景开。
褰衣循曲径，蹑足步重台。
树倚亲崖壁，云生隔俗埃。
谁鞭蓬岛石，驱入此间来？

石林在贵阳市观山湖区。

游金华双龙洞 / 二〇〇三年十一月

赤松岭下访烟霞，漱玉桥头景色嘉。
罅底仙源欣得渡，误将卧艇认飞槎。

此洞口极狭，须平卧船中方可渡入。

金华山黄大仙祖宫 / 二〇〇三年十一月

鹿田湖畔起崇台，宫观巍峨次第开。
夕照煌煌人迹杳，满天锦缎看铺排。

浙江访诸葛八卦村 / 二〇〇三年十一月

丞相兰溪有裔孙，盈盈谷水岘山村。
肥梁胖栋祠堂古，黛瓦粉墙宅巷深。
八卦九宫迷世眼，千方百药济民心。
绵瓜衍瓞亲恩远，朗朗书声动茂林。

　　此村依八卦九宫之理而建，村路盘旋迷离。村中人多从医者，所谓不得为良相亦当为良医是也。

游西湖登雷峰塔 / 二〇〇三年十一月

熠熠天光一鉴开，西湖明秀我重来。
草坪环路园临水，花树傍桥竹映斋。
柳浪殷殷亲笑靥，诗碑历历触吟怀。
雷峰新塔出云表，喜有电梯通九陔。

春日平桥 / 二〇〇四年二月

春信逐轻寒，暖风送旧年。
临溪忻涨绿，倚石伴生岚。

神共鸣禽活，心随流水宽。
人行百步磴，桥下听溅溅。

西北纪游六十四绝 / 二〇〇四年六月至七月

五陵原上草萋萋，丽日高悬树影低。
绿阜黄原掠眼过，轻车驰上渭河堤。其一
　　咸阳机场至西安。

月光初照箭楼东，雉堞宇墙明暗中。
车去车来星串串，长街满眼耀霓虹。其二
　　夜登西安城墙。

车行迤逦过杨森，厂舍俨然草色茵。
前路复添思古意，浐河想见半坡人。其三
　　东出西安。

读史久知文帝俭，诵诗常羡柳绵轻。
临河不见断肠客，南面殷殷望灞陵。其四
　　过灞桥。此为古人折柳送别之所。

青葱一路过榴园，华夏脉源是此间。
博物馆中多宝器，煌煌历史耀山川。其五
　　到临潼。

覆斗清幽渭水南，巍巍陵冢俯平川。
若非高祖虚诳语，千载地宫何得安？其六

始皇陵。据《史记·高祖本纪》载，刘邦尝在阵前历数项羽十罪，其四曰烧秦宫室，掘始皇帝冢，私收其财物。然近岁经钻探勘查，得知始皇地宫保存完好。人谓始皇地宫后世无人盗掘，殆与《史记》所记刘邦语有关。

骁兵似虎马如龙，战阵泱泱气势宏。
陶胄长留人祚短，久安岂是靠兵戎。其七

  兵马俑坑。

津阳门内且徜徉，湖外幽亭接曲廊。
兰麝氤氲脂玉软，承恩正是海棠汤。其八

  华清池。海棠汤即贵妃池。

盘旋磴道上骊山，古木长藤崖壁间。
小坐亭前观落照，石岩如虎色斑斓。其九

  兵谏亭。其旁有虎斑石。

烽火台高对夕阳，骊山崇峻色青苍。
林间龙柏披纷处，道是女娲炼石场。其十

  骊山西绣岭有周幽王烽火台遗址及老母殿。

车行西过渭河桥，高速路边楼宇高。
古道烟尘觅何处，阳关此去路迢迢。其十一

  过咸阳。

妍媸尽说土霜奇，生死曾传罗袜谜。
七夕六军遗事渺，马嵬坡下草萋萋。其十二

  杨贵妃墓在兴平县马嵬镇。当地传说取墓上之土擦后可使丑女变美。又有人言此墓所葬仅玉环一靴一袜而已；日本更有贵妃马嵬未死而东渡扶桑之说。

禾黍青青入望来，杨陵科教育英才。
欲知华夏农耕史，应看周人教稼台。其十三

  杨陵农科中心之前身为国立西北农林专科学校，一九三四年于右任先生主持设立。其地之北有教稼台，传为周人先祖后稷教稼于邰之处。

真身塔耸与云齐，珍宝庋藏入眼迷。
一月三江稀世物，关中塔祖见神奇。其十四

  法门寺。其寺塔之地宫于唐懿宗咸通年间封闭，与世隔绝一千一百一十三年之久。一九八七年为重建古塔而得以开启地宫，发现大量举世罕见之文物珍宝，内有佛指舍利灵骨及三枚影骨。赵朴初诗：影骨非一亦非异，了如一月映三江。

古圹下行甬道深，斑斓壁画尚留痕。
帝王家族血腥史，石椁森森冤死魂。其十五

  懿德太子墓。懿德太子李重润，唐中宗长子，高宗与武则天之孙，十九岁时与其妹永泰公主议论武则天而同被处死。

双乳峰前馀落晖，梁山高峻势萦回。
千秋功过谁评骘，游客争看无字碑。其十六

  乾陵。

大雁塔前人语喧，乐声激越涌喷泉。
徘徊玄奘译经地，似此佛门何得安？其十七

  慈恩寺。前建广场。

草真隶篆源流长，游罢方亭转曲廊。
汉石唐碑观不尽，庭中日影过花墙。其十八

  西安碑林。

崇楼广殿盛唐风，藏庋科研一馆融。
绵亘无垠黄土地，文明史迹遍关中。其十九

  陕西历史博物馆。

巡边汉武出萧关，勒石唐宗过固原。
极目天高云淡处，巍巍正是六盘山。其二十

  进宁夏。萧关在固原，为汉时边关，史载汉武帝六出此关巡视边塞；唐时派兵大败突厥延陀部，太宗亲出长安，经六盘山下之固原至灵武，勒石纪功。毛泽东《清平乐·六盘山》：天高云淡，望断南飞雁。

秦沟汉渠引黄河，菀菀绿杨滟滟波。
塞上连天尽沙碛，银川独看米粮多。其二十一

  车近银川。

西北天颓谁柱擎？贺兰灏气接蓬瀛。
如涛崇岭连幽壑，笔架三峰入窈冥。其二十二

  贺兰山东麓风景区距银川三十余公里。

苍莽横城古渡头，此间浊浪变清流。
河湾落日波光渺，绿野金沙一望收。其二十三

  游银川黄河金水风景区。

边旅几回发浩歌，激流冲荡渡黄河。
凌波浑脱凭争渡，终是黎民苦难多。其二十四

  清康熙征准噶尔噶尔丹尝在此渡河并留诗。浑脱即革囊，其制作时羊皮整体脱剥，故称。

金沙碧水一奇观，簇簇苇丛船往还。
漫步沙丘观水景，不知北国抑江南？其二十五

  宁夏沙湖。

船头鱼跳听欢呼，滑板人轻意气舒。
黄漠清波来复往，沙雕看罢日将晡。其二十六

  乘船渡湖后赤足登沙山，复滑沙至大漠谷地看沙雕作品。

古堡苍凉大漠荒，寒窑陋院彩旗扬。
红高粱酒黄河恋，演绎风情堞土岗。其二十七

  镇北堡西部影城。此地原为明清时屯兵土堡，《红高粱》等七十余部影片在此拍摄，现已成为宁夏重点旅游观光之地。

贺兰东麓访陵丘，日色缊缊风力遒。
献殿角台凭追访，沧桑何处见王侯。其二十八

  西夏王陵占地四十多平方公里，其间有九座帝王陵及二百余座达官勋戚之墓。

二百年间兴与衰，熏风阵阵过茔台。
同音文海劫馀在，绝代文明赖揭开。其二十九

  出土西夏文献甚多，纪录西夏语音系统之《同音》、诠释西夏文字形音义之《文海》，以及汉文与西夏文对音之《蕃汉合时掌中珠》等，为破译西夏文、研究西夏历史提供了重要根据。

城破国亡廊庙隳，塔铃千载任风吹。
旷原寂寂青山恨，一代天骄竟不归。其三十

  公元一二○五年起，蒙古军六次征伐西夏；一二二七年西夏灭亡，成吉思汗亦于是年死于征战途中。

织成草网固流沙，坡陡路长月半斜。
沙海铁龙明黯影，鸣钟涌泪梦思遐。其三十一

  沙坡头在腾格里沙漠东南边缘，坡上沙鸣如钟，坡下有泪泉。惜火车晚间经过，未得领略滑沙观泉之胜。

日月山间日月亭，山风拂动祭幡轻。
若非抛镜成湖海，赤岭何由一色青。其三十二

  日月山在西宁往青海湖途中，土石皆赤，唐时名赤岭。文成公主赴吐蕃和亲经过此山，见赤地不毛之景，油然生思乡之情，但念及自身重任，毅然将映现长安繁华景色之日月宝镜抛下山去。传说正是此镜化成碧波万顷之青海湖。

"草甸雪峰凝目久"（摄于青海途中）

荏苒绿原潋滟波，羊群雪白缀青坡。
司机指点水流向：龙女牵来倒淌河。其三十三

　　倒淌河发源日月山，向西流入青海湖。藏民传说，龙王小女奉命造西海，所需一百零八条河仅找到一百零七条，无奈从东边倒牵一河至此。汉民则传说此河为文成公主眼泪流淌而成。

明湖百里碧莹莹，极目天高水色青。
云翳日光流动处，浅深绿意幻沧溟。其三十四

　　青海湖帐房宾馆景区。

此来眼阔便心宽，天水深蓝接浅蓝。
草甸雪峰凝目久，驱车又过白沙滩。其三十五

　　青海湖为中国第一大湖，周长三百六十公里，面积四千五百八十三平方公里。包车出西宁由东而南而西而北环游一周，早出晚归，饱览湖光山色及沿途风光。

布哈河傍海西山，双岛驼峰鸟乐园。
天赐飞禽澄澈境，人来对此也翩翩。其三十六
  鸟岛。

身旁红日映蓝天，眼际青山傍绿原。
蒙古包中多笑语，牧歌唱到白云端。其三十七
  金银滩。

莲花山麓傍湟源，塔寺辉煌林莽间。
学院经堂参谒久，酥油花馆又流连。其三十八
  湟中县塔尔寺。藏传佛教格鲁派创始人宗喀巴诞生于此。唐卡、堆绣和酥油花为寺中三绝。

高崖危耸走山羊，谷地坡畴绿间黄。
今夏有缘来北地，一年两遇菜花香。其三十九
  包车出西宁南行赴甘肃。

青砂山上岭千重，拉木峡中崖蔽空。
驻足总缘风景异，连山如火照天红。其四十
  经化隆、循化，途中丹霞地貌最为可观。

百里苍凉青草坡，驱车问路过山阿。
偶闻毡帐藏獒吠，暮色沉沉到夏河。其四十一
  过高山草甸抵甘南藏族自治州夏河县。

回廊绕寺转经轮，佛殿经堂沐瑞暾。
大夏河边绝俗境，轻风吹荡诵经声。其四十二
  拉卜楞寺为一世嘉木样活佛俄昂宗哲禅师所创，现有六大佛学院、四十八座佛殿、五百余座僧院及数千僧侣，为藏传佛教黄教六大禅林之一，规模宏大，风光优美，有甘肃后花园、中国小西藏之称。

"青黄红褐看斑斓"（摄于黄河峰林）

莲花古渡上游船，劈破浊流看浪翻。
两岸峰林奇幻景，青黄红褐看斑斓。其四十三
  游黄河三峡（炳灵峡、刘家峡、盐锅峡）。

凿山为佛出云端，五色悬崖多窟龛。
唐述谷中遗胜迹，山川纡曲说游仙。其四十四
  炳灵寺石窟位于黄河炳灵峡北岸，其所在即唐人传奇《游仙窟》所写之河源积石山。《水经注·河水》：盖鸿衣羽裳之士，练精饵食之夫耳。俗人不语其仙者，乃谓之神鬼，彼羌目鬼曰唐述，复因名之为唐述山。

小艇凌波一叶轻，玻璃篷外水溟溟。
大风吹浪如墙倒，无险几回心也惊。其四十五
  刘家峡水库遇风。

黄河曲绕自西来，古郡新姿迤逦开。
日暮过街人浪涌，虹霓亮到九重陔。其四十六
    宿兰州。

瀚瀚前程戈壁滩，皑皑山脊耀银鞍。
时徐时疾近还远，奋鬣扬蹄向玉关。其四十七
    车行河西走廊，沿途观祁连山莽苍起伏，绵亘向西。

过罢甘州过肃州，酒倾泉涌水长流。
人传骠骑将军事，胜迹长留戈壁丘。其四十八
    到酒泉。传说霍去病倒御酒于泉，与将士共饮。

雄关耸峙对祁连，滚滚黄尘天地间。
城堞箭楼出云表，燕归击石苦翩翩。其四十九
    嘉峪关。关下有燕击石。传说日暮闭关之后觅食归燕飞不过城墙，便衔小石击于此石传出响声，将士开关而得入。

一线危墙万仞山，长城斜挂陡崖边。
登临远眺云开处，不见狼烟见爨烟。其五十
    悬壁长城在黑山山脊之上。

剥蚀坍颓岁月痕，长城西起一烟墩。
汉烽唐燧凭追想，讨赖河边说古今。其五十一
    长城第一墩在嘉峪关西。

拔地忽来龙卷风，扶摇沙砾向长空。
天际一线莹莹色，海景朦胧幻化中。其五十二
    赴敦煌过戈壁滩。

戈壁绿洲欲见难,黄沙百里绝人烟。
驱车忽过安西镇,棚下切瓜味最甜。其五十三
　　安西古亦称瓜州。路旁食瓜,甜至青皮。

丘脊熔金夕照斜,骆驼背上看流沙。
蜿蜒跋涉月初起,风动犹闻塞上笳。其五十四
　　鸣沙山。

满目黄沙欲蔽天,绿洲一点见灵泉。
我今到此终得悟,天月缘何常不圆。其五十五
　　月牙泉。

"造化如斯称绝奇"（摄于纳木错）

藏经洞外久徘徊，学问一门由此开。
功过竟评王道士，室空唯剩劫馀哀。其五十六

  王道士名圆箓，陕西人，祖籍湖北麻城，曾为莫高窟下寺住持，一九〇〇年六月二十二日发现封闭九百余年之藏经石室。

借得春风访玉关，可怜墙毁古墩残。
茫茫戈壁驼铃杳，几树胡杨天地间。其五十七

  玉门关。

古国兴衰历汉唐，民居官署构蜂房。
匠心终未免兵燹，残壁隤垣冷寂荒。其五十八

  交河故城位于吐鲁番西雅尔乃孜沟，城在两河交割而成之狭长台地上，以原生土减土法建成。其地汉时为西域车师前部王国都城，其后属高昌，元代后被废弃。

交河游罢到高昌，破壁畸零对断墙。
故国文明不知惜，城中车马土飞扬。其五十九

  高昌故城。

信是火洲火焰山，赤崖如火照红天。
无缘借得芭蕉扇，趋避不堪热气蹿。其六十

  火焰山。吐鲁番为世界第二低地，有四千多平方公里面积低于海平面，夏季气温最高时近五十摄氏度，地表温度达八十三摄氏度，因有火洲之称。

碧玉叶间翡翠珠，层层架架满沟铺。
曲廊弹奏高昌乐，游赏浑如醉一壶。其六十一

  葡萄沟。

明渠泉清汩汩流，暗沟水响冷风飕。
妙方引得雪山水，无怪火洲变绿洲。其六十二

  坎儿井。

西行欲访雪莲花,一路爱听冬不拉。
向晚九时日未没,客房正对大巴喳。其六十三

从吐鲁番到乌鲁木齐。巴喳为维语,亦作巴扎,指集市。乌市大巴扎为著名购物中心。

回环霄路上天山,浩浩粼波莽樾间。
莫羡瑶池宴上客,乘槎我亦向云边。其六十四

天池。《穆天子传》:乙丑,天子觞西王母于瑶池之上。

游宁夏沙湖 / 二〇〇四年七月

沙湖光景异,塞北胜江南。
足履丘沙细,舟行云水宽。
鱼从波底跃,鸟在苇丛觇。
文友欣重晤,优游笑语欢。

西宁塔尔寺 / 二〇〇四年七月

大师遗圣迹,黄教法源长。
金瓦眩人目,菩提现佛光。
辉煌弥勒殿,肃穆大经堂。
朝暮听钟鼓,酥油弥院香。

甘南拉卜楞寺 / 二〇〇四年七月

雪域绝幽境,来朝兜率宫。
转经随藏众,礼佛听晨钟。

"大夏河边绝俗境"（摄于甘南拉卜楞寺）

殿塔衬云白，僧袍映日红。

青山环四面，大夏水淙淙。

　　拉卜楞寺全名噶丹雪珠达尔杰扎西叶苏旗卫林，为兜率天宫讲修宏扬吉祥右旋洲之意。

游炳灵寺石窟 / 二〇〇四年七月

禹贡导河处，佛龛出壁霄。

黄流环峡岫，青鸟集亭皋。

坐对云阁近，俯看丝路遥。

最忻幽僻境，游客正寥寥。

　　古代丝绸之路陇右段南线由临洮、临夏取道炳灵寺附近渡黄河。

登嘉峪关 / 二〇〇四年七月

雄关俯大荒,丝路过厢廊。
汉武英风在,班侯远略长。
城留林督句,门植左公杨。
临眺思千载,悠悠万里疆。

　　林则徐曾任湖广总督等职,因禁烟充军伊犁,过此关留有《出嘉峪关感赋》诗四首;左宗棠任陕甘总督期间,命将士从陕西长武经河西走廊至新疆沿途广植杨柳,迄今人共感念。

莫高窟 / 二〇〇四年七月

漠漠三危境,盈盈现绿洲。
嵯峨五百窟,寂寞一千秋。
扉启经藏室,檐飞佛隐楼。
洞崖迎日照,静对宕泉流。

鸣沙山 / 二〇〇四年七月

黄沙弥天际,高下望无垠。
阵阵驼铃语,悠悠丝路魂。
眼前无寸草,身后唯蹄痕。
招手夕阳近,沙丘半染金。

"丘脊熔金夕照斜"（摄于敦煌鸣沙山）

"残壁颓垣诉苍凉"（摄于交河故城）

访交河故城 / 二〇〇四年七月

故国车师迹，堑环台地高。
城营凭土减，池卫赖河交。
火日烤颓壁，箭风射断壕。
沧桑成此景，岁月叹迢遥。

天山天池 / 二〇〇四年七月

王母张筵处，白云缥缈间。
岚林多荟萃，山道久盘旋。
湍瀑喧岩谷，平湖映雪巅。
拂云看青鸟，我亦是神仙。

游神农架八绝 / 二〇〇四年九月

宛转山川车路长，追寻故里进高阳。
清风不识明妃怨，幽壑尚留溪水香。其一
  香溪昭君村在兴山县高阳镇。

群峰环拱一坪宽，右鼓左钟设祭坛。
嶝道尽头观夕照，馀辉映照铁坚杉。其二
  神农架有古树名铁坚杉，树龄一千二百多年，六人方可合抱。

香溪源里景清幽，崖壁石滩夹水流。
近壑远峦百重绿，清风一路听啁啾。其三
  从木鱼镇到天燕景区。

密林掩映路盘旋，石洞天成不计年。
群燕深栖无觅处，忽焉耳际听呢喃。_{其四}
　　　燕子洞。

两峰对峙跨虹桥，壑霭峦云共比高。
观景忽知仙境近，桥头人在九重霄。_{其五}
　　　飞云渡。

野人洞外久徘徊，山石嶙峋一罅开。
览胜探奇难尽意，手牵铁索上天陔。_{其六}
　　　天燕原始生态旅游区内有野人洞。

风景垭前雨并风，神农顶上雾蒙蒙。
竹残杉冷千峰暗，欲觅野人无影踪。_{其七}
　　　神农顶上遇雨。

飞瀑流泉层叠高，金猴岭上雨潇潇。
苍苔漫石藤缠树，林隙烟岚入望遥。_{其八}
　　　金猴岭观瀑。

重游黄鹤楼 / 二〇〇四年九月

清风相伴上楼台，九派风光眼底开。
黄鹤翩翩遗胜迹，长江浩浩入襟怀。
晴川芳草传诗咏，古镇新楼如画裁。
极目天宽秋气爽，夕阳光影久徘徊。

吟真武阁 / 二〇〇四年十月

桂南遗杰构，容县访奇观。
檐瓦三重耸，黎材四柱悬。
栋梁交卯榫，楹础置沙盘。
久叹天工巧，临窗云水宽。

　　真武阁在广西容城，国家重点文物保护单位，江南四大名楼之一。此阁建筑方法奇特，为杠杆式纯黎木结构，二楼四根内柱虽上承梁架楼脊之重，却柱脚悬空，且全阁柱脚皆置于沙土而不落实地。自明万历元年建成，经四百余年仍完好无损。

游经略台真武阁 / 二〇〇四年十月

秋末却天暖，来游经略台。
峤山葱入眼，绣水绿萦怀。
诗慕引竿意，楼钦悬柱才。
劫馀奇阁在，临眺叹兴衰。

　　唐乾元年间诗人元结任容州都督府经略史，在城东筑经略台。其《贼退示官吏》诗云：思欲委符节，引竿自刺船。明时在台上建真武阁。

旅湛江夜游寸金桥公园 / 二〇〇四年十月

寸土寸金地，煌煌守土功。
精英赴国难，巍塔纪遗踪。
椰隙溶溶月，湖边淡淡风。
轻歌曼舞处，士女乐从容。

游湛江东海岛二绝　/ 二〇〇五年一月

水远滩平云脚低，海天茫茫入眼迷。
此来不是弄潮日，且把心言沙上题。其一

长滩寂寂客寥寥，缓步平沙看涌潮。
拾得蚌螺多喜悦，欢声共逐海风飘。其二

游湖光岩二首　/ 二〇〇五年二月

平地火山口，天生成大观。
积灰赭壁峭，涵影碧湖宽。
藤蔓通霄雨，榕根抱石拳。
风轻晴日暖，极目尽芳妍。其一

穆穆楞严寺，莹莹玛珥湖。
晴光脚底漾，肥叶望中舒。
古刹凿崖建，题名戴月书。
境幽空气好，欲去又踌躇。其二

楞严寺后石壁有湖光岩三字题刻，为宋丞相李纲贬雷州途经此地所书。

浣溪沙二首·郊行　/ 二〇〇五年三月

午后踏青过茂林，和风一路听鸣禽。单车尽载觅春人。梨树纷纷高垄雪，迎春点点地头金。行行来到布依村。其一

溯花溪河徒步二小时到李村。

低岸高崖一罅通，明湖倒映半边峰。顺流打桨碧溪中。青嶂重峦掠鸟影，云光峡影荡江风。渔翁下网正从容。_{其二}

　　从半边山乘船顺流而返。

清明漫步花溪平桥 / 二〇〇五年四月

春服既成日，行吟溪水东。
桃唇亲水靥，柳目靓山容。
林里毵毵绿，丛间簇簇红。
风轻云影幻，舟荡碧流中。

　　《论语·先进》：暮春者，春服既成，冠者五六人，童子六七人，浴乎沂，风乎舞雩，咏而归。

浣溪沙·花溪公园看花 / 二〇〇五年四月

　　桃粉樱红溪水滨，花光云影两相亲。一园春意正撩人。树下纷纭多看客，叶间婉转觅知音。坐听鹂鸟短长吟。

再游李村 / 二〇〇五年八月

天梯开一堑，造化自奇功。
人降千寻壁，水涵两岸峰。
倚舷听欸乃，仰首对青荣。
晴日身多爽，悠悠峡底风。

"迎夕照，忆沧桑"（摄于本寨）

江城子·屯堡 /二〇〇五年八月

金戈铁马跃南疆，设屯防，垦陬荒，六百年间、瓜瓞喜绵长。石巷石门连石院，迎夕照，忆沧桑。　　江淮风韵遗黔乡，凤阳妆，弋阳腔，地戏山歌、犹唱古辉煌。寨外溪清山耸翠，风送爽，稻飘香。

访本寨、云山屯、九溪有作。

花溪公园谒戴安澜将军衣冠冢 /二〇〇五年九月

扶灵路祭泪纷纷，域外死忠第一人。
英烈千秋人共仰，葫芦坡上树萧森。

渔歌子·北戴河海滨晨泳 /二〇〇六年八月

跃过波墙心自闲，翻身平卧对蓝天。初日出，月儿弯，海鸥掠过影翩翩。

游长城山海关及老龙头二首 /二〇〇六年八月

角山向海蟠，山海挽雄关。
云际箭楼矗，墙边马道宽。
两京开锁钥，百里弭烽烟。
怀古无穷意，苍茫落照间。其一

左枕燕山尾，右襟渤海陬。
风霜残雉堞，岁月老龙头。
漫步海边石，浩吟城上楼。
百代叹兴替，沧海看横流。其二

秦皇岛北戴河五日 /二〇〇六年八月

秦皇尝访仙，魏武昔挥鞭。我今来观海，五日喜流连。气爽心神定，荫浓庭院静。驱车山海关，往还多游兴。长城老龙头，巍巍澄海楼。雉墙连墩台，火炮镇岬陬。临风漫游憩，晴空净如洗。白鸥任翱翔，出没烟波里。行行看雄关，襟海复枕山。烽息戍楼静，云过刁斗闲。北眺角山脊，长城上绝壁。锁钥控辽西，渝塞看传驿。金汤可固边，难敌人心迁。倒戟弃关隘，冲冠为红颜。披襟听催促，归程渐日暮。一城尽通衢，高楼映丛树。怀古举眸间，风云变尘寰。长遗姜女恨，空候徐福丹。海景欣重睹，戴河好避暑。南北一桥通，栈道连瀛浒。出门即沙滩，海阔心亦宽。朝迎日喷薄，暮对鸟翩跹。早晚弄潮汐，自在复愉怿。近午伞盖张，十里人如织。老者共怡怡，孩童竞嬉嬉。真假金发女，斗艳比基尼。入夜虹霓影，海天相焕炳。耳盈哈拉索，眼中又一景。曲放红莓花，车载娜塔莎。恍若出国游，此身远天涯。

游天坛 / 二〇〇六年八月

京城多暑气，避暑入天坛。
林圃荫翳厚，圜丘玉阶环。
祈年留享殿，祀典看炉燔。
宇宙何悠远，应教心放宽。

渔家傲·琉璃厂 / 二〇〇六年八月

　　赭柱灰墙青碧瓦，一街店肆红灯挂。骨董古玩盈壁架。车停下，载来老外亲风雅。　　处处客人闲蹓跶，家家老板勤迎迓。欲购名家书与画？真抑假，百元一幅可还价。

"启功墨迹"有数十元可买者。"蹓"字取去声宥韵。

蒙自四日 / 二〇〇六年九月

蒙自边陲地，此来豁眼眸。
肆廛隘陋巷，州府广崇楼。

桥过南湖迥，地饶学院幽。
金风千万树，榴果满枝头。

  城中南湖为过桥米线发源之地，红河学院周边为百亩石榴园。

蒙自至建水五绝 / 二〇〇六年九月

驱车日午过南沙，滚滚红河翻浪花。
店肆参差临岸立，蜿蜒公路向山崖。其一
  过元阳新城。

联翩屋舍绕山盘，车路竟从房洞穿。
观景归来天色晚，步云酒店伴云眠。其二
  宿元阳老城。

依山绕壑任盘旋，千埂万梯入眼帘。
未晓劳人多少代，嵌成绝世一奇观。其三
  元阳梯田地处哀牢山南段，总面积二万余平方公里。

朝看坡梯暮看田，田梯垒上白云间。
曲蹊远近哈尼寨，水牯归来笼夕烟。其四

盘盘曲曲滇南路，环水背山个旧城。
百载锡都转瞬过，夕阳好趁趱前程。其五
  车过个旧。

桃源忆故人·访哈尼村寨 /二〇〇六年九月

峰回路转山村现，狭径矮墙深院。茅舍柴门虚掩，户外牛归圈。　山溪曲绕多清浅，水磨水车水碾。几处鸭塘畦畎，寻路顺溜笕。

建水三律 /二〇〇六年九月

孰谓西陲远，此来东鲁亲。
礼门启士业，义路近人心。
柏干庭间老，荷风桥泮馨。
庑堂行处阔，学海愈知深。其一

建水文庙建于元至元二十二年，占地近八公顷，其规模仅次于曲阜孔庙，为全国第二大文庙。庙内泮池名为学海，颇为宽阔。

才访西门井，又登东郭楼。
楼高亲日月，门阔过春秋。
檐宇眺中土，铜钟振远陬。
晴光翻紫燕，天外霭云流。其二

东门楼名朝阳楼，其状与北京天安门颇为相似，且早于天安门二十八年。

古城访遗迹，朱姓有花园。
透壁掩丛静，戏台临水宽。
栋梁入画卷，庭院似连环。
百载叹兴替，边陲一大观。其三

朱家花园有滇南大观园之誉。

"田梯垒上白云间"（摄于元阳）

江城子·元阳 / 二〇〇六年九月

驱车百里到元阳，水汤汤，山苍苍。老镇新城，上下路弯长。来住云梯大酒店，看晚霞，对山窗。　梯田万亩上崇岗，谷桩黄，稻风香。几处田头，收割众人忙。又赏哈尼村外景，穿巷陌，过溪塘。

清平乐·建水西门井记所闻见 / 二〇〇六年九月

客来建水，请喝西门水。明目清心人更美，不喝今生后悔。　井栏大板石镶，临街豆腐作坊。井水城中叫卖，声声岁月悠长。

首二句重韵，以摹仿乡人口吻故为之。

登海龙囤 / 二〇〇六年十月

四百年前古战场，陡弯仄径上高岗。
并施手足天梯险，尽掩荆榛石堡荒。
寝殿遗基水井在，残垣蔓草地牢藏。
飞龙关上瞰峰霭，山雨欲来风送凉。

<small>海龙囤在遵义境内龙岩山上，为古播州杨氏土司寝官及军事营垒，明万历年间平播战役中被攻破。</small>

天净沙二首·游海龙囤山上用饭下山遇雨 / 二〇〇六年十月

步行骑马坐轿，气清神爽兴高。径狭山陡林茂。农家爨灶，碗中绿色佳肴。其一

悬崖峭壁深渊，雄关高磴断垣。瓦舍菁林残殿。风生云漫，归程雨脚腾翻。其二

重游湖光岩楞严寺 / 二〇〇七年一月

林皋涵水镜，岩壁映湖光。
傍穴筑幽寺，题名是李纲。
叶繁花满架，廊绕诗盈墙。
衲子亦趋利，进门须买香。

象鼻山 / 二〇〇七年二月

象山昔日游，象鼻啜清流。洞中含水月，鼻下过轻舟。扪鼻问

石象，酣饮几千秋。我亦喜甘洌，临去饮一抔。今日游象山，江浅鼻尽干。水月无踪影，旱洞接沙滩。可怜石象老，焦渴移步难。我来顿足叹，临流难成欢。徘徊人丛里，徒望下江船。

> 四十年前来游，江流盈盈，水月悠悠。此来正值枯水季节，水月洞景未得复见。往昔可从此登船至阳朔，今因江水过浅游船不能上溯到此。

独秀峰 / 二〇〇七年二月

一峰拔地气森森，去脉来龙未可寻。
蓊郁老枝疑墨染，嵯峨陡壁看麻皴。
允升门外拂云过，仰止亭前摩石吟。
帝胄王臣遗迹渺，满园行坐读书人。

> 独秀峰所在为明靖江王府，清时改贡院，民国后尝为广西省政府，今为广西师范大学校园。

叠彩山 / 二〇〇七年二月

我来叠彩山，循阶到风洞。风洞自天成，天风日日送。初狭渐敞宽，如入透底瓮。洞顶摩字多，石壁佛龛众。前洞如转廊，后洞大佛堂。游人捐功德，跪拜烧高香。出洞路分歧，左右两山冈。左峰弄明月，右峰招仙鹤。先登明月峰，螺磴过夯崩。四老登山诗，摩题陡壁侧。峰顶拏云亭，观景曲栏凭。千峰四围列，一水南北横。玉簪与罗带，风光如画屏。石栏护嵯峨，铁锁挂何多。堪笑世人痴，定情未得所。情移锁不住，情深何必锁。下山又上山，石梯几蜿蜒。忽有仙鹤洞，窈然山腰间。宏广复高朗，东西相对穿。明时徐霞客，来桂留踪迹。抗战避日机，尝驻电讯局。仙鹤振翮去，崖刻看历历。歇脚再登峰，山城四望中。山在城中缀，城在山间容。纵目多快意，披襟迎和风。下山几蹭蹬，又到清凉境。二公此成仁，忠烈山水证。徘徊仰止堂，临去心怔怔。

叠彩山由于越、四望、明月、仙鹤四峰组成，前二峰低而后二峰高。明月峰有朱德、徐特立、谢觉哉、吴玉章四老题诗刻石；风洞前仰止堂为纪念明末著名抗清将领瞿式耜、张同敞遇害之处。韩愈诗：江作青罗带，山如碧玉簪。袁枚诗：仙鹤不可招，明月犹堪弄。

伏波山 / 二〇〇七年二月

将军一箭定关河，异窍奇崖胜迹多。
洞内人来抱佛脚，山巅鸟过向云窝。
蚁舟游弋濯江影，螺磴迂回瞻擘窠。
癸水亭前说往事，千年犹颂马伏波。

东汉时伏波将军马援南征交趾，开拓骆越。传说一箭连穿三座石山，定下边界。

还珠洞 / 二〇〇七年二月

巉壁腹中一洞天，高低上下尽勾连。
将军剑斫石留镡，居士礼成香有烟。
珠薏翻江传说远，竹排傍岸鱼鹰闲。
石几纵有棋枰在，何觅幽人绝市寰。

还珠洞得名，一说为马援凯旋时船载薏苡仁还京，被人诬为搜罗珠宝，马援怒而命人将船翻倒此处江中。洞中有伏波将军试剑石。

桂林三日 /二〇〇七年二月

阳光驿站驻江皋，三日桂林游兴高。
城洞门边牛肉粉，步行街上马蹄糕。
侵晨双塔映湖影，入夜彩灯妆画桥。
玩罢诸山神气爽，生辰筵宴乐陶陶。

靖江王城南门口有贵州老乡所开粉面馆；马蹄糕以米面蒸成，为桂林地方小吃。

游阳朔 /二〇〇七年二月

三度到桂林，今次来阳朔。驱车百十里，途中日已没。华灯初上时，下榻傍山郭。吃罢啤酒鱼，信步西街蹀。石板铺街巷，店肆看琳琅。土产杂古董，画店对绣坊。民居尽旅馆，贵贱皆有房。酒吧咖啡屋，比萨烘烤香。国人自不少，老外尤其多。碧眼金发妇，黑肤棒小哥。围坐笑语欢，闲步晚风和。游戏可投篮，轻松更悠闲，兴尽回宾馆，入梦亦酣甜。次晨穿街巷，逶迤到江边。晨风轻拂面，云散好晴天。乘车到兴坪，渡口下游船。久羡漓江美，今玩漓江水。清流分船头，浪花掠船尾。澄澈竟如斯，何人不陶醉。渌水绕青峰，宛转态不同。缓处窥月镜，急时入云龙。向阳白似练，背阴碧如葱。柔光欣熠熠，细语喜淙淙。青峰傍渌水，陆离形各异。或似浣纱妇，或如照镜女。朝笏自天落，螺蛳出江里。五指愤指天，七仙下凡喜。九马生石壁，黄布沉江底。玩水即玩山，山水画中看。近峰靛色浓，远岭黛痕淡。山水明暗间，嫩绿染江岸。岸竹舒凤尾，婀娜复妩媚。丛丛又排排，临流尽滴翠。沙滩卧耕牛，农舍排芦苇。两岸山重重，影投江流中。人坐天上船，船行凌青峰。虚实生万象，动摇见灵空。山转水自盘，水涵山更妍。水是山之神，山是水中仙。山水如梦幻，我在白云边。

上下船处为兴坪镇榕潭渡。

菩萨蛮·漓江 / 二〇〇七年二月

奇峰异石来迎迓，船行观景如观画。凤尾竹多姿，两行题画诗。　　清江真秀媚，一眼便心醉。我欲语青山，青山沉醉酣。

湛江南三岛二律 / 二〇〇七年二月

观海南三岛，渡轮过港湾。
目随鸥翼远，心逐艇波宽。
天际云层厚，岸边浪脚翻。
水空浑一色，来往几渔船。其一

踏沙多自在，一任海风吹。
红帜傍舷舞，白鸥拍浪飞。
舟行深海远，网起带鱼肥。
看够寄居蟹，复乘快艇归。其二

湛江金沙湾观海长廊 / 二〇〇七年三月

晴日海波弥望蓝，长桥飞架度云天。
草坪坐喜风亲颊，堤岸行听浪拍船。
夹道扶桑红正艳，映楼椰臂绿犹酣。
儿童嬉戏和风畅，好趁春光放纸鸢。

水调歌头·三亚 / 二〇〇七年四月

日日观沧海,夜夜听涛声。我来三亚小住,半月好心情。心逐浪花奔涌,目送雁行振翮,徒跣海滩行。少壮海滨梦,老岁住南瀛。　　浮云白,椰树绿,海天澄。几回破浪入水,仰面对青冥。昔养山林品性,今展海空襟抱,庶不负兹生。心静俗尘远,卸职一身轻。

回黔途中有作 / 二〇〇七年四月

深草浅花绿间黄,菁林葱郁上山冈。
层层坡土麦盈穗,片片水田日映光。
瓦舍高低青霭起,坟茔错落白幡扬。
村郊几处农妇影,菜籽收完插稻秧。

四月十六日乘火车由桂入黔。

初夏游半边山十四韵 / 二〇〇七年五月

好趁晴明日,踏青向远峦。
循溪溯幽岸,履磴过清湍。
荫蔽梧桐道,果垂碧桃园。
牛耘烟树外,秧插水云间。
驻足岩林近,绕峰车道弯。
布衣河上寨,石板路前垣。
脚下崖千尺,窗中山半边。
乘凉依翠树,举箸对青峦。

裂罅通崖底，垒阶下湄沿。
蟠根亲绝壁，流涧泊游船。
水是醉心绿，天真逼眼蓝。
橹摇云影过，舷转波纹宽。
洞隐添崖陡，峰高见鸟旋。
留连此间景，上岸久心耽。

醉花阴·六月四日飞机舷窗观景 /二〇〇七年六月

　　拔地升空人学鹫，瞰万峰铺绉。路网络丝绦，湖海如裙，江水如长袖。　　云舒云卷奔驰骤，竞结团成绺。厚处雪山堆，薄处青光，朗照绞绡透。

吉林松花湖 /二〇〇七年六月

远山凝黛近山葱，万顷天光一镜容。
船去船来波逐浪，云开云聚影随风。
江漘滩野纤纤草，阜脊丛林莽莽松。
湖汊蜿蜒水天远，满江爽气入心胸。

水调歌头·长春南湖 /二〇〇七年六月

　　绿树展怀抱，清水看潆洄。行来丛草凝翠，极目尽芳菲。几处水中游艇，嬉弄天光云影，转舵过湖隈。又看秧歌舞，唢呐尽情吹。　　榆钱落，杨花舞，柳绵飞。林间松鼠，竖尾瞠目向人窥。

信步寰桥方榭，对语青松白桦，日日总忘归。爱看朝霞美，更恋夕阳晖。

江城子·长春街头观大秧歌 / 二〇〇七年六月

声声唢呐入长空，大湖东，广场中。几队秧歌，扭起势如虹。莫笑老来还扮俏，男着绿，女披红。　驻行俯仰也奇功，帕旋踪，扇生风。鸿影联翩，笑靥映苍穹。日日开怀多运动，身健壮，乐无穷。

参观伪满皇宫及东北沦陷史展览馆 / 二〇〇七年六月

乃祖入关尔出关，营私不惜卖江山。
驾前血泪三千里，梦里黄粱二十年。
长白山巅羞蒙耻，松花江水恨翻澜。
迎晖门内琴声邈，几度心惊月色寒。

清逊帝溥仪一九三二年在此登极为满洲国傀儡皇帝，至一九四五年日本战败逃离，为时二十二年。

凤凰台上忆吹箫·吉塔用餐观景 / 二〇〇七年六月

平步青云，登高望远，电梯直上楼端。看鸟低云过，地转天旋。环塔高楼麇集，光耀处，湖镜平宽。螺洲外，游船似蚁，点点斑斑。　开颜。一家聚会，趁美景良辰，努力加餐。渐景昏光黯，夕照犹残。更喜华灯初上，楼窗外，璀璨斑斓。真疑是，天仙试妆，一展香奁。

捣练子·向阳屯饭店 /二〇〇七年六月

蒜瓣白,辣椒红,老报糊墙灯罩笼。猪肉粉条葱蘸酱,洮南三碗气声雄。

更漏子·长春牡丹园 /二〇〇七年六月

株叶繁,花朵大,绿碧红嫣如画。重瓣裹,蕊金黄,招来蜂蝶忙。　垂柳岸,拱桥畔,鸣鸟引朋呼伴。松径仄,草坪宽,老人晨练欢。

西江月·哈尔滨圣索菲亚教堂 /二〇〇七年六月

错落镏金十字,周遭清水红墙。穹巅碧绿最堂皇,形似葱头篷帐。　楼塔寰窗精美,铜钟声响悠扬。百年风雨看沧桑,一任世人观赏。

哈尔滨逛街三绝 /二〇〇七年六月

石街光鉴驻游踪,俄式楼房栉比中。
车马洋人忽攒动,原来拍片正开工。其一
　　中央大街适遇拍电视《夜幕下的哈尔滨》。

长街商肆看繁华,处处红肠与列巴。
异域风情歌并舞,路灯溢彩映流霞。其二
　　果戈里大街。

街上高温人不胜,电梯下地两三层。
琳琅店铺客来往,凉爽自然神气清。其三
秋林公司附近几条地下商业街互相连通。

松花江畔斯大林公园小憩 / 二〇〇七年六月

游艇码头江景开,长堤荫下信徘徊。
红房绿树太阳岛,高架缆车去复来。

游江阴鹅鼻嘴 / 二〇〇七年七月

  驱车到江阴,径往鹅鼻嘴。入门看鹅洲,清幽景色美。积石而为山,流泉注清潭。弓身入幽窍,南北一洞穿。洞壁坚石砌,抗日为掩体。江防炸药库,逶迤一里许。路尽出山洞,豁然见天光。大江面前横,浩浩复汤汤。长江称天堑,此地形势险。锁航要塞字,突兀摩崖巚。千里渡长江,世事已沧桑。昔日硝烟漫,今朝航运忙。大船东西行,小船南北渡。快艇尾翻花,疾驰如飞镞。更有江阴桥,飞跨两岸间。桥架巍然立,桥身钢绳牵。远观桥上路,车辆行似蚁。天堑变通途,风光如画里。江风浩荡来,观景好开怀。沿江建栈道,曲绕上石台。子胥过江处,有亭屹然立。红楹临江水,绿树掩绝壁。江尾海头石,摹迹苏东坡。江涛拍礁岸,如闻铜琶歌。踟蹰复西行,看云听潮亭。仰观云来去,俯听潮落生。凭栏且驻足,江湾豁眼目。小坐看船港,怀远思仙鹄。有鹅为天仙,思凡到人间。获罪化山石,鼻嘴伸江边。传说是如此,鹅山因得名。循阶上山冈,折绕向东行。积雪与西流,二亭瞰江浒。江源考石碑,纪念徐宏祖。徐氏溯江源,此为下江处。行程万馀里,考知禹贡误。覃思意渺渺，风动树翩翩。山脊无人至，只听蝉声喧。

徐霞客为江阴人，其追踪长江之源，计程十万，计日四年，直抵云南三江地带之石鼓附近，以考察结果撰成《江源考》(又名《溯江纪源》)，对传统"岷山导江"之说提出异议，认定金沙江乃为长江正源。

大热中登惠山中道而返 / 二〇〇七年七月

丛树密浓暑气高，林间小径听蝉嚣。
蚊虫欺我外来客，片刻叮成数十包。

游东林书院八绝 / 二〇〇七年七月

锡山俎豆近千秋，后学问津凭指舟。
宋制明规传道脉，河开七箭引清流。其一

东林书院北宋政和元年创建，迄今九百九十六年。书院在无锡老城东门内，南临七箭河。

南来道统赖亲传，州县浮沉五十年。
洛闽中枢木铎振，学人代代仰龟山。其二

道南祠祀北宋大儒杨时。时号龟山，宋南剑州将乐人，尝从程颢程颐研习理学，南归后游历讲学四十七年，开创闽学；其间在无锡十八年，创东林书院。

量裁人物树清标，风节文章仰顾高。
丽泽堂中开讲席，梁溪士子振风骚。其三

明代顾宪成、高攀龙等重建东林书院，聚众讲学，倡实学、实用、实益之学风，指陈时弊，锐意图新。丽泽堂为书院讲学之主要场所。

三家村话旧曾谙，可叹文人问世难。
入耳关心联语在，从头诵罢泪潸潸。_{其四}

  依庸堂有南国杏坛之誉，中悬顾宪成所拟楹联：风声雨声读书声声声入耳，家事国事天下事事事关心。邓拓访东林书院有感而写事事关心一文，"文化大革命"中被批斗迫害至死。

未闻旧铎燕居庙，犹听新筝时雨斋。
洙泗心传何所继，漫将片纸写吟怀。_{其五}

  燕居庙为祀孔专祠。时雨斋清时所建课习举业之所，时有教习女童弹筝者。

盈盈池水树葱葱，精舍无人讲席空。
来复斋前榴似火，任他寂寞也争荣。_{其六}

舍斋几度毁而修，世事沧桑岁月遒。
兴废斯文关国运，读书岂止稻粱谋。_{其七}

春风化雨仰前贤，日用寻常即性天。
欲向静中参道义，泮池小坐赏红莲。_{其八}

  再得草庐有联云：坐闲谈论可圣可贤，日用寻常即性即天。

蠡园四绝 /二〇〇七年七月

读史久知五里湖，今来游此日初晡。
层波叠影连山远，凭眺遥思范大夫。_{其一}

  蠡湖又称五里湖，范蠡为伐吴而开凿，功成后由此泛舟湖上。

退隐也须气若虹，散财归印泛湖中。
世人谁解朱公意，无怪功臣不善终。_{其二}

  蠡尝居于陶，称朱公。

掇石为园容水光，崇楼短榭映幽篁。
亭亭菡萏多红艳，忽有清香过柳塘。其三

千步长廊迤逦开，漏窗绮巧绿光裁。
凝春塔影忽吹散，小雨随云楼外来。其四

思越人二首·蠡园 /二〇〇七年七月

过花房，穿草径，竹林叠石幽藏。步过荷塘风乍起，南堤绿柳晴光。　行行又到渔庄埠，访西子、有船渡。山外烟波千万顷，馆娃归隐何处？其一

绿绮亭，红蓼榭，长廊千步湖滨。湖里有湖幽绝境，履踪曲绕来寻。　亭标四季流连遍，月桥映、数鱼槛。阵雨片时来忽住，银珠滚滚荷瓣。其二

西江月·太湖灵山胜境 /二〇〇七年七月

净土一弯屏展，湖光万顷琉璃。仰瞻巨佛上天梯，礼拜莲台脚底。　扪掌少年奕奕，转经老妇熙熙。九龙浴佛景观奇，乐动莲开水起。

鹧鸪天·西湖泛舟 /二〇〇七年七月

五度重来西子滨，游观应慰水还清。山妆栉理绿鬟耸，湖靥

开银镜平。　　云漫漫，树青青，翩跶对对绿蜻蜓。我身真愿长留此，放浪云波心海澄。

环游西湖十八律 / 二〇〇七年七月

常恋天堂境，重游西子湖。
青山仍不老，绿水自泱如。
日出生光影，我来入画图。
巍巍保俶塔，倒映断桥潴。其一
　　白堤。

今日幸行早，游湖第一船。
清泠随指滑，浩漫映篷宽。
桨橹轻拨水，蜻蜓喜绕舷。
瀛洲绿影外，折绕过三潭。其二
　　断桥租小船游湖。

长丝拂烟水，细叶舞晴空。
燕剪裁清影，莺声动碧丛。
翠光亭外柳，御舫埠前松。
楼阁晨曦里，重檐看染红。其三
　　柳浪闻莺。此处有乾隆御码头。

长桥多曲绕，几与清波平。
远水连潭月，近庐掩蓼汀。
明湖多旷朗，花树更娉婷。
歇脚亭廊座，风来一阵轻。其四
　　经长桥到夕照山。

圮塔喜新建,湖山熠熠光。
木雕多细致,金顶倍辉煌。
天阔笼烟水,云低入廊廊。
钱塘看不够,凭眺惹诗肠。其五
　　雷峰塔。

古寺清幽境,葱林掩映间。
诗碑题御笔,禅廊听骖銮。
西子门前水,南屏庙后山。
晴钟声邈远,日日动青峦。其六
　　净慈寺。

瞻罢东坡像,六桥迤逦行。
鱼游花港乐,风摆柳丝轻。
画舫从容渡,流莺自在鸣。
长堤破水镜,左右看渊渟。其七
　　苏堤。

夏初天易变,忽见水波兴。
低宇惊光闪,连山走震霆。
云奔天染墨,风骤雨倾盆。
桥堰匆匆过,湖空一色溟。其八
　　堤上遇雨。

曲桥连曲院,雨后动微风。
莲叶戴珠碧,荷花濯襞红。
翠坪园里湿,绿影廊中容。
远眺湖楼外,青山叠几重。其九
　　曲院风荷。

千秋华夏史，代代说奸忠。
诬罪莫须有，良臣何所容。
民心如斗概，正气贯霓虹。
指看栖霞麓，殿堂气象雄。其十
　　岳庙。

虹叟写生像，白堤绿树丛。
手中画稿厚，身外水云空。
绺髯神奕奕，炯眸意颙颙。
西湖多有幸，晴雨入图中。其十一
　　黄宾虹先生立像。先生名质，号宾虹，别署虹叟。

齐鲁多豪士，二郎葬此间。
雄风震虎胆，高义薄云天。
豪酒三江饮，英名四海传。
湖山容正气，丛树听间关。其十二
　　武松墓。

钱塘多美女，小小独留名。
油壁轻车影，春裙鸾佩声。
红颜掩孤冢，冷月对清泠。
游客千秋吊，几人解怨情。其十三
　　苏小小墓。

鉴湖出女侠，慷慨走天涯。
东海龙泉剑，神州碧血花。
鸂裘酤美酒，愁雨对窗纱。
遗愿西泠瘗，水天映赤霞。其十四
　　秋瑾墓。秋瑾诗：不惜千金买宝刀，貂裘换酒也堪豪。又就义前曾有绝命词一句：秋雨秋风愁煞人。

精舍仰山长，学林称大师。
楼窗涵胜概，楮卷著雄辞。
经子赖平议，泽膏念普施。
今逢百载祭，静立寄遥思。其十五

　　俞楼由俞樾先生弟子章太炎吴昌硕等一八七八年集资兴建。先生号曲园，尝任杭州诂经精舍山长，一九〇七年仙逝，有《春在堂全书》二百五十卷存世。

高僧讲经处，台下出清泉。
崖树环三面，穴亭筑半边。
命名念居士，重谊是坡仙。
游此仰高义，小园绿盎然。其十六

　　六一泉为宋高僧惠勤讲经处。东坡初任杭州通判，经欧阳修之荐与惠勤成为诗友，复为杭州知州时欧公惠勤皆已去世，东坡因以欧公之号名此泉以为纪念。

孤山幽绝处，印社路纡回。
亭仰众贤迹，石藏三老碑。
篆章盈室庋，书画满廊辉。
独立仰经塔，泉桥掩翠微。其十七

　　西泠印社。石室藏汉代三老讳字忌日碑及各代石碑石鼓，后山有华严经塔。

四面亭前树，欣欣向绿瀛。
朝迎日新出，夕看月初升。
涵牖湖天碧，接廊岸水平。
我来亲西子，小坐眷娉婷。其十八

　　　平湖秋月。

乘机二律 /二〇〇七年七月

展翮上穹苍，扶摇万里航。
左舷亲月色，右座照阳光。
水练银镶白，山波绿间黄。
忽焉入云里，窗外尽茫茫。其一

舷窗好云景，一路看峥嵘。
如朵复如絮，似岩还似峰。
流银风卷瀑，幻墨龙行空。
向晚霞光灿，云天一片红。其二

岷江行 /二〇〇七年九月

　　蚕丛鱼凫何茫茫，古蜀历史溯岷江。我来岷江茂松道，山川纡曲路弯长。车发成都人早起，溯江驱行八百里。八百里，好景观，河渠纵横过平川，车到灌县见高山。虎头岩上商旅塞，川西锁钥玉垒关。岷江滔滔自北来，清泠江风入我怀。公路沿江贴石壁，隧道穿崖景忽开。路傍江流或左右，江路伴行如挽手。隔江隐约羊肠道，断续缥缈少人走。山高谷深江流急，径仄石滑崖壁陡。李白浩叹留诗篇，蜀道难于上青天。一从秦时五丁死，代代壮士曾开山。唐代有路通吐蕃，铜铃叮当马帮过。风餐露宿七百里，茶包药裹毛皮驮。驿道蜿蜒丛莽间，时降谷底时登山。君不闻民谣代代传：三垴九坪十八关，一锣一鼓到松潘。而今沿江通公路，旅人犹叹路窄弯。漩口进入汶川境，映秀渡河娘子岭。娘子岭，山叠山，岭上曾过杨玉环。回眸一顾倾城国，自古美女出四川。两岸山腰云如带，白云生处见羌寨。石碉泥房傍石山，山石岩岩多险隘。史传大禹出西羌，石纽山上遗迹在。刳儿坪，洗儿池，禹穴禹庙近绵虒。诗吟禹庙空山下，老杜来游寄遥思。涂禹山，禹碑岭，治水丰功史彪炳。疏浚江河安九州，后贤治水遵遗训。古镇威州入眼来，姜维城上点将台。二水三山此竞秀，千年古城看兴衰。道边羌女结伴走，长衣窄袖盘扣绦。花椒号称大红袍，三尺孩童身背篓。江路盘旋入茂县，沿途果树满农院。叠溪海子在路西，蚕陵重镇摩崖现。传说蜀王此建都，城北山有蚕丛墓。唐时此为叠溪城，川西路上为门户。千年古城何处寻，半截门洞丛草深。可叹七十年前地震时，城郭黎庶尽湮堙。从此峡光映明湖，桑田沧海竟一瞬。茂县行过到松潘，门楼巍巍立城关。大唐松州雪山近，城垣日落暮气寒。白帽青衫回民多，沿街处处燕尔窝。唐时建城来此地，世代繁衍岁月过。次晨前往川主寺，藏寨经杆多耸峙。山巅矗立纪念碑，红军长征曾过此。茫茫草地埋白骨，幸者功成不幸死。车行停驻小西天，尕迷寺里蔚香烟。苯钵教诵八字咒，寺后山坡满经幡。莽莽层林色欲秋，驱车前往九寨沟。久羡尘世有仙境，而今有幸散漫游。九寨沟，路盘盘，走过一瀑又一滩。剑岩层林景观美，最美当是九寨水。诺日朗瀑树正瀑，飞湍腾喧迎面扑。大瀑飞虹云渺渺，小瀑翻空雨潋潋。盆景滩，珍珠滩，浅流杂丛满河湾。重岩叠泓树根窜，渌潭堤埂银浪翻。火花海，五花海，晶莹剔透生光彩。鸭绿鹅黄孔雀蓝，姹紫嫣红涵青黛。群海叠瀑景缤纷，如此好水世难寻。千姿百态迷人眼，五光十色醉人心。晨入晚出流连久，夜来水景入梦魂。隔日车行向黄龙，弯大路险山重重。雪山梁子罡风凛，云开雾散见雪峰。雪宝顶麓黄龙寺，天公造就好景致。人来对景高声赞，天上瑶池不过此。钙华水凼叹天工，奇形异状玉玲珑。大者如池堰，小者如盆钟。池坎羊脂带，盆壁琉璃虹。池水清冷呈五彩，斑斓澄净百千泓。漫漫黄流十馀里，时疾时缓向谷底。疾时跌落成高瀑，缓时斜滩淌迤逦。近看水树如盆景，远观匹锦散成绮。雨来雾起朦胧色，自然造化真奇特。车行雪山梁上过，九月雪飘一片白。日一程，夜一程，依山顺水向南行。岷江溯源走一遍，回程还到都江堰。岷江至此出高山，浩浩荡荡落平川。

"惯赏水多姿,今诧水多彩"（摄于九寨沟）

玉垒山角柱江滩,江流由此折西南。江东十载九回旱,江西水涝患连年。蜀郡郡守继禹功,凿断离堆灌口通。鱼嘴分水金刚堤,筑堰飞沙外江中。从此四川成天府,成都平原米粮丰。我来拜谒二王庙,玉垒山腰行驿道。古道古堰自秦时,皆为李冰父子造。索桥架,栈道通,平原边邑汉藏融。低筑堰,深淘滩,水利奇迹出西川。水旱从人不知馑,滋养百姓两千年。李冰治水福泽长,为官一任利四方。在世无疏冤,身后人称王。古来为官治民者,民心权衡自考量。索桥行过到离堆,宝瓶口里浪花飞。伏龙观上舒望眼,内江外江水萦回。此行岷江多感喟,千里山川真奇美。更钦伯禹神功川主德,浩浩一似长流不尽岷江水。

《史记》云：禹兴于西羌。史载禹生石纽,今之汶山郡是也。今汶川县绵虒镇高店村石纽山刳儿坪有禹王庙和禹王故里。杜诗：禹庙空山下,秋风落日斜。汶川县城所在地威州镇原名维州。一九三三年地震,叠溪古城湮没于海子之下。燕尔窝为回族民居。

卜算子·九寨沟 /二〇〇七年九月

　　惯赏水多姿,今诧水多彩。青翠碧蓝间赭黄,剔透五花海。　　湖串水晶球,溪展玲珑带。近影根枝净绝尘,远影林山黛。

"夜来水景入梦魂"（摄于九寨沟五花海）

"天上注琼浆"（摄于黄龙）

卜算子·黄龙 /二〇〇七年九月

天上注琼浆，玉瀑层层漫。酒尊酒海百千重，一一皆斟满。　锦绣钙华滩，五色天工染。十里黄流衬雪峰，风带雨花散。

都江堰二律 /二〇〇七年九月

秦堰筑成灌口通，业追神禹斧椎功。
深淘滩测水沉铁，低作堰凭石载笼。
鱼嘴流分江内外，索桥人过岸西东。
同心关下清幽径，来去怡怡多履踪。其一

庙谒二王临岸隈，民心千载铸丰碑。
茂松道远亲云影，秦堰楼高掩树帷。
浩浩激流通灌口，萋萋芳树蔚离堆。
安澜桥上江风劲，玉垒浮云动翠微。其二
　　杜甫诗：锦江春色来天地，玉垒浮云变古今。

青城山三律 /二〇〇七年九月

三十六峰东面倾，四时苍翠一幽城。
风来山外丝丝绿，雨过林间点点青。
掷笔槽深丛莽暗，云巢崖险鸟吟轻。
楠枫千尺重崖陡，路转忽闻钟磬声。其一

天下名山僧占多，此间道观看嵯峨。

朝阳洞口蔚烟霭，凝翠桥前郁薜萝。
乳酒甜甘酿岩舍，贡茶清碧出云窝。
丈人峰下丹梯渺，灵境仙居上壁窠。其二

不尽清幽林里蹊，绕沟穿谷上天梯。
观中古井盈泉水，路侧小亭盖树皮。
毛栗高低堕丛树，滑竿前后度溪圯。
空山雨霁林岚蔚，绿雾青烟绕客衣。其三

杜甫草堂四律 / 二〇〇七年九月

十日成都旅，重来万里桥。
柴门游客众，花径语声高。
水浅鱼群乐，风轻竹影摇。
几人忧国事，诗圣感清寥。其一

歌吟成史乘，野老客愁心。
春水群鸥咏，秋天一鹗吟。
溪山暮云薄，茅屋寄情深。
藜杖欹危处，荒洲变古今。其二

　　杜甫绝句漫兴诗：肠断江春欲尽头，杖藜徐步立芳洲。又：稠花乱蕊裹江滨，行步欹危实怕春。

唐村现遗址，废井傍残垣。
瓦瓮积年久，塔铭留字鲜。
亭台千载迹，吟卷百篇传。
想见裁诗日，少城花满烟。其三

　　草堂内有唐代民居及亭台遗址，二〇〇一年发现，其情境与杜诗对浣花溪一带自然风物、生活情景之描写相符，证明杜甫草堂乃原址上代代重建。杜甫江畔独步寻花绝句：东望少城花满烟，百花高楼更可怜。少城谓小城，在成都城西浣花草堂东。

临危保乡土，任氏女英豪。
祠享千年祭，心牵万里桥。
僧衣褴褛浣，莲朵浩漫漂。
绮影临潭水，百花娇且娆。其四

  浣花祠所奉浣花夫人任氏，本为溪畔贫女。尝有僧过此，满身疮疥，衣衫褴褛，人皆恶之，独任氏为其濯衣，衣漂而莲花应手而出，顷刻花漂满溪，传为异事。此女嫁西川节度使崔宁，称浣花夫人。后助夫弟崔宽守成都，召募兵勇，并披挂上阵，击溃敌军。死后邑人于其故里建祠供奉。

访广汉三星堆 / 二〇〇七年九月

眩目惊心出废墟，文明来去竟无踪。
翅翔九鸟神树巨，辐转五条太阳崇。
金箔形诡呈千态，青铜面异纵双瞳。
遥遥古国星空渺，月亮湾前夕照红。

浣溪沙·花溪雨景 / 二〇〇七年十月

  河面雨涡点点匀，小风拂过动鳞皴。林间雾起渐氤氲。 山外墨浓难放眼，柳边伞戴尚垂纶。茅丛颤处入归禽。

鹧鸪天·游南江峡谷 /二〇〇七年十月

栈道凌空又一程，蜿蜒带水夹山屏。钙华瀑击金钟乐，石壁浪敲玉磬声。　毛竹翠，构皮青，穿岩抱石看根生。索桥几度悠悠过，船渡狭滩天已暝。

鹧鸪天·丁亥寒露后二日花溪郊行 /二〇〇七年十月

杂树披纷屿径荒，半湾溪水映山光。桥头小院芭蕉树，溪岸狭田稻谷桩。　茅草细，柳条长，清波移动过鸳鸯。梧桐黄叶飘飘堕，风起河湾天气凉。

丁亥重阳偕文侠登高摘得红籽归 /二〇〇七年十月

吉林村外过山陬，牵手登高茅径幽。
久雨初晴日色暖，割黄晒绿稻粮收。
绕林迤逦行田埂，穿寨逡巡过水沟。
火棘采回插瓶缶，书窗红艳一枝秋。

普定行三绝 /二〇〇七年十一月

毗舍重楼萦市寰，嫡台坡上望城关。
塔峰高仡东华耸，远近苍茫千万山。其一

文庙兀然一殿存，捐资名姓看砖痕。
苍苍老树叶犹茂，掩映校园楼宇新。其二

青峰倒影入山塘,风动鳞波散漫光。
讲义寨中傍炉坐,传杯话旧感情长。_{其三}

重游湖光岩 /二〇〇八年四月

东门迤逦向西门,安步且欣丛树森。
潋滟山光随水荡,青葱湖色映崖新。
依山狮踞楞严寺,附壁龙盘榕树根。
最喜一湖游客少,此来半日避尘纷。

清明后十日南方归来花溪河畔观花 /二〇〇八年四月

海棠谢尽绿盈枝,樱瓣红残堕碧池。
小雨初停日光泄,桐花几树正当时。

"莲叶带珠碧,荷花濯褧红"(摄于西湖)

摊破浣溪沙·郎德苗寨 / 二〇〇八年七月

吊脚木楼叠累高,美人靠在半山腰。寨外梯田溪水绕,风雨桥。　银饰叮当穿巷过,绣裙宛若彩云飘。长短芦笙齐奏响,动云霄。

<small>苗族民居楼上敞廊有靠坐处,称美人靠。</small>

杉木河漂流 / 二〇〇八年七月

两山夹一水,绵延数十里。结伴来漂流,轻车下谷底。触目尽清幽,奇境叹深阒。林密如氧吧,水清若醇醴。一入绿世界,心神清如洗。身坐橡皮筏,手中棍撑抵。悠然离浅滩,画卷便开启。川流如绸带,山壁似锦扆。山回水绕间,蜿蜒复迢递。满眼绿意浓,重重看纷靡。远树插云天,近树漫坡坻。巨荫掩杂丛,古藤盘株柢。时泛静潭中,挂枝可暂舣。复随急流下,转瞬过青圮。旋堕瀑流间,飞撞河中砥。迎面白浪翻,周身如浇雨。皮筏盛水满,衣裤无干缕。几回遇险惊,所幸未覆圮。日昃终游程,上岸兴未已。恋此好山水,天公厚赠畀。

凤凰行十七绝 / 二〇〇八年八月

房舍朦胧日色昏,轻车一路过西门。
行行来宿老营哨,院内回廊天井深。其一

<small>晚至凤凰入住老营哨街东段瑞凤人家民居旅馆。</small>

沿河铺面尽琳琅,苗绣苗银挂满墙。

"蜿蜒带水夹山屏"（摄于关岭）

箫笛吉他杂吹奏，酒吧茶舍透荧光。其二
　　夜游老营哨街东段特色旅游商品街。

花鞋绣衣箕簸装，街摊灯盏亮煌煌。
幞头高耸花镜老，苗妇人人走线忙。其三
　　老营哨街接近虹桥一段河岸入夜即排满摊点售各色工艺品。

古城内外静无哗，远近山峰蒙薄纱。
风来雾气渐消散，清江辉映一天霞。其四
　　晨起山头观景。

南华门外大桥头，俯瞰沱江静静流。
错落民居依两岸，盈坡带谷向山陬。其五
　　凤凰新大桥。

行来处处制姜糖，腊肉血粑味道香。
草鞋竹筐街巷卖，小城岁月自悠长。其六
　　城中漫步。

探访故居街巷深，无人不说沈从文。
边城岁月湘西梦，千万字文赤子心。其七
　　沈从文故居，沈氏一生留下九百多万字的作品。

木房石院绝纤尘,四合院中遗迹存。
长忆先生慈幼业,双清集内蕴清芬。其八

  访文星街上熊希龄故居。熊氏尝任民国第一任民选总理,晚年致力于慈幼和教育事业,有《双清集》传世。

指数风波未许愁,狂人老岁更风流。
画家笔墨诗人眼,梦入江边夺翠楼。其九

  万寿宫内黄永玉艺术馆。黄氏在画界素以狂著称,尝有诗:幸好我是凤凰人,受到欺侮才不在乎;又云:我屈着无恙的十根手指,细数几十年的风波。夺翠楼是黄氏在凤凰的居所。

黑瓦灰墙衬白檐,镂花满眼壁楹间。
古城颇饶世家第,庭院深深廊庑宽。其十

  古城博物馆设在陈宝箴世家。

会馆宗祠细游观,石阶石巷几回环。
从知镇筸偏僻地,文物风流数百年。其十一

  凤凰原称镇筸,城中有万寿宫(江西会馆)、天后宫、杨家祠堂等古建筑。

城垛城墙紫石镶,北门楼耸对沱江。
城楼火炮斑斑迹,雄踞湘西岁月长。其十二

  东门到北门古城墙保存完好。北门城楼当即沈从文《我的小学》中说"坐在大铜炮上看城外风光"之处。

跳岩石磴过清川,南北岸间人往还。
游客赁衣争摄影,苗家小女卖花冠。其十三

  北门外沱江上有过河石磴,当地人称为跳岩。

城北埠头上木船,虹桥过后向沙湾。
邻船玉立放歌女,清韵悠悠随水传。其十四

  乘舟下行往沈从文墓。

前巷后河吊脚楼,虹桥风景最清幽。
根根立木相撑拄,看惯中流来往舟。其十五
　　虹桥楼上两侧花窗为观览沱江吊脚楼风光最佳处。

岸上楼窗晾被单,红灯耀眼挑房檐。
捣衣淘米多苗女,笑语逐波向远山。其十六
　　沱江两岸多为临河客栈。

南华山麓树苍苍,沱水清幽楚韵长。
迎得先生归故里,无坟无圹最风光。其十七
　　沈从文先生墓在半山,面对沱江,其后青林满阜。先生墓无圹无坟,唯立天然五彩石一块,正面为摹刻先生手迹:"照我思索,能理解我;照我思索,可认识人。"背面镌张充和诔文:"不折不从,亦慈亦让。星斗其文,赤子其人。"张氏谓先生之墓为全中国近代作家最特出最雅致的坟。

浣溪沙十首·花溪杂吟 /二〇〇八年九月

掩映丛茅绿水头,桥栏九折向芳洲。入园至此境清幽。　　坝下垂纶人立坐,溪中摇影叶疏稠。鸳禽剪水过中流。其一
　　放鸽桥。

绿树回环绝俗嚣,溪流萦绕过烟皋。林荫小坐对苇蒿。　　岸上人稀莺细语,河心波漾凫轻漂。清风荡过马鞍桥。其二
　　芙蓉洲。

足底喧豗看浪翻,石墩迤逦履姗姗。小坻歇脚望麟山。　　忽见村姑挑菜过,人人健步迈飞湍。笑声一串落河湾。其三
　　百步桥。

夹树幽丛一色苍，蜿蜒石径上高岗。巉崖放眼晚风凉。　　溪里
螺洲方暗绿，山边落照渐晕黄。归巢白鹭正翱翔。其四

　　麟山，登此山可看花溪全景。

坝后渊渟一镜幽，坝前瀑浪泻岩陬。曲桥坝上度溪流。　　路左
诗碑投树影，桥西树干系轻舟。晨昏人在水中游。其五

　　坝上桥，陈毅元帅尝在此行吟。

丛树森森避市寰，葫芦坡上鸟间关。登楼望远对千山。　　山麓
林间新草碧，衣冠冢外杂花繁。世人犹记戴安澜。其六

　　葫芦坡，下有抗战英雄戴安澜墓。

掩映雕墙一院幽，水光明丽照重楼。浓荫檐外几横舟。　　午后
晴窗茶案静，阶前树影雨斑稠。新花开到嫩枝头。其七

　　西舍，周恩来邓颖超曾住此。

荏苒回眸六十年，文人山水得机缘。此间遗爱示人寰。　　廊外
桂香风弄影，窗前溪碧柳生烟。小楼雅聚正张筵。其八

　　东舍，此为一九四四年五月八日巴金萧珊结婚之处，时称花溪小憩。

最爱荫浓垂柳绿，清幽一路过平桥。河湾风动树梢摇。　　曲岸
临溪亲绿藻，小洲隔水蔚青茅。惊禽忽起向荒皋。其九

　　平桥。

河岸梧桐竟比高，清溪倒影正萦缭。林荫漫步好逍遥。　　霜叶
斑斓黄胜染，烟林黯淡绿初凋。凉风过处看飘潇。其十

　　黄金大道，以深秋梧桐树叶黄灿如金故名。

重游湖光岩 / 二〇〇九年一月

山色湖光一鉴开,今朝有客我重来。
楞岩寺古崖摹字,狮子峰奇葛绕陔。
水月观音凝慧眼,火山遗壁掩苍苔。
荻丛掩映鳞波渺,信步浓荫净绝埃。

<small>狮子山上有水月观音和望海观音像。</small>

己丑元宵日羊城送别文侠返湛途中有占 / 二〇〇九年二月

青林绿野漫无涯,行道紫荆处处花。
落寞归程初向晚,半天月色半天霞。

清平乐·深圳 / 二〇〇九年三月

　　风香蝶粉,四季花如锦。广厦长街连域畛,拔地楼盘如笋。　　少男少女匆匆,老翁老妪颤颤。现代移民都会,天宽海阔心胸。

八声甘州·深圳博物馆得观国家宝藏 / 二〇〇九年三月

　　对庭空窗阔艳阳高,欣欣上层楼。看渔村旧史,华都新貌,开放鸿猷。更值奇珍来展,不负此番游。国宝琳琅处,疾骋双眸。　　一室甲文鸟篆,又周彝汉鼎,陶马铜辀。叹衣存人往,鉴在影难留。最堪怜、隋桥遗韵;亦难忘、魏骑伟兜鍪。长思我、悠悠华夏，故国千秋。

  深圳博物馆展出国家博物馆珍藏国宝六十余件。衣存、鉴在、隋桥、魏骑四句，分别言汉中山怀王金缕玉衣、吴王夫差鉴、隋安济桥（赵州桥）石栏板、北魏骑兵陶俑诸物。

如梦令·深圳街头观景 /二〇〇九年三月

  车过楼移景换，街市花光彩幔。云影弄斜晖，楼宇时明时暗。梦幻，梦幻，入夜华灯璀璨。

画堂春·晨游深圳荔枝公园 /二〇〇九年三月

  旷园闲步看缤纷，环湖绿树红云。槟榔椰子荔枝林，鹂唱春深。 傍岸晨风送爽，逐波霞彩熔金。亭桥曲绕对锦鳞，游目披襟。

鹧鸪天·珠海景山公园 /二〇〇九年三月

  万石叠成石景山，石兵石阵布连环。森森丛树石窠掩，寂寂苍崖石径弯。 登绝顶，对沧澜，烟波浩渺绕冈峦。风生忽过毛毛雨，身后阁亭遮翠岚。

踏莎行·珠海侨苑酒店凭窗观景 /二〇〇九年三月

石景山前，香炉湾畔，海风拂过发吹乱。清波漾漾弄轻沙，渔姑楚楚临礁岸。　　树满三山，路弯一线，花红草翠盈芳甸。海光摇动接天云，云边几点北归雁。

<small>海湾有渔女雕塑。</small>

生查子·银滩 /二〇〇九年四月

久听赞银滩，今见银滩白。十里泻银沙，迤逦生光色。　　鸥鸟傍渔舟，迓我观光客。极目向南瀛，心逐海天阔。

相见欢·北海老街行 /二〇〇九年四月

长街狭巷骑楼，忆春秋。昔日繁华商埠市烟稠。　　摇水井，清波冷，小庭幽。夕照陆离光影怎淹留。

画堂春·游南宁 /二〇〇九年四月

绿城美誉未虚传，春来绿意尤酣。长街广囿尽葱然，绿向云边。　　访罢骆越遗粹，又登青秀山巅。凤凰亭上喜流连，鸟过翩跹。

梵净山二律 /二〇〇九年五月

武陵诸山秀，梵净最奇雄。
身置千峰碧，眼含万壑葱。
人边云瑗瑗，林隙水淙淙。
金顶叹奇险，悬崖隔旅踪。其一

弥勒有道场，黔东梵净山。
四时蒸甑气，一线上阎关。
崖页嵯峨叠，峰林勃郁攒。
庙庭起雾霭，清磬远尘寰。其二

> 梵净山初名饭甑山。

卜算子·重游凤凰 /二〇〇九年五月

去岁凤凰城，初识沱江美。坐赏江边吊脚楼，楼外层峦翠。 今岁凤凰城，还看沱江水。过尽跳岩恋碧波，人去心犹醉。

旅青岛澳门路海滨漫步 /二〇〇九年九月

浩瀚澄明一镜开，凭栏放眼畅襟怀。
石礁错落隔沙岸，木栈曲环过石台。
几处船犁耕浪去，一番风剪破云来。
朝晖夕照任观览，天海碧蓝净绝埃。

浮山湾海岸行吟 / 二〇〇九年九月

极目天光映海光，风来暑退渐生凉。
岸礁几处钓鱼客，心系长纶向远方。

满江红·青岛澳门路暂寓此处海滨清幽可喜 / 二〇〇九年九月

　　未了因缘，重相见、浮山一脉。楼窗外，云天浩渺，海空辽阔。朝看霞晖船远近，暮迎月照星明灭。看几番、潮涌上礁矶，浪千叠。　　曲曲岸，青青柏；寂寂路，姗姗客。幸临风眺远，披襟岸帻。小住二旬亲海鸟，悠游三度添情结。最堪喜、洁净复清幽，不思别。

九月五日至二十四日在此小住。

浣溪沙·青岛黄岛往返 / 二〇〇九年九月

　　青岛青青黄岛黄，蓝天朗朗白云长。轻鸥舷外看翱翔。　　人度平沙随影远，雨来颠浪逐风狂。归程天宇尽茫茫。

三亚玩海五律 / 二〇〇九年十一月

重游叹人满，景物旧曾谙。
蔽体唯三点，曝沙共一湾。
水亲黄黑发，云绘白蓝天。
莫负晴阳好，弄潮自等闲。其一

大东海，此处浴海者俄人甚多。

来访清幽境，荫浓车道旋。
楼廊连苑圃，榻椅列沙滩。
海泳日方烈，池游人亦欢。
水天欣极目，远海一轮船。其二
　　亚龙湾。

绵延廿馀里，浩浩水一湾。
树碧野多旷，水清天愈蓝。
高楼看簇矗，沙岸喜长宽。
风劲潮汹涌，心随浪脚欢。其三
　　清水湾。

排浪叹观止，海门自此开。
风雷震旷宇，日月耀瀛台。
金鸟蹁跹过，银潮澎湃来。
欲寻贝阙宴，未得分水钗。其四
　　日月湾。

车到石梅境，清风过海陬。
浅滩听浪涌，曲浒看林幽。
磊磊连礁贝，茕茕傍屿舟。
纵眸欣望远，天海几轻鸥。其五
　　石梅湾。

菩萨蛮·十二月五日湛江湖光岩行吟 /二〇〇九年十二月

入门尽是青葱色，轻风迎我回头客。幽境五番来，湖光眼底开。　　环湖欣漫步，又到灵泉处。榕叶喜肥滋，兴来好赋诗。

虞美人·湖光岩登望海楼 /二〇〇九年十二月

湖光岩下云溶水,水岸丛葭苇。崖林小径喜清幽,狮子峰巅石级上层楼。　楼前岛远入沧海,楼后湖山黛。明湖闻道有鱼龙,凝目碧波何处觅奇踪?

游湛江东海岛 /二〇〇九年十二月

长堤通广岛,直道向沧瀛。
树杂原畦碧,塘分天块青。
观潮游客少,拾贝暖风轻。
迤逦沙滩远,坐听涛涌声。

东海岛为中国第五大岛,龙海天沙滩长二十八公里,为中国第一长滩。

访雷州西湖十二绝 /二〇〇九年十二月

天下西湖三十六,我今寻访到雷州。
天宁寺左幽丛外,一片清泠入眼眸。其一

雷州去湛江七十余公里,十二月二十四日与文侠同访,车行一小时后抵达。

垂枝卧干树亲水,逐影摇风波弄云。
馆榭亭台移步景,曲桥过后更幽深。其二

湖岸之树多偃垂向水,更有生于水中者。

罗湖何故改西湖?谪宦辛酸说二苏。
天海一宵促膝后,茅椽寂寂去帆孤。其三

绍圣四年(一〇九七),苏轼由惠州再贬儋州,路经雷州,与贬居此地之胞弟苏辙相逢并小住罗湖。后人为纪念东坡,改罗湖为西湖。

满眼树苍并草萋,宋园游罢过苏堤。
若非学士长流此,何得三潭到粤西。其四

  湖中有三潭印月之景。

丹荔黄蕉荐享饔,蛮烟瘴雨早无踪。
天南开此文明境,不负前贤教化功。其五

  湖畔有十贤祠,崇祀宋代遭受贬谪寓居雷州之十位贤臣。

谪宦旅踪何处寻,门庭幽静庑堂深。
丰容勒石神栩栩,想见天涯萍寄人。其六

  十贤祠中有寇准、苏轼、苏辙、秦观、王岩叟、任伯雨、李纲、赵鼎、李光、胡铨之像。

先生罹难仍风流,卜筑何妨向海陬。
袖卷襟披凝望远,新诗吟就更清遒。其七

  苏公亭,在湖心,前为东坡居士立像。苏诗:到处不妨闲卜筑,流年自可数归期。

莱泉常忆寇参军,谪宦天南第一人。
德化迄今人颂念,干枯竹杖竟成林。其八

  寇公祠。宋真宗干兴元年(一〇二二)四月,丞相寇准贬为雷州司户参军。以准尝封莱国公,故其于雷州饮用水井称为莱泉。传说准病逝后雷州百姓扶灵至渡口,遇狂风而以手中竹杖插地护棺,其后枯竹返青生笋成林,故呼该地为"寇竹渡"。

文山一记诵从头,烈士忠臣自可侔。
惶恐零丁遗远意,浩然正气耀千秋。其九

  祠前有石碑勒《雷州十贤祠记》,文天祥撰。

地重天南古海康,人文史迹也煌煌。
湖山有幸寓贤士,千载薪传文脉长。其十

  浚元书院。

谪人萍迹杰人心，倾目湖山浣俗襟。

流寓炎荒纵多苦，莺声犹识故乡亲。其十一

  宋园内观诗碑廊。寇准诗有吟：最怜夏木清阴合，时有莺声似故乡。

冬阳和煦乐陶陶，胜境名城游兴高。

惹眼龙王庙外景，群龟曝日自逍遥。其十二

  湖边龙王庙与苏公亭之间有牌坊，前后书：西湖平，状元生。水中及石上之龟或游或止，不下数百。

访雷州雷祖祠 / 二〇〇九年十二月

霹雳起英山，天南开一祖。

四境苏黎瑶，九天来铜鼓。

官清自为神，劳辛应作暇。

俎豆陈殿阁，诗碑嵌廊庑。

雷阳祀英灵，海岳凭撑拄。

  雷祖祠在雷州古城西南五里之英榜山，奉祀雷州人尊为雷祖之唐人陈文玉。陈于贞观年间任雷州首任刺史，逝后诏封为雷震王，其后历代皆有加封。

庚寅正月初十游湛江东海岛 / 二〇一〇年二月

重来东海岛，大雾正弥天。

影绰闻声近，噌吰惊浪遄。

海藏烟幛外，人步甑笼间。

四顾迷茫里，欣看潮脚翻。

  东海岛乃中国第五大岛，亦为名闻遐迩之风景区。该岛地处湛江市东南，与南三岛南北相望，适成湛江港之门户。

庚寅元宵日访特呈岛 / 二〇一〇年二月

麻斜过渡喜披襟，狮舞龙灯处处春。
渔艇网箱多似阵，田盐烟火早无痕。
千船划破蓝天海，半岛环围红树林。
炮竹轰鸣旗鼓动，村村拜祭冼夫人。

　　明解缙发配交趾（今越南），尝于永乐五年登特呈岛，有《题特呈山温通阁》：峰濯沧溟应斗魁，波澜绕翠浪头排。火烟光起盐田熟，海月初升渔艇回。风送潮声平乐去，雨飘山色特呈来。地灵福气生天外，自有高人出世才。诗中"火烟"句述其时煮海为盐之景。冼夫人名冼英，南北朝时高州刺史冯宝之妻。尝带兵至特呈岛驱赶海盗，保护周边海岛及水域太平。百姓感恩，世代崇祀，凡出海皆拜求平安，因有"岭南圣母"之称。特呈岛仅三平方公里，即建有供奉冼夫人之"会官庙""洗太庙"七座，不逊他处之崇信妈祖也。

自东海岛东南码头乘船访硇洲岛 / 二〇一〇年三月

轻鸥逐队傍航舷，孤岛别开一地天。
灯塔巍巍照海宇，林荫郁郁望蕉园。
绿榕青石宋皇井，白浪黑礁那晏湾。
西岸码头客熙攘，船家收网卖鱼鲜。

　　硇洲灯塔为世界著名三大灯塔之一，与伦敦、好望角灯塔齐名，乃一八九八年法人强租广州湾时所建。

海南诗二首 / 二〇一〇年四月

极目南天向海涯，暖风吹盛绿原花。
听歌月夕风亲面，玩水晴湾浪逐沙。
椰梦徜徉忘鹤鬓，花冠绰约惜韶华。

沙滩日日行三里，自在旅途即是家。其一

　　二〇〇九年十月二十二日至十一月十一日在三亚小住。三亚湾海滨绿化带称椰梦长廊，美丽之冠为举办世界小姐大赛之处。

一行看海到兴隆，日暖花妍何处冬。
楼舍高低青阜外，池塘远近绿丛中。
芊芊坪草晴和气，郁郁林椰畅快风。
傍晚忽焉来阵雨，温泉泡过乐融融。其二

　　二〇〇九年十一月二日从三亚到兴隆，途中观览日月湾石梅湾。

洞庭诗赠友人 / 二〇一〇年四月

沅澧潇湘入梦遐，洞庭湖畔是君家。
名楼忧乐关天下，雅士胸襟动水涯。
社火龙船雪浪涌，渔歌雁阵夕阳斜。
巴陵盛况心仪久，何日君山共品茶？

花溪春暮 / 二〇一〇年四月

龟岭螺洲绿意浓，清流折向曲桥东。
紫藤花落槐花谢，几点珠榴入眼红。

"冰峰云海白茫茫"（摄于赴拉萨途中飞机上）

西藏行 / 二〇一〇年六月

久慕高原畏旅踪，衰躯今岁试称雄。
人登海拔五千米，礼拜云阶九百重。
世外灵湖荒野寂，佛前梵呗俗尘空。
终朝天宇蓝如洗，日照僧袍别样红。

西藏纪行三十绝 / 二〇一〇年六月

冰峰云海白茫茫，机翼舷窗灼灼光。
俯瞰奇观难尽兴，忽闻通报要回航。其一

　　六月十日上午八时乘空客三五零型客机自成都起飞，九时四十分至拉萨机场上空，未能下降而返航，十一时五十分降落成都双流机场，于机舱内等候至午后二时二十分重新起飞，四时十分到达海拔三千七百余米之拉萨贡嘎机场。旅程虽为周折，然一日之内三度观赏途中雪山奇景，亦为幸事。

一出机舱步履艰，双唇青紫腿如绵。
主人久候殷勤意，赠饮高原红景天。其二

　　胡光华先生备药品氧气在机场等候七个多小时，其意至诚，令人感动。

绿杨掩映漾清波,明黯连峰云影过。
沙水潆洄复浩漫,盘旋鹜影向山阿。其三
  出机场过嘎拉山隧道、曲水大桥,沿拉萨河往拉萨。拉萨河发源于藏北念青唐古拉山,流经拉萨,于曲水县汇入雅鲁藏布江。

群山环绕一城宽,最爱高天逼眼蓝。
廛宅经幡逐风舞,山羊踱步自悠闲。其四
  进拉萨城。

圣殿巍峨入望中,白宫层叠簇红宫。
晴光万里净如洗,金顶煌煌耀碧穹。其五
  车过布达拉宫前广场。

店肆琳琅珠玉多,华灯初上暮云过。
转经人绕大昭寺,一路长头拜佛陀。其六
  十一日下午九时逛八廓街。拉萨六月至晚十时方才天黑。

等身膜拜意虔诚,瓶罐油添佛脚灯。
满目幢幡僧俗众,千年古刹诵经声。其七
  十二日上午参观大昭寺。藏民朝拜者甚多,香火极盛。

梵呗贡香绕殿龛,长廊壁画看斑斓。
仰瞻佛祖等身像,想见和蕃万里骖。其八
  大昭寺内观释迦牟尼十二岁等身像,此像为文成公主自长安带来。

香炉镇日漫青烟,经筒悠悠年复年。
忽有夯声隔院起,欢歌踏步动云天。其九
  大昭寺房顶观景。

佛殿叠层上远峦,云堆米聚衍坡宽。

嶙峋山石经幡舞，寂寂扎仓僧往还。其十

　　十二日中午至哲蚌寺。此寺位于拉萨西郊更培邬孜山南坡，占地二十余万平方米，寺房多白，远望如巨大米堆，故名哲蚌（藏语，意为"米聚"）。哲蚌寺乃藏传佛教格鲁派六大寺中最大之寺院，由宗喀巴大师弟子降央曲杰·扎西贝丹于公元一四一六年始建。扎仓为格鲁派寺院中学经单位。

连峰屈绕逐层高，天路盘旋上九霄。
澄碧一湾忽入眼，清空疑是梦中遥。其十一

　　十二日下午乘车出拉萨，过曲水大桥右行，再沿盘山公路爬行三十公里，至甘巴拉山口，即见羊卓雍湖。

奇景入眸狂且欢，欲奔欲啸叹艰难。
试开摄镜留佳境，山口天风瑟瑟寒。其十二

　　甘巴拉山口海拔四千九百八十米。

幽绝境中最自如，蜿蜒奇幻绿珊瑚。
流滢澄滟银峰裹，圣洁恍开天地初。其十三

　　羊卓雍错，湖面海拔四千四百一十米，为雪域高原三大圣湖之一，与藏北之纳木错、阿里之玛旁雍错齐名。此湖汊口甚多，状如珊瑚枝，故在藏语中又称"上面的珊瑚湖"。

"圣洁恍开天地初"（摄于羊卓雍错）

高墙垒向彩云端，钙白赭红衬碧蓝。
厚壁斜陴看迤逦，西行来拜普陀山。其十四

  十三日游布达拉宫。"布达拉"为梵语，又译作"普陀"，为观世音菩萨所居之岛。布达拉宫俗称第二普陀山。

参天拔地起崇峦，雪域宫高瞰世寰。
陟彼云阊天路近，驻行俯仰叹观瞻。其十五

  布达拉宫为世界上海拔最高（三千七百余米）、规模最大（占地面积四十余公顷）之宫殿式建筑群，主楼高百余米。

抚膺移步百千梯，垒殿重墙看仰攲。
乌幔赭檐晴日照，庑廊曲折转迷离。其十六

  布达拉宫有宫殿房舍数千间，高低错落，折绕连通。

金壶玉碗置床几，绣幛宝瓶传世稀。
唐卡琳琅夺目彩，日光殿外白云低。其十七

  白宫为达赖喇嘛之冬宫，最高处第七层之日光殿乃达赖喇嘛日常起居之处。

灵塔佛龛熠熠光，坛城精妙世无双。
观音度母随参拜，腾焰酥油弥异香。其十八

  红宫为各类佛殿和灵塔享堂，供奉佛像数千尊及八座存放五世到十三世（六世除外）达赖遗体之灵塔。塔身以金皮包裹、宝玉镶嵌，金碧辉煌。

驱车北走晓风寒，朝日斜光明暗山。
道左热泉羊八井，山头皑皑映天宽。其十九

  十四日早六时出发赴藏北纳木错。

连山迤逦路高低，几处碉房人影稀。
雪域冰峰时入眼，牧场毡帐走牦羜。其二十

  念青唐古拉山雪峰不时在望。

山前崖壁画天梯,路口石堆簇玛尼。
香客长头频跪俯,军车蛇队过荒陂。其廿一
　　车行青藏公路所见。

驱车驰上那根拉,几处苔衣掩土砂。
天际山缘蓝一抹,圣湖缥缈现荒遐。其廿二
　　中午一时汽车爬行至那根拉山口,得见远处纳木错。

日光夺目气寒凉,天宇寂寥旷野荒。
气短心慌还指点,巉崖高岭走山羊。其廿三
　　那根拉山口海拔五千一百九十米。

山脊雪光一线银,近坡远岭断连皴。
明湖望久人难到,心羡天边亲水云。其廿四
　　过那根拉山口至湖边车行又近一小时。

"圣湖缥缈现荒遐"（摄于那根拉山口）

造化如斯称绝奇，青天嵌进碧玻璃。
银峰剔透插寰裔，摇荡神光人醉迷。其廿五

  纳木错意为"天湖"，为世界海拔最高之湖泊，湖面海拔四千七百一十八米。

曲岸淘沙雪浪翻，清波浩浩碧穹宽。
此身疑在大东海，忽诧雪山入眼帘。其廿六

  纳木错为中国第二大咸水湖，面积近两千平方公里，东西长七十公里，南北宽三十公里，湖面辽阔渺远。念青唐古拉雪山主峰七千七百一十七米。

身边鸥鸟掠翩翩，水面凫禽往复还。
廓落湖山天宇净，澄心静虑咏怀宽。其廿七

  高原神湖，令人生圣洁肃穆之感。流连于此，顿消俗虑。

侠肝义胆气雄豪，烤鸭烹鱼手艺高。
接待殷殷无限意，胡哥情谊薄云霄。其廿八

  此行蒙胡光华先生全程接待，食住行游，安排甚周。

相识异乡缘亦奇，高原来品江津鱼。
举杯畅叙家门事，同访乡关应可期。其廿九

  在拉萨城东袁记江津鱼馆得识故乡本家名袁光祥者，蒙盛情招待。二句末犯三平，以意不改。

千里云程半日还，灰蒙满眼罩尘寰。
萧楠感慨得佳句：拉萨归来不看天。其三十

  回成都。

庚寅端午客于成都 / 二〇一〇年六月

浣花溪畔锦江滨,万里桥西驻履痕。
车过江楼云鉴水,门悬蒲艾酒盈樽。
草堂鸥燕千秋句,菰黍龙舟万古魂。
屈子心伤老杜病,由来憔悴是诗人。

杜甫《江村》诗:自去自来堂上燕,相亲相近水中鸥。

捣练子三首·锦里 / 二〇一〇年六月

　　三义庙,结义楼,曲巷空庭拜武侯。成败兴亡人去远,凛然忠义著千秋。其一

　　蜀竹扇,蜀锦绸,牛肉张飞草履刘。剪纸钩针多绝技,惜乎岁月难勾留。其二

　　珠玉翠,脸谱红,麻辣火锅香味浓。抛掷铿锵三大炮,茶楼酒肆过堂风。其三

更漏子·宽窄巷子 / 二〇一〇年六月

　　北巷宽,南巷窄,井巷满城遗迹。老门匾,旧门头,丛荫掩小楼。　　青灰瓦,红楹架,石壁雕桩拴马。担担面,盖碗茶,酒旗流彩霞。

成都火锅绝句 / 二〇一〇年六月

千层毛肚百回肠,红艳一锅麻辣香。
藕白喉黄生菜绿,热情亮彩好文章。

成都青羊宫二律 / 二〇一〇年六月

函谷出关后,青童此化羊。
殿前香袅袅,庑外柏苍苍。
皇帝蒙尘地,天师说法堂。
素斋亭午饭,一碗豆花香。其一

唐僖宗于中和元年(八八一)避黄巢乱于此。

古柏三清殿,新花八卦亭。
黄冠开褚户,红烛伴青灯。
重院日曛暖,曲廊风过轻。
化羊成古观,大道所由经。其二

游青羊宫二仙庵三绝 / 二〇一〇年六月

妙论五千出老君,青羊肆上且逡巡。
神灵代代盛香火,生肖十二集一身。其一

三清殿前独角羊造型特异:鼠耳、牛鼻、虎爪、兔背、龙角、蛇尾、马嘴、羊须、猴颈、狗腹、猪臀。

白石黄精事久闻,丹台碧洞栖凡身。

洞庭飘渺蓝关远，一曲清箫动彩云。其二
　　二仙庵供奉吕洞宾韩湘子。

雕甍画栋伴韶华，郁郁丛林景色佳。
麻将纸牌人簇聚，浮嚣何处觅烟霞。其三

如梦令·琴台故径 /二〇一〇年六月

　　金店银楼对伫，宝马奔驰斗富。不见古琴台，熠熠华灯乍暮。环顾，环顾，才女当垆何处？

武侯祠 /二〇一〇年六月

祀祠崇百祀，筹策定三分。
为有隆中对，不闻梁甫吟。
谋高运屯蹇，体瘁事躬亲。
享殿追怀远，高枝鹂唱深。

访汉昭烈陵 /二〇一〇年六月

祠庙向书汉，蜀川曾姓刘。
石麟立幽道，环壁绕圜丘。
草屦何妨乐，冕旒应足忧。
吞吴竟遗恨，汨汨锦江流。

过坝陵河大桥 /二〇一〇年八月

深堑激流一线通,青天落下彩霓虹。
山间钢索凭云绕,谷底田居如蚁封。
银瀑湍飞光影远,红崖危耸石书空。
友人指点旧时路,盘曲云山上九重。

坝陵河大桥在贵州关岭盘江之上。

晴隆观史迪威公路二十四道拐 /二〇一〇年八月

蜀道何如黔道难,抚膺仰叹磨盘山。
半关泉泻三千里,一壁雾开廿四弯。
应借晴阳摄幽景,还从旧影忆烽烟。
披襟且步凌霄路,青草白羊岩壑间。

庚寅中秋旅次青岛二首 /二〇一〇年九月

今宵青岛月,朗朗照浮山。
浩海漾光白,硬风吹面寒。
栈桥人绰约,帆港影阑干。
忽有烟花放,海空看绚斓。 其一

汇泉湾上月,佳节倍团圞。
海黯益辽远,天幽自广寒。
周遭灯熠熠,游赏步姗姗。
情思越千里,雨云笼贵山。 其二

游吉林蛟河红叶谷 / 二〇一〇年十月

明黄暗赭浅深红，长岭斑斓彩绘中。
探谷最奇花大姐，成群成阵舞秋风。

<small>瓢虫俗称花大姐。谷中此虫多如蚊阵，漫天飞舞，撞车扑人，为一大奇观。</small>

南湖新村小住 / 二〇一〇年十月

深秋半月旅，万里到长春。
北国风初烈，南湖人倍亲。
水光喜依旧，楼宇看添新。
几度寒霜染，叶红杂浅深。

庚寅重阳京城听戏 / 二〇一〇年十月

　　北风起兮天转凉，一年一度又重阳。今岁重阳不寻常，身在长安大戏场。幕前彩灯熠熠光，台口鲜花置琳琅。锣鼓一通听铿锵，长丝短弦奏皮黄。海内名家共引吭，上台俱是鬓毛苍。少者花甲李维康，长者耄耋杜近芳。梅尚程荀竞艳香，马谭麒言奋龙骧。教子坐宫八珍汤，跑城叫关耍花枪。清越婉转凤求凰，沉郁顿挫锁麟囊。琴师揉弦变宫商，湍疾潺湲如川江。低回一似静夜霜，高亢恰如雁翱翔。咳珠吐玉韵味长，穿云裂帛动遐荒。听罢老韵听新腔，半日荡气并回肠。菊苑宿英萃一堂，国粹传统喜发扬。今朝有幸此徜徉，沉醉清声物我忘。

登慕田峪长城 /二〇一〇年十月

秦汉燧烟杳,幽燕岭岳崇。
寂寥亲野树,迢递上天墉。
戍堞山盘远,敌楼雁过空。
忽焉失人影,霏雾粘衣浓。

辛卯新春携孙儿想想三亚玩海八首 /二〇一一年二月

椰梦长廊远,蜿蜒曲岸滨。
潮来层浪白,沙泛夕阳金。
琼岛三冬暖,旅人四海音。
凤凰岛在望,楼宇矗凌云。其一
　　三亚湾。

又到大东海,浴光人满滩。
祖孙三代乐,瀛宇两眸宽。
水涌云随浪,沙堆堡作团。
隆冬似初夏,爽口喜椰甜。其二
　　大东海。

往来车满路,酒店蔽荫浓。
海鸟翻银翼,伞人上碧空。
曝沙多仕女,嬉水尽孩童。
指顾沉潜处,栈桥入海中。其三
　　亚龙湾。

人向寰尘外，海天一望收。
连山对远岛，沿岸起重楼。
快艇人前浪，矮林沙后丘。
纸鸢摇曳起，翩影逐轻鸥。其四

  海棠湾。隔海为蜈支洲岛。

轻车经海隅，幽境有园林。
花夹长廊曲，林遮小院深。
岸椰光幻影，池沼碧摇痕。
浪静风平处，渔船渡夕曛。其五

  福湾。

清水翻银浪，白云漾碧霄。
登山三面海，摄影四围礁。
远厦高低栋，近身退涨潮。
长风送晴暖，天海看迢迢。其六

  清水湾。即陵水港，雅居乐地产开发此海湾并改名。

隧道穿崇岭，雨晴一界分。
美人波上卧，牛脚海中伸。
南北景光异，汉黎世代亲。
浓荫容小憩，风爽荡尘襟。其七

  分界洲。又名美女岛，位于陵水与万宁间牛岭入海延伸处。其地之南北，地貌及天气皆有不同，当地因有"牛头下雨牛尾晴"之谣。

南海有门户，石门澎湃潮。
疏林沿岸曲，涌浪击岩高。
崇庙千年祀，沧瀛万里遥。
沙滩野餐罢，踏浪乐陶陶。其八

  日月湾。传说"大海有门，门在日月湾。"故其地又称海门。

生查子·三亚湾观黎苗盛会 /二〇一一年四月

琼南孚念孚,盛况今亲睹。两耳古黎歌,十里竹竿舞。　路旁牛烤香,林下箭离弩。沙岸起椰风,欢乐云天翥。

<small>孚念孚,黎语谓三月三。</small>

关索岭歌 /二〇一一年五月

霞客履踪何处寻,雄关古道邈音尘。我出永宁访雄关,极目望断山外山。巍然一岭若屏庡,削壁绵延百馀里。岭趾幽涧深且长,灞陵桥下水汤汤。河西仰望关索岭,危崖迥出万山顶。羊肠鸟道何盘盘,四十三盘上通关。关门一道天际立,青石门洞风霜壁。五尺驿路迤迤西入滇,榛莽开辟于今几何年?人行马踏千百载,路石铿铿映苍霭。遥思武侯过此间,诸葛营外晒甲山。将军马跑泉解渴,血食千载祀关索。世多传闻史无征,漫劳后人争解名。其名迷离难解说,未妨岭称太子阁。山川无改日月徂,吴复攻略洪武初。古驿道上砌城垛,关设守御千户所。一夫当关万夫愁,关上矗立御书楼。而今关圮楼早毁,可叹光阴如流水。楼前祠庙有残存,墙倾柱倒石础湮。畴昔崇祀传灵验,仆碑依稀犹可辨。丛芜杂砾久逡巡,废墟难觅香火痕。薄云移过关关上,鸡公背遥河东望。风起似闻战马萧,古战场中血染袍。南明军负吴三桂,尸骸阑干灞陵水。滇军大破周西成,衣冠冢上草犹青。几回鏖战盘江浒,胜败兴亡百姓苦。隔岸夕曛映红崖,石光夺目色如花。非篆非隶非镌非铸通体赤,天书文字无人识。殷碑汉碣杂说纷纷探绝奇,至今难解千古谜。关门回溯古驿路,双泉寺钟灞桥树。可惜寺毁不闻钟,桥孔圮断古树无影踪。凭眺徒作怀古思,吁嗟感喟来胸次。白水折宕红岩高,行人梦断灞陵桥。鸡声茅店对岭月,山水穷恶心生怯。飞鸟折翼猱无援，陨岩落箐不幸而充虎蛇餐。多少行人抚膺仰首叹：黔道更比蜀道难！山驿曲绕千百载，而今竟然面貌改。君不见，两山飞跨特大桥，轻车疾驰过九霄。飘飘一似六龙驾，恍惊白云生足下；又如仙槎渡云波，万峰叠转身际舞婆娑。从兹入滇无要隘，春风一路愁肠解。盘桓岭上心气舒，高吟畏途变坦途。我欲草句告霞客：倘今莅此游记更增色！

关索岭在贵州省安顺市辖境，位于黄果树大瀑布西，关岭布依族苗族自治县城东。辛卯孟夏与应国何幼伉俪同游。明崇祯十一年（一六八三）徐霞客旅黔经关索岭。红岩山传为诸葛武侯驻兵处，上有诸葛营；晒甲山为红岩后一山，崔巍百丈，俗传武侯南征晒甲于此。旧志谓索乃汉寿亭侯子，从武侯南征孟获，屯兵于此，恩信孚兹土，世祀之。山半有马跑井，相传索统兵至此，渴甚，马刨地出泉，故名。按正史载关羽子无名索者，后人考证"关索"者略有几说：或谓关兴称"关帅"，"帅"通"率"而讹为"索"；或谓苗人"父"言"索"，敬称关兴为"关索"，犹言"关父"；或谓"关索岭"乃"关锁岭"之误；或谓前代凡高埠置关，皆备索以挽舁者，故以为名。歧见迭出，莫衷一是。太子阁为关索岭主峰（以关羽封帝，故世人称索为太子）。明洪武十五年，谕吴复等取关索岭。洪武二十五年置关索岭守御千户所。《霞客游记》："越岭西下一里，有大堡在平坞中，曰关岭铺，乃关岭守御所在也。计其地犹在山顶，虽下，未及三之一也。"御书楼康熙中建，上悬仁宗书"滇黔锁钥"四字。（此据谢薰庭《关索岭考辩》，另一说为"黔南锁

"霞客履踪何处寻"（摄于滇黔古驿道）

钥"。）祠庙建于古驿道北侧，毗邻御书楼。古称顺忠祠，祀关索；后祀关羽，改称关帝庙。当地人称此间为关上。鸡公背山在灞陵河东，以形似得名。公元一六五八年，吴三桂等领清军攻打南明李定国扼守之鸡公背、关索岭、查城驿（现关岭永宁），双方损兵折将伤亡惨重，定国兵败弃关索岭，焚北盘江桥逃往云南。一九二九年贵州省主席、民国第二十五军军长周西成在此阵亡，鸡公背一垭口有其衣冠墓。红岩碑乃俗称，实为崖壁而非碑碣。其来由至今无考，向有殷高宗征鬼方纪功碑、诸葛武侯南征碑、夜郎古国石刻等诸多说法。灞陵桥至迟建于明代，桥东西各有一黄楠巨树，盘根错节，径有数围，矫若虬龙，枝叶覆于桥上。"骑桥双树"为古永宁州八景之一。"古思"句，"思"为去声。"飞鸟""陨岩"二句用明人何景明句意。何氏《关索岭》诗：飞鸟兮折翼，猴猱兮无援。苟失足陨岩而落箐兮，曾不足以充虎蛇之餐。坝陵河特大钢桥长二千二百余米，塔身高近二百米，有"亚洲第一桥"之誉。

内蒙古东四盟纪游四十绝 / 二〇一一年六月

六月五日至十九日访内蒙古自治区东部赤峰市（旧称昭乌达盟）、哲里木盟、兴安盟、呼伦贝尔盟。同行者文侠、哲勤、泉子。

夤夜偕行到赤峰，侵晨驱转向经棚。
车尘驰过土城子，绿树红坡入望中。其一

经棚镇乃内蒙古自治区赤峰市克什克腾旗政府所在地。以旧时为庙会搭置棚帐诵经之所，故称。

热水镇中王嫂家，平房小院静无哗。
蓑衣茄子刀工好，泡罢温泉神气佳。其二

热水镇旧称热水塘，距赤峰二百三十公里，距经棚三十公里。此地为全国第二大甲级温泉热水温泉疗养旅游区，有"东方神泉圣水"之誉。

绿甸青丘白桦林，牛羊迤逦向垂阴。
黄冈梁上清风爽，薄晚绮霞映紫岑。其三

热水至阿什拉图往返。黄冈梁国家级森林公园位于克什克腾旗西北部，海拔二千零二十九米，为大兴安岭最高峰。

"尘外惊观八阵图"（摄于阿斯哈图石林）

尘外惊观八阵图，大荒恍见落璇枢。
石林绝境人踪渺，疑是侧身太古初。其四

  阿斯哈图石林，现称克什克腾世界地质公园，园区保护面积为五千平方公里，其间有冰川地貌、花岗岩地貌、火山地貌等多种类型地质地貌景观。时在旅游淡季，景区内无他人。

叠岩垒柱叹嶙嶒，鬼斧凿成魔幻城。
绝顶风来如虎吼，石人石鸟也心惊。其五

  阿斯哈图石林与云南路南石林不同，其形成之主要原因不是水蚀而是冰蚀，为第四纪冰川溶蚀的结果。

青山远近路螭蟠，沟里人家屋影单。
荒野采尝山杏子，车行又过几危峦。其六

  热水至大青山途中。

灏气雄姿万岭攒，绵绵莽莽大青山。
登高一放目千里，奇境幽绝镇九寰。其七

  登大青山鹰嘴岩。

方惊巨蟒路边盘,又看苍鹰立壁端。
熊步驼行狮虎踞,石岩宛肖尽奇观。其八

　　大青山石崖奇形异状者至多。

冰川窠窍叹何多,寻遍九缸十八锅。
绝顶巨崖开臼眼,孰将岁月漫舂磨。其九

　　青山岩臼为冰川溶蚀遗迹。

塞上阳光分外明,远林近草俱青青。
路边购得巴林石,不负此番大板行。其十

　　自热水经大板至林东。大板镇为巴林右旗政府所在地。

真寂寺门石窟开,佛灯千载照心台。
灵岩拔地慈航起,望见达摩渡海来。其十一

　　召庙石窟在巴林左旗林东镇南十五公里。召庙史称真寂之寺,蒙语音译宝格达召或阿贵图庙,为全国现存唯一辽代石窟古迹,有北五台之称。窟内大量佛像及浮雕形象逼

"疑是侧身太古初"((摄于克什克腾地质公园)

"白云青草映苍穹"（摄于呼伦贝尔草原）

真，姿态各异。窟前为清代续建之喇嘛庙善福寺。真寂寺建于群山之中，其间有圣水、别愣、灵岩三山鼎足而立。寺前一岩兀立，绝似达摩之状。白居易诗：口藏宣传十二部，心台照耀百千灯。

科尔沁北卓伦西，沟分五岔路高低。
杂花丛树漫山野，风过白云荡碧溪。其十二

　　自乌兰浩特经五岔沟至阿尔山。

山路崎岖河道弯，林丘过后又森峦。
明霞开处见楼宇，向晚车临阿尔山。其十三

　　阿尔山市位于兴安盟科尔沁右翼前旗西北部，横跨大兴安岭西南山麓。

人烟稀少路平宽，六月晚风尚峭寒。
最喜山丁花怒放，纷纷白雪盖青山。其十四

　　阿尔山市常住人口仅七千余人。山丁子，山荆子别名，蔷薇科落叶乔木，耐寒。阿尔山市区及周边山坡此树极多。

黄蘑鲜美柳根香，马奶酒盅手把羊。
解乏于兹好去处，桦松林里矿泉塘。其十五

　　炸柳根儿为阿尔山特色菜肴。柳根儿乃冷水细鳞鱼，产于哈拉哈河及堰塞湖中，因

"界边北向一江横"（摄于额尔古纳）

喜在水中柳根树下觅食活动故称。阿尔山镇南山坡密布四十八眼矿泉，为中国最大放射性氡群泉。哈伦阿尔山系蒙古语，其意为热的圣水，阿尔山市以泉得名。

长林低树碧参差，车路行经伊尔施。
百里青屏围一镜，松杉郁郁映天池。其十六

  往游阿尔山国家地质森林公园。伊尔施为阿尔山林业局所在地。天池位于阿尔山东北七十四公里，距伊尔施五十公里。天池岭海拔一千三百三十二米，有近五百级台阶。按海拔高度，阿尔山天池在天山天池、长白山天池之后，居全国第三。

三潭流淌哈拉哈，深谷沦漪浅水花。
狭径幽深悬壁陡，河光红映火山崖。其十七

  三潭峡由映松潭、映壁潭、龙凤潭组成，峡谷长约二公里，北壁由巨大火山岩堆积而成。哈拉哈河发源于大兴安岭西侧摩天岭北坡松叶湖（达尔滨湖），流经杜鹃湖，经伊尔施流入蒙古国贝尔湖，折返入中国境，流入呼伦湖。

陷臼熔丘奇石堆，临观想见火浆摧。
蛇盘龟息闭壅地，劲柏偃松茂曲隈。其十八

  石塘林位于天池东，长二十公里、宽十公里，为亚洲最大的近期死火山玄武岩地貌，乃第四纪火山喷发岩浆流淌凝成。

人烟寂寂看榛芜,忽变风云昼欲晡。
林岸迷蒙渊水邈,雨来如箭复如珠。其十九

  杜鹃湖遇雨。

蛇径蜿蜒任转旋,驼峰岭上树参天。
一泓烟水白云外,何觅游山顿足仙。其二十

  驼峰岭天池为火山口积水而成。水面海拔一千二百八十四米,东西宽约四百五十米,南北长约八百米,如人之左足形。

七大连池八道沟,密林阴涧叹深幽。
薄暝倏尔遇狍子,一顾矍然向僻陬。其二十一

  驼峰岭南行经金江沟至阿尔山。

天边几朵白云飘,袅袅炊烟蒙古包。
伊敏河边那达慕,人声鼎沸看摔跤。其二十二

  阿尔山至鄂温克旗。

黄花青草满荒原,一线林丘接远天。
牛卧羊行多自在,马群饮水小河边。其二十三

  鄂温克至海拉尔,车行呼伦贝尔大草原。

远处轻轻五月风,白云青草映苍穹。
镜头取景时明暗,云蔽云开自不同。其二十四

  海拉尔至额尔古纳。

蛇行蚓衍自蜿蜒,曲水如银耀绿川。
金帐汗前遗夕照,天骄故地宇穹宽。其二十五

  金帐汗蒙古部落位于陈巴尔虎旗境内,依傍号称天下第一曲水之莫日格勒河。此处为中国历史上许多北方民族游牧生息的天然牧场,一代天骄成吉思汗曾在此秣马厉兵,与各部落争雄,最终占据呼伦贝尔草原。

"天骄故地宇穹宽"（摄于金帐汗）

天外飞来碧玉盘，涵葱抱翠蔚青岚。
明河暗沼缀螺屿，白羽连翩向远山。其二十六

　　额尔古纳湿地，又称根河湿地，位于大兴安岭西北侧根河、额尔古纳河、得尔布干河和哈乌尔河交汇之处。湿地保护区占地十二万公顷，为现今我国保护最完整、面积最大之湿地，有亚洲第一湿地之称。

车行拉布达林河，白桦林间上下坡。
树干凝眸情脉脉，风来绿叶舞娑娑。其二十七

　　出额尔古纳经占地七万公顷之原始次生白桦林。

蒙兀室韦兹溯源，岭长林密水溅溅。
昔时畋猎采金地，游客往来笑语喧。其二十八

　　室韦又称吉拉林，位于大兴安岭北麓，额尔古纳河畔。此处为蒙古民族前身蒙兀室韦部落发祥之地。

"风来万顷松涛吼"（摄于大兴安岭）

界边北向一江横，沙平日暖水色清。
适见河中俄女泳，隔河还听手机声。其二十九

　　室韦与俄罗斯小镇奥罗奇隔额尔古纳河相望。

朔边寻梦向临江，木刻楞中夜梦长。
桦树深幽晚风冷，清江寂寂傍屯乡。其三十

　　临江屯住玛利娜家庭旅馆。临江屯在室韦北十公里额尔古纳河畔，仅数十户人家，多为俄族蒙族混血后裔。木刻楞为俄罗斯族典型的民居。

白鹿苍狼何处寻，激流河畔绿森森。
风来万顷松涛吼，水网纵横夹路荫。其三十一

　　穆尔道嘎国家森林公园白鹿岛景区。苍狼白鹿为蒙古人远古图腾。激流河又名贝尔茨河，乃兴安岭北部原始林区水面最宽、弯道最多、落差最大之河流。全长四百八十公里，流量十分充沛。

"曲流隔就阴阳鱼"（摄于中俄界河太极洲）

攀高直上白云头，河道蜿蜒太极洲。
寥廓江天环翠嶂，丛岚疏雾蔚青丘。其三十二

  登大兴安岭林区钢架瞭望塔，此处河流宛曲而为洲，状若太极。

山外乔林林外山，无边林海漫云端。
苍松白桦九重岭，几处林隈幽径弯。其三十三

  穆尔道嘎原始森林五十一万公顷，为大兴安岭现存面积最大国家森林公园。十六公里处山巅观景台有一目九岭之称。

成吉思汗行猎处，大兴安岭几穿行。
松峰熊谷盘桓久，车到恩和正薄暝。其三十四

  穆尔道嘎因成吉思汗得名。成吉思汗行猎出发前高呼"穆尔道嘎"（蒙语上马出征之意）。熊谷位于穆尔道嘎国家森林公园三十公里处。

木栅木房俄裔家，马桩柴垛映红霞。
健谈难忘瓦西里，美味蓝莓大列巴。其三十五
  宿恩和，住瓦西里家庭旅馆。

八卡才过七卡来，边关处处哨楼台。
沿河宛曲石砂路，萱草衍坡烂漫开。其三十六
  恩和至满洲里，沿额尔古纳河西南行。

曲流隔就阴阳鱼，河里圜洲竟幻奇。
左绿右黄其色异，中俄相隔又相依。其三十七
  额尔古纳河道中一洲呈太极奇观。

残瓦败垣证劫灰，荒原漠漠一城颓。
射雕雄桀今何在，风起草沙任蹄飞。其三十八
  黑山头古城（辽代）遗址。据考证蒙古汗国时期额尔古纳河流域为成吉思汗大弟拙赤·哈撒尔封地，故又称哈撒尔古城遗址。哈撒尔英勇善战、臂力过人，为天下第一弓箭手。成吉思汗尝言：有别里古台之力，哈撒儿之射，此朕之所以取天下也。

朔边四望尽茫茫，草莽无涯路远长。
百里偶逢穹帐影，白云自在伴牛羊。其三十九
  黑山头至满洲里，车行呼伦贝尔草原。

拖箱购货尽边邻，来去人车过国门。
商铺俄文多汉字，反疑身是异邦人。其四十
  满洲里。

鹧鸪天·辛卯中元九溪行 /二〇一一年八月

此地山高并水长，近溪澄澈远山苍。大袍大袖大衣带，石井石街石院墙。　屯堡话，兴味长，辣椒豆腐一锅香。纸袱焚化送先祖，户户门前火烛光。

行香子·九溪七月半观河灯 /二〇一一年八月

石巷峥嵘，稻亩青葱。傍幽溪、消暑凉风。长廊短凳，老友新朋。对柳烟轻，炊烟袅，夕烟笼。　孔明灯起，夜色初浓。老青山、圆月升空。河灯入水，浮彩飘红。正月光清，灯光乱，水光朦。

重游镇远二十四韵 /二〇一一年九月

常缅㵲阳景，重游镇远城。
㵲阳环玉带，镇远傍山屏。
两极阴阳象，一河府卫凭。
水波绿似染，山壁黛还凝。
江上船来往，城中巷纵横。
飞檐舒翘翼，覆顶漫斜瓴。
青石连灰壁，粉墙映褐楹。
牌坊白熠熠，古树翠盈盈。
老井四方汲，玄冈九曲登。
青龙洞里阁，祝圣桥中亭。
文笔云间耸，禹门波外迎。
戏楼毗会馆，北极望魁星。

风过水还静，人来鸥不惊。
篷舟闲泊岸，河柳悦闻莺。
水漾涟漪影，桨摇欸乃声。
侵晨半壁雾，入夜万家灯。
夕照虹霓彩，云开圆月升。
桥头赏灯客，船里放歌笙。
陆路尽黔境，水程启武陵。
云帆沅水下，轻舸洞庭经。
扼地楚滇钥，标名秦汉旌。
史寻百越族，城越二千龄。
屹屹江山在，悠悠岁月更。
属文吴敬梓，旅次王阳明。
一水流风远，千秋文运赓。
怡然来此镇，喜不负兹行：
月值中秋好，梦魂客里萦。

镇远府城墙建于石屏山顶。旧府城卫城以潕阳河环曲为界，状如太极。瓴。瓦沟。吴敬梓《儒林外史》有三回内容写镇远之攻守进退及风土民情。明正德三年理学家王阳明由贵州奉诏调任江西庐陵，取道镇远，由潕阳河买舟入湘。

西江月四首·辛卯中秋宿西江苗寨 /二〇一一年九月

  石径木楼苗寨，高山曲水西江。万人千户世无双，错落长街小巷。　桥柱栉凌浅水，瓦檐鳞被崇岗。梯田层叠谷金黄，点缀青峦翠嶂。其一

  吊脚楼边刺绣，美人靠上梳妆。银冠银佩响叮当，木叶悠悠浏亮。　铜鼓村边雷动，芦笙场上声扬。古歌邈远又苍凉，寨老深情吟唱。其二

客舍窗中山景,苗家院内秋阳。糍粑户户碓舂忙,槌棒连山震响。　　土碗烟熏腊肉,火锅红亮酸汤。百人长桌酒飘香,苗女飞歌欢畅。其三

穿寨一湾树影,衍坡万点灯光。云开圆月上东岗,山巅碧穹清朗。　　风雨桥头顾盼,干栏楼外徜徉。如银似水泻廊窗,风过神清气爽。其四

西江千户苗寨位于贵州省黔东南苗族侗族自治州雷山县东北部雷公山麓,距省会贵阳市约二百六十公里。共有住户一千三百来户,人口六千余人,是目前中国乃至世界最大的苗族聚居村寨。

壬辰谷雨后六日七眼灶村十四韵 /二〇一二年四月

季春一夜雨,晨起倍清新。
结伴出东郭,踏青避俗尘。
山高去城远,路转入林深。
曲径寥寥客,孤峰寂寂村。
半山井已废,七眼灶犹存。
人去遗空巷,庭闲掩敞门。
院中残磨臼,室外弃缸砧。
椽檩参差架,墙苔斑驳痕。
屯荒愈草盛,屋老倍风侵。
丛竹兀然翠,洋槐犹自芬。
绕阶多薜荔,倚壁茂松椿。
岩顶鸢尾叶,草间折耳根。
荒村感落寞,石屋惜沦湮。
未晓搬迁者,今朝可脱贫?

七眼灶村在安顺城东郊粮仓洞后山之上。粮仓洞据传为诸葛亮南征时孟获囤粮之

处。《续修安顺府志》云:"今在城东三十里夏官屯北。相传孟获屯粮于此。洞口通明,中有梵刹。下有内外二城,遗址尚存。"七眼灶则因其时兵士在此埋锅造饭得名。村人谓村边岩洞尚存天然石窠七眼,惜未能寻见。此村农户已于几年前悉数迁往山下居住。人去屯空,绿树葱郁,房舍俨然,其境格外清幽僻静。

访清凉洞 / 二〇一二年四月

奇窍通明境,遗粮何可寻?
洞中老姑子,山上大将军。
二窟崖风爽,百年世事纷。
抚碑思古意,高树入烟云。

  清凉洞在七眼灶村后山腰,原名粮仓洞,因洞中建清凉禅院而更名。《黔书·山川志》节录明天启二年牟应绶所作《清凉洞碑记》云:此洞本系汉末荒服(袁按谓远离京师之边远地,《史记·周本纪》:"夷蛮要服,戎翟荒服。"),孟获屯兵积粮处也。原名粮仓洞。山麓建有旧城垣,故址存焉。宋南渡后,柴氏大乱黔疆,孟氏殆尽。适有阿达卜寨苗酋朵克,率部乘机追逼孟氏至牂牁江畔。无桥可渡,孟氏急欲投江,遇钱塘江雷峰寺游方二僧(慧光、慧明)相救,遂归原洞。并请田地二百余亩,伐木建造洞中殿陛。时南宋宁宗开禧三年丁巳云云。现洞门有石碑一块,述民国期间江苏涟水人昌明法师尝在此主持寺务并开设佛学院,一时香火大盛,成为黔中佛教圣地。今视其洞虽有重建佛龛,然造像粗疏,仅一尼供祀,萧条凋敝,盛况不再。洞后山七眼灶屯边有石似立人,谓为将军石,亦因七擒孟获事而附会焉。又此洞外另有一钟乳窟,名曰狮子洞。

西安大觉巷参观大清真寺 / 二〇一二年五月

僻静清真寺,恢弘礼拜堂。
砖工精照壁,石艺大牌坊。
米董碑镌在,经图卷庋藏。
虔诚久观览,穆穆并皇皇。

  西安大清真寺又称东大寺,位于西安鼓楼西北化觉巷内,建成于唐玄宗天宝元年

（七四二年）。寺中大殿面阔七间，进深九间，面积约一千三百平方米，可容纳千余人同时做礼拜。二进院中石碑刻米芾、董其昌手书；三进经堂藏明抄本有阿拉伯文并汉文翻译《古兰经》、清绘天方麦加图。皇皇，美盛貌。《诗·鲁颂·泮水》：烝烝皇皇，不吴不扬。

华阴朝西岳庙 / 二〇一二年五月

泱泱西岳庙，耿耿御书楼。
华岳肃森气，渭河浩漫流。
垣高翔五凤，碑古证千秋。
龙柏掩重殿，蔽荫天一陬。

  西岳庙在华山北十里岳镇街上，为五岳庙中建筑最早而面积最大者。御书楼藏乾隆书"岳莲灵澍"横碑。万寿阁上可南视华岳五峰，北瞰黄渭洛三河。其庙仿皇家宫苑建制，以五凤楼为城垣角楼。庙中原藏历代碑刻甚多，因有陕西小碑林之称，惜多损毁，如唐玄宗御制华山铭碑即毁于黄巢之乱，仅余残座及碑身四字。耿耿，显明非凡貌。

玉泉院 / 二〇一二年五月

玉井失簪获玉泉，幽幽华麓径通天。
山亭月殿无忧树，水景石舫得意仙。
几缕烟香承道绪，无边岳色入风帘。
希夷洞里陈抟老，一睡乾坤千百年。

  相传唐朝金仙公主在华山上镇岳宫玉井汲水洗头，不慎将玉簪掉入水中，后在玉泉院泉中洗手时无意找到，方知此泉与山上玉井相通，遂赐名玉泉，玉泉院亦由此得名。院后有通天亭，由此即步行登山。院中有山荪亭，为陈抟老祖修真著述之所。亭下古树曲屈虬蟠，名无忧树，传为陈抟手植；亭西希夷洞内有陈抟卧像。

"华岳慰我烟霞癖"（摄于华山）

登华山歌 / 二〇一二年五月

  向闻华山高，四岳千峰尽折腰。又闻华山险，几多失足人堕涧。华岳森森久萦怀，望七老叟拜山来。山麓朝罢西岳庙，次晨迈向登山道。自古华山路一条，屈曲陡峻上九霄。千尺幢上百尺峡，沟壁危道人蹀躞。岭脊迤逦上云台，近峰远野景忽开。南面三峰拔地立，足窠步坎錾绝壁。峥嵘逼仄擦耳崖，云路蜿蜒长咨嗟。危崖侧立仙人砭，振衣鱼贯向高远。攀练蹑足上天梯，回首身与白云齐。纡衍险隘苍龙岭，汗下顿觉山风冷。扶筇伫立金锁关，忽焉云漫雾成团。危崖窄阶两股颤，下临深渊不敢瞰。玉女峰上洗头盆，萧史何处奏箫音？箫音不闻笛音绕，白头挑夫行栈道。四望奇险多桧松，白石壁上缀青丛。东峰侧立巨灵掌，华岳当河劈为两。黄河远来细若丝，想见神禹治水时。南天门外万峰小，落雁峰高出天表。狭脊迤逦向西峰，莲花覆顶绽碧穹。殿中圣母享清供，悠悠为说刘郎梦。救母石罅云欲立,圣母仙踪何处觅?莲峰霄汉眺落霞,老树枯枝异杈丫。刀削斧劈摘星台,天外步云绝纤埃。心悸神悚口张翕,搔首欲与天共语。气定披襟意兴多,指顾奇石赏擘窠。我来华岳数千里,华岳慰我烟霞癖。披襟临眺意兴多,请君听我华山歌。

华山南峰海拔两千一百六十点八米,为五岳最高峰。蹀蹀,缓行貌。范成大诗:徘徊复腾上,蹀蹀恐颠坠。北峰名云台峰。李白诗:石作莲花云作台。杜甫诗:安得仙人九节杖,拄到玉女洗头盆。史传秦穆公女弄玉闻凤求凰箫声而随萧史往华山修道成仙。适见七旬老叟肩挑建筑材料上山顶,自言半世挑担登山,现今所挣为每日四十三元。叟行走时双手离担,持笛吹奏,其声婉转动听。遇游人拍照,则屈膝而单立一足,荷担吹笛良久。东峰名朝阳峰。《水经注·河水》称华岳本一山,当河,河水过而曲行。河神巨灵,手荡脚踏,开而为两,今掌足之迹,仍存华岩。李白诗:西岳峥嵘何壮哉,黄河如丝天际来。南峰名落雁峰。西峰名莲花峰,有莲花古洞,其上之石如莲瓣覆盖。徐霞客《游太华山日记》:峰上石耸起,有石片覆其上,如荷花。神话宝莲灯事。传为沉香劈山救母之地。李白诗:我皇手把天地户,丹丘谈天与天语。

壶口瀑布行 / 二〇一二年六月

黄河西来折南走,黄水漫漫凌丘阜。神禹凿破孟门山,两厢巨崖夹深湍。岩壑水击石成罅,壶口瀑布奇天下。涸床石砥顾盼间,蓦见平地起沸烟。移步急迎瀑声走,雷霆震怒狮虎吼。北望浩渺下荒垓,黄流滚滚天上来。汪洋腾翻纵狂恣,分明万马千军势。嚣嚣声势骇九天,束缰不及跌深渊。罡风狂卷海倒立,目眩神悚心怵惕。黄龙悬捣弄滔滔,谷底蛟螭卷怒潮。金甲白袍齐抖擞,神兵大战龙门口。喷雪吐雾雨潇潇,满河翻溅碎琼瑶。巨壶水沸溢沥沥,大流细流漱绝壁。大流隆隆如鼙鼓,细流腾腾似劲舞。鼓喧舞狂闹龙槽,磅礴大气动九霄。云过忽焉现虹霓,七彩夺目跨东西。东晋西陕隔河望,壶瀑同景不同象。远客留影乐纷纷,忙煞白须牵驴人。羊肚头巾黄皮袄,老汉慈祥笑面好。夹河黄龙对吕梁,两山绵延莽苍苍。临河仰首向天外,诗心瀑流两澎湃!

六月一日从临汾西行,越吕梁经吉县到壶口。壶口东岸为山西吕梁山,西岸为陕西黄龙山。郦道元《水经注》称,《淮南子》曰:龙门未辟,吕梁未凿,河出孟门之上,大溢逆流,无有丘陵,高阜灭之,名曰洪水。大禹疏通,谓之孟门。故《穆天子传》曰:北登孟门,九河之隥。孟门,即龙门之上口也,实为河之巨厄,兼孟门津之名矣。此石经始禹凿,河中漱广,夹岸崇深,倾崖返捍,巨石临危,若坠复倚。古之人有言,水非石凿,而能入石。信哉!

临汾尧庙 / 二〇一二年六月

古晋平阳地,遗存尧井台。
殿朝三圣祖,树览四奇槐。
谤木庙堂立,谏言广路开。
抚今自长叹,前事可追怀。

　　临汾尧庙始建于西晋,距今一千七百余年。旧址在汾河西,西晋元康年间迁至汾河东岸,唐高宗显庆三年(公元六五八年)再迁至城南现址。庙中尧殿(广运殿)而外,并有虞舜、大禹享殿,故俗称三圣庙。殿前尧井,传为帝尧亲掘;井周存四古柏,名为柏抑楸、柏抱槐、鸣鹿柏、夜笑柏,皆有奇异之处,前二者于柏树中复生楸、槐,夏初柏枝丛中楸花槐花盛开,甚为可观。殿侧有诽谤木(亦称华表木)。尧立诽谤木,意在开言路,张圣听,纳谏除弊,实为民主政治先河。史有"尧天舜日"之颂,信不诬欤。

临汾寻访故地 / 二〇一二年六月

窑洞旧居未可寻,礼堂破敝竟犹存。
分明还似梦中境,相顾却成白发人。

　　欲寻往昔北京师范大学分校所在地之临汾果树场,人谓此单位久已不存,其地早改作他用。因辗转问询,寻至校址附近之刘村中学,校园已大改观,唯昔日礼堂尚存。

游王家大院 / 二〇一二年六月

叠庑层楼千户开，依山随势筑重台。
三雕妙绝檐棂柱，五堡迷离堂寝斋。
深院回环墙夹巷，围城耸峙道循陔。
经营苦为子孙福，今世子孙安在哉？

　　王家大院在山西灵石县静升镇，含红门堡、高家崖堡、崇宁堡等五个古堡式建筑群。人谓明清之际天下最富者山西，山西最富者晋商，晋商最富者莫过于灵石王家也。然今王氏子孙无一居于此院者。三雕指木雕、砖雕、石雕。

游张壁古堡 / 二〇一二年六月

古原依势筑城壅，半面衍坡沟壑中。
星宅俨然左右散，龙街宛曲北南通。
马槽哨位壁间烛，水井粮仓地底风。
千载奇观槐抱柳，藏兵还说尉迟恭。

　　张壁村位于山西省介休市龙凤镇，村内有古堡地道可藏甲御敌。地道立体三层，纵横交错，其间分布兵哨马槽、水井粮仓，可屯兵万人。地道始建年代一说为隋末，时刘武周与李世民争天下，刘偏将尉迟恭驻守此地，建成古堡，距今近一千四百年。村中千年古槐与老柳根脉相缠，为一奇观。

介休绵山 / 二〇一二年六月

绝壁孤松眺落霞，汾阴此处景清嘉。
凌霄有寺嵌岩腹，悬谷来泉滴穴牙。
百代风怀钦介子，几人利禄视尘沙。
高标应看绵山柳，寒食馨香岁月遐。

　　寒食节之来历为介子推绵山焚身事。

平遥三日六绝 /二〇一二年六月

向晚匆匆入北门，广贤苑里庑廊深。
花墙筒瓦院三进，老树畸枝庭满荫。其一
    入住北城门内小巷广贤苑民居旅馆。

城墙雉堞耀霓虹，树影轻摇过晚风。
尝罢店中栲栳栳，长街闲步月朦胧。其二
    栲栳栳为晋中名吃，莜面为之。

方闻拍鼓唱清音，又见编丝织彩巾。
夜市琳琅灯熠熠，锣传忽过报更人。其三

市楼高耸四门通，商铺如林生意隆。
票号镖房观不尽，汇通天下晋商雄。其四

道观乡祠并学宫，百年暮鼓继晨钟。
城隍庙近县衙口，分治阴阳两府通。其五

晨曦初露上城来，市井迷离一望开。
袅袅炊烟郭外起，月城如瓮隔都街。其六
    都街谓闹市。

平遥访双林寺 /二〇一二年六月

古寺纪双林，姑姑未可寻。
殿楹忻静雅，彩塑叹奇珍。
佛祖涅槃像，观音自在身。

"古寺纪双林"（摄于平遥双林寺）

韦驮工绝世，观览久逡巡。

  双林寺本名中都寺，宋代取佛祖"双林入灭"故事改为今名。因曾住尼姑，故有姑姑之碑及贞义祠等遗迹。寺中两千余尊明代彩绘泥塑至今保存完好。释迦殿四壁有连环壁塑表现释迦牟尼投胎降生至涅槃成佛故事；千佛殿自在观音坐像及韦驮立像均为艺术杰作，备受海内外识者称誉。

重游晋祠八韵 / 二〇一二年六月

游观好去处，三晋有名泉。
泉出悬瓮麓，井为晋水源。
唐槐老尚茂，周柏倚犹繁。
鱼沼飞梁跨，燕梭献殿穿。
优优侍女态，懔懔金人颜。
千载桐封事，万村井溉田。
清风挹爽气，斜日透轻烟。
始信泉难老，盈盈天地间。

  《吕氏春秋·览部》：成王与唐叔虞燕居，援梧叶以为圭，而授唐叔虞曰："余以此封女。"叔虞喜，以告周公。周公以请曰："天子其封虞邪？"成王曰："余一人与虞戏也。"周公对曰："臣闻之，天子无戏言。天子言，则史书之，工诵之，士称之。"于是遂封叔虞于晋。优优，美盛貌。

悬空寺诗 / 二〇一二年六月

恒岳有奇寺，一千五百年。
孤悬绝壁上，危伫白云边。
巉崄顺崖势，嵯峨起叠檐。
阁台耸离地，神祇肃参天。
贴壁蔽风雨，架空免潆漫。
非为撑柱立，实乃榫梁担。
梯步陡还窄，客身侧并蜷。
环廊尽曲绕，桥栈巧勾连。
楼外云移影，牖中风爽颜。

"直上翠微巅"（摄于悬空寺）

飘飘俨翼势，岌岌竟安然。
地僻绝鸡犬，谷深远俗寰。
七朝历桑海，三教共骈阗。
霞客记奇境，谪仙书壮观。
清幽境无匹，精妙技难言。
临眺腾骞兴，直上翠微巅。

　　悬空寺在浑源县城南十里金龙峡内恒山石壁之上，乃据道家"不闻鸡鸣犬吠之声"选址营造。寺建于北魏后期，历经北朝至明清，迭有修葺。初为道坛，后成为儒释道三教合一之祀神之所（现三教殿内合供释迦、老子、孔子三像）。石崖上有李白游寺所书壮观二字。瀇漫，水浩大无际貌。清黄景仁诗：春水久瀇漫，将毋顿涂泥。腾骞，谓飞腾。陈去病诗：风尘亦劳瘵，兴会却腾骞。

登悬空寺 / 二〇一二年六月

一寺半空悬，凌梯上碧天。
浮云飘耳际，檐翼触鼻端。
阴壑深深影，阳峰点点斑。
凭栏思奋翼，脚下鸟翩翩。

恒山行 / 二〇一二年六月

　　恒宗竟何如，岩岩复莽莽。横亘北中国，五岳为雄长。南北赵代畛，西东晋冀壤。灏气镇朔漠，峣然世无两。群峦竞突奔，崖壑皆立掌。大峰与翠屏，嵯峨万山仰。桑干并滹沱，泾流看浃漭。岳庙立天阶，殿楹列帷幌。绿海百里涛，赤霞堪醉赏。传闻果老仙，驴踪曾来往。更有寺悬空，栈桦真奇想。松风过龙脊，宸屏列虎榜。持节忆冯唐，射石记李广。杨门忠烈事，扼腕思怅惘。惜乎碙戍荒，前迹难寻访。指顾雁门关，白云看消长。

　　大峰岭与翠屏峰为恒山主峰之东西二峰，双峰对峙，中为金龙峡，最窄处不过三丈，古时为进退中原之门户。恒山为滹沱河与桑干河之分水岭。北岳庙位于大峰岭南壁之下，门前石阶极为陡峭。悬空寺位于恒山之麓金龙峡西壁。

登恒山朝北岳庙 / 二〇一二年六月

浑源一过景奇开，恒岳森森迎面来。
列戟迤峰摩天日，盘蛇荒径绝嚣埃。
云中塞上瞩千里，神殿灵宫陟万陔。
赵代古来争战地，残碑断垒没蒿莱。

"灏气镇朔漠"（摄于恒山）

应县木塔 / 二〇一二年六月

为访佛宫寺，租车到朔州。
周遭八角塔，明暗九重楼。
穹井精藻饰，内槽工镂锓。
复梁抗风雨，斗拱固春秋。
力士扛莲座，如来凝善眸。
桑干天外远，恒岳望中收。
檐角风铃荡，回廊麻燕啁。
白云看飘渺，天地念悠悠。

应县木塔名释迦塔，在山西省朔州市应县西北角佛宫寺内，建于辽清宁二年（公元一〇五六年），金明昌六年（公元一一九五年）增修完毕。此塔为我国现存最早最高大之纯木结构塔楼，与意大利比萨斜塔、法国巴黎埃菲尔铁塔并称世界三大奇塔。木塔外观为六重屋檐，首层立面重檐，以上各层为单檐，其间夹设暗层，故实为九层。

云冈石窟写怀试为柏梁体 / 二〇一二年六月

武周南麓斩云冈，石窟密布似蜂房。东西蜿蜒三里长，崖上佛国势泱泱。大窟恢弘似厅堂，小窟局狭如柜箱；高窟仰首透明窗，低窟循阶下底仓；暗窟朦朦景微茫，明窟昳昳形昭彰。或为互通状内廊，或有楹栏作外坊；或敷粉彩绘其墙，或题联语泐其旁；或留塔柱耸中央，周剜小龛百十行。造像万千看琳琅，雕成法相精严妆。佛陀巍巍气轩昂，手印跏趺莲台张，炯炯双眸眺遐荒；菩萨落落神采扬，举步风生瑶树香，依依褶纹漾袈裳；乐伎龛壁奏华章，丝竹钵磬布四方，耳际梵乐动宫商；飞天穹顶竞翱翔。翩跹盘旋时低昂，轻歌曼舞致吉祥。百窟千佛聚法场，春去秋来历风霜。中有五窟最沧桑，北魏遗迹今宝藏，若问何人凿斧斨，昙曜青史永留芳。我为观览来陬疆，如迷如醉久彷徨，前瞻后顾犹不遑。曾游敦

"悠悠丝路魂"（摄于敦煌）

煌与洛阳，无如此间大气场，动魂摄魄荡胸肠。天地磅礴真如光，手不能书口难详。佛天艺境两煌煌，此游兹生永难忘。

  云冈石窟坐落于大同城西武周山麓。始建于北魏时代，以僧昙曜开凿之五窟为最早，其后逐步开凿至二百余窟。目前开放有四十五窟，含石雕造像五万余尊，为中国四大石窟之一。依依，依稀貌。落落，分明状。

游承德六绝 / 二〇一二年六月

筒瓦重楹丽正门，殿宸庑院赏奇珍。
文津阁外晴光好，池畔竟观月影沉。其一

  避暑山庄。文津阁为清代内廷重要藏书之所，乾隆年仿宁波天一阁而建。阁前池水清澈，日照之下池可见光影如弯月，乃池南假山半圆形缝隙所成之倒影，此景谓为"日月同辉"。

云堤芝径任流连，水色天光桥埠间。
亭榭屿洲观不尽，行行忽见热河泉。其二

  山庄湖泊区。

万树园中林莽深，浓桑椹堕叶披纷。
从容坐卧观云走，试马埭前草色茵。其三
  山庄平原区。

殿阁巍巍金顶开，白台之上陟红台。
清风动处经幡舞，七彩云霞入眼来。其四
  普陀宗乘之庙，俗称小布达拉宫。

琉璃塔耸伫峰巅，广殿重檐林树间。
禅院寂清法轮转，金龙耀日碧云天。其五
  须弥福寿之庙，即班禅行宫，仿日喀则扎什伦布寺而建。殿顶四脊有金龙八条。

林丘耸翠百千重，武烈河湾桥埠东。
半壁山头舒望眼，明霞灿烂磬锤峰。其六
  魁星阁。

黄果树瀑布歌 / 二〇一二年七月

  天河白水破天门，倾向黔山撼山魂。为雾为烟百千尺，岭外行人衣履湿。十里遥闻闷雷音，裂石崩崖力万钧。移步探首惊侧目，巉崖一线没深谷。山势回转南复东，夹岸绝壁树葱葱。一路盘旋到谷底，披雾迎风满面雨。白龙搅水浪脚翻，青犀喷沫雪满潭。搅水喷沫如碾玉，玉乳消入清流去。蹒跚晃荡过索桥，峡风猎猎雨潇潇。百丈晶帘究几幅，崖罅掩映神仙窟。凭虚放胆帘后穿，挟风雷兮握飞湍。淡墨石青泼成画，七彩长虹潭心挂。腾挪一如醉素书，潇洒浑若大痴图。醉书痴图或不似，霞客子尹游观留锦字：捣练飞空鹭群翻，惊起天马与水仙。山水自待诗人占，最惜谪仙中道返；悬想长流到夜郎，此景彼诗两增光。可叹匡庐得其利，冒领九天惊人句。日晡冥坐观瀑亭，何当一梦笔花生。裁瀑濡潭书狂草，老拙试为黔山奇景留诗稿。

　　醉素，唐书法家怀素，以其好饮酒，故称。宋苏轼《题王逸少帖》诗：颠张、醉素两秃翁，追逐世好称书工。大痴，元代画家黄公望号大痴道人，存世作品有《富春山居图》《九峰雪霁图》《丹崖玉树图》《天池石壁图》等。霞客游记有"一溪悬捣，万练飞空""满溪皆如白鹭群飞"之句。郑珍诗：天马无声下神渊；水仙大笑且莫莫，恰好借渠写吾乐。旧说李白长流夜郎途中遇赦而返，今人于夜郎故地及李白是否到过夜郎均有异说。李白诗：飞流直下三千尺，疑是银河落九天。《开元天宝遗事》言李白梦笔头生花事。

壬辰立秋后访周渔璜桐埜书屋遗址 / 二〇一二年八月

黔陶弯窄路，松岭见崚嶒。
辗转众丘远，豁然一坝平。
钦心访故址，问道过新塍。
苔滑井沿绿，风和稻垄青。
阶前旧泐石，台上久荒庭。
楹础没蒿草，屋基茂楚荆。
浓荫筛日影，残壁透蛙鸣。
汩汩泉千载，幽幽树百龄。
翰林博学士，桐埜盛诗名。
追仰情无限，暮烟陌上轻。

　　桐埜书屋故址在贵阳花溪区黔陶乡骑龙村。周渔璜为清初著名学者和诗人。康熙二十六年贵州乡试第一，三十三年中三甲进士，入翰林院。历任浙江乡试正考官、顺天学政、侍读学士、詹事府詹理等职。尝参编《康熙字典》（名列二十七名纂修官之三）、《渊鉴内涵》（任校录官）、《贵州通志》（任分纂）。其诗作成就极高。郑珍有言：诗当康熙，如日正中。起问汉大，惟渔璜公。桐埜一篇，眉山放翁。经纬官商，继盛长通。

壬辰九日偕内子文侠登大将山 / 二〇一二年十月

桥东行过麦翁村，幽径无人草半侵。
落帽清风梳乱发，牵衣红籽慰孤襟。
深林寂寞苔光冷，丛棘参差崖被皴。
世事纷纭度重九，可忻半日远嚣尘。

<small>红籽即火棘，本地称救军粮。</small>

车行盘江 / 二〇一二年十月

雨住云开豁眼眸，轻车驰过永宁州。
一江曲屈几盘尾，万岭峥嵘竞仰头。
桑海迹遗龙化石，缅滇路似蟒行沟。
晴隆山上夕阳景，莽莽连山向远陬。

<small>十月二十九日至关岭，参观国家地质公园贵州鱼龙化石及海百合化石，复游二战时缅滇公路之盘江峡谷钢桥及晴隆二十四道之字拐。同行者：钱理群、戴明贤夫妇、杜应国夫妇、孙兆霞等。</small>

青岛浮山湾畔行吟 / 二〇一三年五月

小住燕儿岛，奥帆一栈通。
朝朝步幽岸，夜夜枵罡风。
潮线逐层白，礁图是处红。
踏沙波吻足，登屿浪凌峰。
船影融天幕，鸥身掠海空。
崖涛听澎湃，岭树看葱茏。
塔屹射光远，笛鸣破雾浓。

华光侵夜放，楼宇尽霓虹。

<small>青岛奥帆中心在寓所西数百米。</small>

西江月·观潮 /二〇一三年五月

昨午晴光袅袅，今晨雾气糟糟。移时雨箭逐风飙，溟海腾翻咆哮。　燕岛堤边观浪，情人坝上听潮。忽焉头顶盖惊涛，一岸狂奔尖叫。

<small>情人坝在奥帆中心。</small>

西江月三首·青岛海滨 /二〇一三年六月

红瓦黄房绿树，青丘碧海蓝天。小鱼山上景无边，楼外白云缱绻。　花石楼前摄影，太平角外凭栏。巨礁小屿接平滩，相看终朝不厌。其一

潮涨洪波潋滟，潮消坻屿阑干。冲飙过处起惊湍，击岸排空狂卷。　日照海光熠熠，雨来水汽绵绵。迷蒙满眼雾屯天，另是风光一片。其二

不尽松青柏翠，行来草嫩花鲜。浮山湾接汇泉湾，十里长桥短栈。　石老人边浪屿，燕儿岛外云帆。沙鸥逐艇舞翩跹，风过华丝吹乱。其三

青岛燕儿岛海滨 / 二〇一三年六月

五度来青岛，朝朝行栈堤。
瑶波没瀚宇，蜃浪撞礁矶。
日出风亲颊，雾来雨湿衣。
惯听潮涨退，轮远影依稀。

鹧鸪天·癸巳季夏作客息烽赶子 / 二〇一三年八月

　　赶子村中皮姓家，新房老屋自清嘉。诗歌难老匾题在，耕读继成岁月遐。　　磨豆腐，打糍粑，山椒茅酒并清茶。殷勤待客贤昆仲，天井风轻笑语哗。

安顺东郊行二绝 / 二〇一三年八月

车路窄弯带子街，鲍屯一过景宏开。
稻风拂拂吹人醉，河里鸭群结队来。其一

岩穴幽深西陇村，荒榛野径留屐痕。
校书曾识咸同乱，一洞骇惊避难人。其二

　　《续修安顺府志·纪事志》有载，同治二年许大八掠乱，四乡失陷之屯、洞指不胜屈，死亡实多。惟西陇与鲍屯同守西陇洞，洞中空旷平坦，内有阴潭，兼之四面空气流通，烟不能入，只需预备柴米煤盐，余不足虑，故往往围之不克。此外屯、洞虽多，能保全者盖寡。

浪风湖 / 二〇一三年八月

我来浪风湖，无风亦无浪。荷叶盖湖碧，芰枝出水壮。断霞光绮丽，浮花韵疏宕。忽见曳尾鸟，飞伫莲蓬上。

浪风湖在安顺东郊西陇村。

游甲茶六律 / 二〇一三年九月

过桥复越岭，车路陡还弯。
雨暗林中谷，雾开天外山。
梯田盈翠色，层崖下幽泉。
瓦舍竹林掩，暮炊起爨烟。其一

车出贵阳经都匀至平塘，转行县道约五十公里进入甲茶，夜宿翠竹宾馆。

一夜涧流响，侵晨雀唱欢。
黄流漫石径，青壁漱丛泉。
淅沥参天竹，迷蒙蔽野岚。
循声向山半，忽见水湍湍。其二

晨起溯竹溪上行。

山间连日雨，瀑布振罡风。
仙浣裙何在，剑挥气正雄。
迎流面喷湿，伫足眼生蒙。
歇息登山径，林边挂彩虹。其三

浣仙裙瀑布。

茂林水漫漶，脚下滑苔痕。
岩底清流出，云边苍壁皴。

杂花舞蝶岸，老树屈虬根。
触目绿如染，竹阴最杳深。其四
   瀑顶林石参差，蔚为大观。

绝巘生奇洞，伏流出大山。
峡高白马壁，滩浅晒银湾。
凤尾竹前水，龙头崖上峦。
船行浪衍浪，云影动回川。其五
   甲茶河出燕子洞，经拉七峡、八贡河峡谷、瑶家河峡谷流往南丹。

吾观甲茶景，一似桂林奇。
幽峡阅黔境，曲流下广西。
人游八桂众，客到此间稀。
地僻尘烟少，清游最得宜。其六

平塘二绝 / 二〇一三年九月

小坐平舟河岸台，索桥高吊过江来。
登阶径屈掩丛树，绝顶长风入我怀。其一

莲花坡上瞰平塘，玉水金盆映日光。
习见皆为盆里水，此间盆在水中央。其二

"试从石眼看云徂"（摄于高荡村）

高荡村八绝 / 二〇一三年九月

轻车驰过雨窝桥，四望山岩叠叠高。
中有平畴如瓮座，石房石坎布山凹。其一
  高荡村在贵州镇宁。此地群山环托如锅，布依语称为"瓮座"，汉语音译"高荡"。

石巷蜿蜒入院门，殷勤迎客布依人。
烟熏腊肉色光亮，墙上红椒耀日欣。其二

寨中屋绕一峰孤，曲径攀升挂绿芜。
坉壁环围成绝险，试从石眼看云徂。其三
  村东小山顶有古屯堡，称为小坉。坉为山上所建屯堡，音屯去声，无其本字，此以《广韵》混韵字（徒损切）代之。《广韵》此字同"沌"，义不合，仅借其音。

寨后陟行绕隘台，重重山影向荒垓。
梭罗河水环山过，疑是武夷九曲来。其四

  梭罗河在高荡村东，其水青绿蜒蜒。

欲寻古迹上荒山，坉垒鳞次十数间。
忽忽白云飘壁下，从知何以写云盘。其五

  寨后大山上亦有屯堡剩壁。其壁以片石杂砌，尽随山崖之势，参差交接，营为大小不等之方屋十余间；无顶，仅存残壁，高者逾顶，低者齐腰。传为清咸同年间避险营盘，称大坉，与小坉遥相呼应。村内指路标牌上作"云盘"，当为误书，当地语"营""云"二字音无别。

路旁丛棘惯牵裾，钻入寨门乱石梯。
高墙错落入迷阵，壁头一立万峰低。其六

何人筑就石头城，绝顶嵯峨猿鸟惊。
高荡古村跌眼底，半空忽见掠苍鹰。其七

满目蓬蒿与棘茨，依岩垒石壁参差。
何人于此避秦乱，足底闲云知不知？其八

白云庄谒陈法墓并故居二首 /二〇一三年九月

野田留胜迹，垄上拜先生。
济济坟头草，悠悠心底情。
诗书存翰藻，学理著隆声。
乡梓化泽在，邢江树色青。其一

  诗毛传：济济，众多也。

前贤冥诞日，来访白云庄。
螺玉山前水，车头堡后房。
瓦檐深宅院，石巷广祠堂。
怀古逡巡思，何寻桂子香。其二

是日（夏历八月二十四日）为陈法诞辰三百二十一周年。人谓庄中原有堪称寨宝之百年桂树。

登高二绝 / 二〇一三年十月

漫从幽径上山崖，高树清鸣动迩遐。
歇顶幸无风落帽，可怜无计簪黄花。其一

五年又到此山陬，山石焉知岁月稠。
我笑青山难长大，青山笑我老昏头。其二

都江堰三律 / 二〇一三年十月

灵岩玉垒尽苍苍，九日登高曲径荒。
浩荡江风扫残暑，葱茏山色抱秋光。
离堆遗泽存千载，祠庙馨香享二王。
览胜趁今腰脚健，暮年尚有几重阳？其一

青峰有磴上灵岩，紫竹丛林绝顶开。
梵磬几声动柏岭，观音千手坐莲台。
云霞旖旎山环树，店肆琳琅房夹陔。
啜罢山泉神气爽，清风一阵过天街。其二

玉垒浮云眼底开，翘檐层拱上楼台。
茂松古道遗何处，岷汶寒流接九陔。
浩荡江风来爽气，氤氲水雾净尘埃。
安澜桥外重山远，鱼嘴指观风满怀。其三

奶子沟观彩林四绝 /二〇一三年十月

驱车百里逐流霞，溢彩泛朱幻壁崖。
在在斑斓竟迷眼，错将林叶认林花。其一

幽壑秋霜一夜风，橙黄翠紫浅深红。
遍沟铺就彩云锦，许是天孙完此工？其二

谁对山屏挥彩毫，瑶朱染上九重霄。
归飞宿鸟多迷路，何处青林是我巢？其三

黑水河中波浪翻，桥头藏寨动经幡。
彩林夹岸高崖耸，忽见银光是雪山。其四

奶子沟在四川阿坝州黑水县，由黑水西行至红原县所经。

旅三亚遇台风 /二〇一三年十一月

癸巳节候已立冬，何期南海来台风。九日预报大暴雨，镇日晴天净如洗。晚间又言台风至，关窗一夜却无事。十日清晨看新闻，海燕刚过菲律宾。东西横扫如卷席，死亡失踪已千逾。又报风在南偏西，尚离三亚千馀里。闻言不觉心放松，漫观电视自从容。旋见窗外树影摇，楼间平地起惊飙。闭户关窗忙不迭，狂风卷进乱枝叶。断枝残叶半空翻，尽随风势裹成团。雨箭万支疾驰下，疏宕片时势转大。俄霎黑云罩晴窗，电视闪灭室无光。风声雨声竞嘶吼，千狮万虎狂奔走。椰臂乱挥偃复起，浑如疯魔来附体。满天倾盆还漏锅，一连二日雨滂沱。困居斗室坐兀兀，日里停炊夜点烛。纵有诗书不疗饥，老眼昏花字迷离。所幸尚可通电话，亲友千里多牵挂。翌晨风过雨渐稀，出门满目尽狼藉。大树欹仄小树倒，荆花荡尽蕉叶剿。泥水漶漫没岸隈，杂物垃圾处处堆。街市水淹人仓皇，购食买水如打抢。停电三朝终捱过，无事且效袁安卧。我来海角越四冬，今次首度历台风。所幸风向转西北，右翼刷过琼岛侧。倘使正面登琼崖，未知流离多少家。天风行处谁可忤？额手应谢造化主。

"海燕"为一九四九年以来十一月份近海擦过海南之最强台风。

甲午春日凤冈茶海小住 /二〇一四年四月

茶园阔无际，茶海非虚名。千山林吐雾，万亩波漾坪。骈丛高还下，盘绕纵与横。瑟瑟沐曦露，臻臻恋薄冥。缥毡覆畎垄，翠栉理畦町。诗行多逸宕，画幅唯绿青。养眼田头碧，赏心杯里清。歇乏入田舍，洗盏思陆经。中宵淅沥听，侵晨啾嘈鸣。丛丛看滴翠，新芽正发生。

湄潭凤冈一带多茶，其周边有茶园四十余万亩，地处凤冈永安镇之"茶海之心"区域近万亩，为目前世界上连片面积最大的茶园，也是中国西部最大的茶叶生产基地。瑟瑟，碧绿色。臻臻。茂盛貌。《新唐书·陆羽传》记：羽嗜茶，著经三篇，言茶之原、之法、之具尤备，天下益知饮茶矣。

"莽莽连山向远陬"（钱理群、戴明贤、袁本良同游，摄于关岭）

鹧鸪天·织金洞 / 二〇一四年八月

谁绾金丝织景来，煌煌奇洞眼前开。星辰日月凭收纳，湖海山川任剪裁。　　银雨树，金花台，瑶枝琼笋玉根荄。流光幻彩灵霄境，半日浑忘七尺骸。

织金洞为国家级景区，位于贵州织金县官寨乡，距省城贵阳一百二十公里。洞深十余公里，空间宽阔，分上中下三层。是中国目前发现的规模最为宏伟、造型奇特的喀斯特洞穴。

西江月·甲午八月再访平坝白云庄陈法故居 / 二〇一四年九月

桂月恭逢冥诞，白云享祭先生。食呈帛献酒罍倾，礼拜台前慎敬。　　庄外山峰不老，江边树色长青。珍崇遗爱慰宗灵，修得敦淳品性。

甲午年八月二十四日，陈定斋先生三百二十二年冥诞及塑像落成庆典。

禹门沙滩行三首 / 二〇一四年九月

  沙滩在贵州省遵义县新舟镇。自乾隆朝至清末民初，此间尝涌现数十位诗文作家和学者，刊行诗文集和学术著作百余种；其代表人物郑珍、莫友芝和黎庶昌，是享誉海内外的文化名人，在中国文化史和学术史上都占有相当的地位。

驱车数百里，辗转到沙滩。
古木荫中水，禹门寺外山。
稻黄忻白鸟，竹翠蔚青峦。
山径绕林过，一弯复一弯。_{其一}

  禹门山位于禹门沙滩村。山上松柏蓊郁，山下为乐安江，江边有巨大古木"水红树"一株，乡人视为神树，其上挂满红布。莫友芝诗：禹门多古木，俯仰一翠气。从来溪上人，不见山中寺。

我来钦使第，瞻仰久徜徉。
手泽陈楹壁，案床对琐窗。
幽幽老树影，寂寂故家堂。
款题拙尊处，桂花满院香。_{其三}

  黎庶昌曾先后两度以道员身份出任中国驻日本国大臣，故黎氏故宅称钦使第。宅内书房名拙尊园，为黎庶昌著述藏书之处。

久钦郑子尹，寝馈耽诗文。
夙昔萌期愿，今朝到禹门。
墓茔寻未见，林莽过还深。
徒忆望山叟，归程抱恨心。_{其四}

  望山堂本为西南大儒郑珍所居之屋，后毁于兵火。珍于同治三年（一八六四年）九月十七日卒，葬禹门子午山。此来欲访其墓，几度问人未果，以时间紧迫，慊慊而归。

甲午九日偕文侠登麟山 / 二〇一四年十月

石阶尽处豁天光，雨后曲溪绿泛黄。
笔兴欲同秋色饱，垂年尚看几重阳。

> 末句仿苏轼"人生看得几清明"。

吴哥行四首 / 二〇一四年十月

　　昔有东吴使，万里遣扶南。扶南何所在？日南更南端。东邻占婆国，西濒暹罗湾。修成异物志，惜乎今不传。嗣此千年后，元有使节团。真腊一年旅，随行周达观。归撰风土记，文简意赅繁。尔后八百载，宏都成蓁残。煌煌神佛寺，沈薶林莽间。吴哥古风貌，幸从周著觇。我今来踏访，邈邈思前贤。其一

> 三国时吴有使者朱应、康泰奉诏往扶南、林邑（占婆国汉称林邑）宣威，著有《扶

"煌煌神佛寺，沈薶林莽间"（摄于吴哥象王台）

"微笑对苦难,生命长高歌"(摄于吴哥巴戎寺)

南异物志》《扶南记》,惜皆散佚。元贞二年,永嘉人周达观随使节团出使真腊国都吴哥,居留一年,归国后撰成《真腊风土记》。十九世纪初法人译介此书,其后四十年,废圮于丛林之中数百年之吴哥遗迹始为世人所知。

  暹粒七日旅,朝朝进吴哥。通王城垣古,内外遗迹多。城门倒楔状,门塔象背驮。城墙森森立,倒影护城河。长桥列石像,左右分神魔。众魔狰狞貌,诸神面严苛。共持那伽尾,怒搅乳海波。城中尽废圮,处处掩森萝。中矗巴戎寺,三叠状嵯峨。回廊浮雕画,残壁美婆娑。渔猎并征战,光景恍蹉跎。丛塔五十四,四面皆佛陀。环顾俱菀尔,为状至淹和。高棉多厄劫,古今久磋磨。微笑对苦难,生命长高歌。其二
  通王城又称大吴哥,乃吴哥王朝都城,其鼎盛时人口上百万。后因暹罗入侵,高棉人迁都金边,此城废弃。吴哥城内外古迹现存者六百余处,大多掩埋在丛林之中。那伽为多头神蛇,吴哥古迹中多见。巴戎寺中四面佛皆作宛尔状,世称"高棉的微笑"。

  来访吴哥寺,俯仰叹恢弘。护城河水阔,矗殿台基崇。长栏那伽体,高陛灵猴踪。回廊环四面,浮雕连丛丛。诸神若壁出,纷纭

战车弓。俨尔勇且武,赫赫复雄雄。阿卜莎罗女,处处影玲珑。柔指牵玉蕊,璎珞挂酥胸。行止百千态,云裾动若风。行行往祭坛,危梯上高穹。须弥三层台,莲花五塔峰。奇巧见殊域,精绮绝寰中。入寺朝暾丽,出寺暮色浓。青灰殿宇下,曳曳袈裟红。其三

　　吴哥寺俗谓小吴哥,建于十二世纪,是吴哥古迹中保存最完好之庙宇。其建筑之宏伟,浮雕之细致完美,世所罕见。阿卜莎罗为众神之婢女,吴哥各处寺庙浮雕均可见其身影。阿卜莎罗也是柬埔寨民族传统舞蹈,据云是模仿蛇神那伽的动作。

　　吴哥城内外,遍行似转蓬。朝朝幽绝景,在在古遗踪。清僻圣剑寺,丹绮女王宫。丘荒崩密列,森幻塔布茏。颓壁散砾处,思古叹崇隆。最感沧桑变,文明掩榛丛。圮庙生乔树,木棉与巨榕。枝斜穿扃牖,干挺堄垣融。殿塔根拳抱,廊宇柯臂通。坏陛裂石缝,掀顶露天穹。委纡如蟠虬,绞缠似编笼。寺刹日浸坏,树长势无穷。流光无栖影,岁月有寄踪。抚苔俙然叹,生命真奇雄。其四

"抚苔俙然叹,生命真奇雄"(摄于吴哥塔布茏寺)

游普定思源生态园 / 二〇一五年八月

衍坡平旷现廊房，山野俨然一客庄。
薄暮鸟归蛙唱晚，闲云几朵过林塘。

安顺行三绝 / 二〇一五年八月

食罢肚条鸡块面，又尝荸羹冲冲糕。
炸粑稀饭尤难舍，朵颐一路过新桥。_{其一}
　　吃"过街调"。冲为去声。

礼门义路曾徜徉，今次重瞻德配坊。
龙柱透雕工绝世，清茶一盏瀹秋光。_{其二}
　　二日内两度文庙吃茶。

莫问红茶抑白茶，作程一雨竟成家。
偏坡僻径民居舍，碧碗茗烟灯影斜。_{其三}
　　胖姌茶舍品雨茶。

三亚湾日落 / 二〇一五年十一月

云幻凤凰羽，天开赤壁旌。
夕阳臻大美，只为近黄昏。

"一山两河地,幽谷景奇殊"(摄于云栖谷)

鹿回头山观凤凰岛有占 / 二〇一五年十一月

瀚宇晴光豁眼眸,如帆似蚌起重楼。
鹿回头上风来爽,几片轻云过海陬。

三亚小景二绝 / 二〇一五年十一月

一湖澹滟映重楼,九曲长桥度小洲。
幽岸忽闻人语响,鱼儿打挺挂垂钩。 其一

碧叶油油绿草肥,紫荆闲傍扶桑垂。
凤凰树下婆娑影,枝颤忽惊黄蝶飞。 其二

都江堰四绝 /二〇一六年六月

滔滔江水带风寒，山径曲登玉垒关。
楼堞岩峣庙阁耸，茂松古道接云天。其一

<small>松茂茶马古道乃古代成都平原连接川西北羌藏地区之唯一通道，由灌县（今都江堰市）出玉垒关过岷江至茂县松潘，全长七百余里，而今唯玉垒关附近略有遗存。</small>

鱼嘴分流内外江，宝瓶启口水汤汤。
孰教泽国成天府，世代川人拜二王。其二

<small>秦时李冰任蜀郡太守，与其子二郎营建都江堰水利工程，鱼嘴、飞沙堰、宝瓶口皆为其时建成。</small>

堰堤低筑深淘滩，蜀守真言世代传。
至理今人多背弃，无分防口抑防川。其三

<small>"深淘滩，低筑堰"为李冰所定治水六字诀，今二王庙壁上可见。《国语·周语上》：防民之口，甚于防川，川壅而溃，伤人必多，民亦如之。是故为川者，决之使导；为民者，宣之使言。首句三平尾，以意仍之。</small>

低岸高崖树色新，一江雪浪半天云。
安澜桥忆何公母，云是黔西毕节人。其四

<small>安澜桥又称夫妻桥、何公何母桥，为清嘉庆年间塾师何先德夫妇带领四乡百姓建造。</small>

云栖谷写意 /二〇一六年六月

　　白云栖止地，我来傍云眠。晚步亲云水，晨梦拥云烟。隔林听涛响，推窗见鸟欢。风动萧飕荻，日蒸缥缈岚。胸中陶苏句，事外桑榆年。闲居绝尘想，古意到吟边。

<small>陶潜诗：白日掩荆扉，对酒绝尘想。苏轼诗：幽居有古意，义井分西墙。</small>

观乐山大佛 / 二〇一六年六月

三江汇流处，大佛坐崖间。
背壁千寻赭，足波万里烟。
明霞蔚禅院，遄水隔城垣。
始信嘉峨秀，凭虚眺远峦。

  乐山大佛又名凌云大佛，位于四川省乐山市南岷江东岸凌云寺侧，濒大渡河、青衣江和岷江三江汇流之处。开凿于唐代开元元年（七一三年），完成于贞元十九年（八〇三年），历时约九十年。大佛为弥勒佛坐像，通高七十一米，为中国及世界最大摩崖石刻造像。

游乐山八绝 / 二〇一六年六月

卧佛青青坐佛丹，隔江指点望丘山。
浪波濯锦浮霞彩，几点轻鸥过日边。其一

  乐山城东江边观景，对岸诸山毗连，状若卧佛，乌尤山似佛头，凌云山似佛身，龟城山似佛足。人工凿成之凌云大佛适处其心胸部位。

青衣大渡汇岷江，虎穴龙湫山巘长。
九顶丹崖嵌佛影，云霞千载看沧桑。其二

  凌云山因山有九峰又称九顶山。入山门沿江南行，经山腰龙湫、虎穴诸景至大佛处。岑参《登嘉州凌云寺作》诗：回风吹虎穴，片雨当龙湫。

山路行来近佛头，三江流汇古嘉州。
凌云寺外摩崖迹，遥想坡仙载酒游。其三

  嘉佑四年（一〇五九年），苏轼与父苏洵、弟苏辙取岷江水路，经嘉州（今乐山）出蜀，"舟中无事，博弈饮酒"，唱和诗百余首，结集为《南行集》。今凌云山紫云台有载酒亭，其旁崖刻"苏东坡载酒时游处"（明嘉定州知州郭卫宸题）。

凿山造像叹奇工，镇汛安澜忆海通。

护帑何妨舍己目，千秋佛眼自从容。其四

　　海通和尚为唐开元间黔中道播州（今贵州遵义）人，于嘉州凌云山结茅修行。尝一衣一钵，足行千里，募化赀财，组织人工，凿造大佛。传其时郡守欲强索造佛之资，海通凛然曰："自目可剜，佛财难得！"遂趺坐端盘，自剜一目，以故佛财得保。

奇秀嘉州大有缘，钓鱼载酒两诗仙。

一旆风影半轮月，无尽抽思水里天。其五

　　乐山城北有岷江小三峡，其西岸钓鱼台传为李白垂钓之处。苏轼《初发嘉州》：朝发鼓阗阗，西风猎画旆。故乡飘已远，往意浩无边。锦水细不见，蛮江清更鲜。奔腾过佛脚，旷荡造平川。野市有禅客，钓台寻暮烟。相期定先到，久立水潺潺。李白《峨眉山月歌》：峨眉山月半轮秋，影入平羌江水流。夜发清溪向三峡，思君不见下渝州。

川中再度见离堆，浩渺烟波浮翠微。

闻有舍人尝洗砚，登台可见赵熙碑。其六

　　乌尤山原与凌云山相连。史载战国时秦蜀守李冰"凿离堆避沫水之害"（《史记·河渠书》），所凿分江溢洪之道即今凌云乌尤二峰间之麻浩河，离堆即"屹然迥绝，崖壁苍峭，周广七里，长波四周"（岑参语）之乌尤山。乌尤山四面环水，树林葱茏，上有建于唐代之尔雅台，传为汉代文学家郭舍人注《尔雅》处。其地之《尔雅台记》碑，出清末民国川中著名学者、诗人、书画家赵熙之手。苏辙《初发嘉州》诗：云有古郭生，此地苦笺注。区区辨鱼虫，尔雅细分缕。洗砚去残墨，遍水如黑雾。至今江不鱼，顶有遗墨处。

千穴凿开红石山，亘连叠错蔚奇观。

石甬石室石车马，石灶恍如见爨烟。其七

　　麻浩崖墓乃东汉至南北朝时期之墓葬群。数百座墓室皆凿山为穴，上下错落，分布于麻浩河东岸凌云山东西长约三百米之红砂石崖。墓室内部仿生人住宅形制，有单室、双室、多室等多种类型，均由墓门、甬道、主室、棺室、耳室等组成，棺室内凿崖棺。墓中之画像石刻，题材及技法颇为丰富，随葬陶俑及各类对象数量甚伙，保存有大量汉代社会生活之历史文化信息。

雪乳漂红豆腐脑，玉堆裹翠叶儿粑。
嘉州灯晕峨眉月，朗照火锅串串花。其八

　　峨眉豆腐脑、犍为叶儿粑、乐山冷串串、油炸串串等皆为此行得尝之美食。

都江堰三律 / 二〇一六年六月

川西古灌县，匝月得清欢。
夜宿云栖谷，日游玉垒山。
观风忻陕厚，步岸喜清湍。
一碗豆花饭，神怡作散仙。其一

　　顾炎武言蜀中风俗：世世以农桑为业，其俗之陕厚可知也。（《天下郡国利病书》）岷江经都江堰分流，市境之内外江共有九河十八岸之水景。白居易诗：久将时背成遗老，多被人呼作散仙。

雄秀川西坝，青城天下幽。
峰来何迤逦，云去自悠游。
开霁腾岚雾，薄暝暗岭陬。
终朝得相望，神爽意方遒。其二

　　青城山古称丈人山，为邛崃山脉分支。其山数十青峰环列如城，背靠岷山雪岭，面向川西平原。云栖谷正对其主峰赵公山，青城道观之老君阁遥遥可见。

楼外林峦景，朝朝气象殊。
山连倾九老，霞断醉三晡。
有霭裁峰矮，无星悬月孤。
霎时雨复霁，云起舞仙姝。其三

　　王安石《和平甫舟中望九华山》诗：颓然如九老，白发连苍髯。三晡谓申时。

峨眉行六绝 / 二〇一六年六月

我来未见秀峨巅，始信峨眉高出天。
造化善为大写意，氤氲满纸染云烟。其一
> 李白诗：峨眉高出西极天。

车行坡道过山阿，层宇重崖掩曲柯。
满树榴花红照眼，溪头又见几桫椤。其二

千尺香楠荫蔽空，依山古庙势峥嵘。
林丘路转闻洪响，圣积寺隳遗梵钟。其三
> 圣积寺铜钟系明代嘉靖四十三年（一五六四年）铸造。钟高近三米，重十余吨，钟上铭文共六万多字，有"巴蜀钟王"之称。圣积寺毁后，此钟移至报国寺对面之凤凰堡。

堡壁泐摩叹崛奇，苔痕斑驳字依稀。
方观气劲吴昌硕，又赏神飞何绍基。其四
> 凤凰堡壁观摩崖群碑。

虎溪桥接布金林，乔木参天蔽世尘。
古寺嵯峨僧塔静，萝峰庵内听梵音。其五
> 伏虎寺。

云海佛光未可探，幽林深壑亦殊观。
清游半日消彤暑，泉韵松风伴往还。其六

眉山谒三苏祠四律 / 二〇一六年六月

平生爱苏子，拜谒到眉州。
纱縠行中巷，瑞莲池畔楼。

廊碑看三绝，泉井忆千秋。
飨殿追怀久，宏渊孰与俦。<small>其一</small>

  纱縠行乃宋时眉州经营丝绸之行市，为苏宅所在。碑廊列苏轼手迹刻石八十余块，中《柳州罗池庙碑》所刻关涉柳宗元韩愈苏轼三人（苏轼书韩愈祭柳宗元诗），故有三绝之称。

来凤轩中砚，披风榭里诗。
一门名父子，百代古文师。
墨本琳琅拓，黄荆逸宕孳。
参天银杏树，骈峙绿参差。<small>其二</small>

  苏宅中有千年黄荆，其主干已石化，却有新枝旁出，生意盎然。又有双银杏，树龄亦千年。

峣阙安风袖，穷瀛乐笠檐。
柏台霜气夜，儋耳瘴蒸天。
心旷无晴雨，情高迈俊贤。
九州遗泽在，大爱播人寰。<small>其三</small>

  东坡《狱中寄子由》：柏台霜气夜凄凄，风动琅珰月向低。（柏台又称乌台，神宗元丰二年，东坡因诗文获罪，于此系狱。）《桄榔庵铭》：东坡居士谪于儋耳（儋耳即今海南省儋州）。《定风波》：回首向来萧瑟处，归去，也无风雨也无晴。坡公一生心系黎庶，浚河淘井，抗洪赈灾，劝农兴教，所任之地百姓世代感念。

落笔九州颂，垂文百代鲜。
苇航赤壁赋，铁板大江篇。
天秉风云气，人怀玉局仙。
轩轩何可仰，高迥出岷山。<small>其四</small>

  明人李绍《重刊苏文忠公全集序》：公为人英杰奇伟，善议论，有气节。其为文章，才落笔，四海已皆传诵。下至闾巷田里，外及夷狄，莫不知名。其盛盖当时所未有。苏轼《赤壁赋》：纵一苇之所如，凌万顷之茫然。《历代诗余》引俞文豹《吹剑录》：东坡在玉堂日，有幕士善讴，因问："我词何如柳七？"对曰："柳郎中词，只好于十七八女孩执红牙拍板,唱'杨柳岸晓风残月',学士词,须关西大汉、铜琵琶、铁绰板,唱'大江东去'。"东坡为之绝倒。苏轼曾任玉局观提举,故有称玉局仙者。
陆游诗:坐诵空蒙句,予怀玉局仙。

成都永王陵四绝 /二〇一六年七月

陵丘认作抚琴台,传谬千年谜始开。
莫诧无人识王冢,蜀中自古仰文才。其一

  永陵所葬为五代时前蜀皇帝王建。其陵庙毁于北宋真宗年间,陵冢渐为荒丘,世人误认为汉司马相如抚琴故地,称为抚琴台。抗战期间因挖防空洞发现砖筑墙体,进而发掘出永陵墓葬。

兔首龙身玺自奇,有丘无圹世间稀。
石床凝坐石真像,幽隔千年露颡颐。其二

  永陵地宫出土之玉玺,印面刻"高祖神武圣文孝德明惠皇帝谥宝",其钮兔首龙身,构形特异。此地宫建于地表,与史上其他帝王陵墓皆不相同。墓中后室置王建石像(墓中置墓主之像称为"石真"),为中国帝陵中唯一有墓主石像出土者。公元九一八年王建去世,葬永陵;一九四二至一九四三年,永陵地宫发掘。

峨鬟华袂美姿容,石椁浮雕精妙工。
二十四尊乐部伎,吹云唱月舞回风。其三

  永陵棺床南东西三面浮雕乐舞伎二十四人,演奏弦管鼓钹诸类乐器二十种,形态优美,神采动人。"吹云"谓鼓,"唱月"言歌。唐冯贽《南部烟花记·乐器名》:鼓,一名吹云。唐李贺《洛姝真珠》诗:寒鬓斜钗玉燕光,高楼唱月敲悬珰。

蜀皇丝管乐纷纷,半入寿宫半入云。
此曲只应尘世有,冥间何望几回闻?其四

  改杜甫《赠花卿》句。

游赵公山三绝 / 二〇一六年七月

狭径陡坡弯百回，青崖翠阜渐崔巍。
车行绕过卧牛岭，障道白云聚作堆。其一

树影天光汇一潭，山庄僻隐半山间。
扶筇崖坎箐林茂，得识香楠五百年。其二

闻道此山香火盛，求财求富尽官绅。
可怜欲壑填难满，拜罢财神拜狱神。其三

　　赵公山位于四川省都江堰市西南玉堂镇，为邛崃山脉南段青城山之最高峰，海拔两千四百三十四米。因传说中财神赵公明元帅归隐此处而得名。

访镇宁高荡 / 二〇一六年七月

高荡村中路，杪椤河上桥。
房凭青石起，树向白云高。
爽气消伏暑，天光破筏篁。
行行多摄影，游友任逍遥。

安顺逛街有赋 / 二〇一六年七月

东郭连山远，虹湖映早霞。
丛攒人踵接，迤逦菜筐斜。
文庙闻清唱，新桥访故家。
过街调循例，稀饭炸糍粑。

经下九溪至旧州 /二〇一六年七月

蔼蔼荷塘景，幽幽下九溪。
车经山路曲，日堕云穹低。
古镇灯初上，老街客已稀。
称觞谢乡友，庭树影迷离。

江城子·娄湖 /二〇一六年八月

　　娄湖风雨度阴晴，晚波清，早霞明。廿载重逢，笑靥看盈盈。梦里青春如再见，歌婉转，舞娉婷。　　同窗心事付云笺，宛然情，畅然听。修习诗书，于此净心灵。记得塘荷陂岸柳，吟啸处，水天青。

<small>用东坡《江神子·江景》词韵。"江城子""江神子"同调异名耳。</small>

立秋后花溪雨景 /二〇一六年八月

连朝伏暑后，时雨送清凉。
苗恨旱魃甚，土忻雨脚长。
无人步溪磴，有水涨山塘。
风起林花堕，清溪河面香。

八声甘州·访开罗埃及博物馆 / 二〇一六年十一月

诧琳琅奇宝耀双眸,疾疾作游观。尽峨峨王墓,巍巍神庙,出土阗骈。盈馆石雕纸画,古字象形编;木乃伊装裹,金面金棺。　　浩漫尼罗河谷,望文明遗迹,岁月烽烟。叹悠悠故国,兴败五千年。顾顷来、体衰目眊,纵有心再访应无缘。如能再,或当旬月,镇日流连。

<small>馆甚大而文物极多,唯旅行团安排参观时间仅两小时,走马观花,多不得甚解。</small>

定风波·观金字塔 / 二〇一六年十一月

访罢吉萨人面狮,驱车又到孟菲斯。巨石叠成浑密缝,峙耸;如何造就几人知?　　几度梦中观绝景,留影;今朝得慰昔年痴。满目黄沙镶赤焰,耀眼;驼尘竟向日边驰。

<small>十一月七日赴开罗近郊吉萨,观已有四千余年历史的胡夫金字塔及狮身人面像。十五日赴古城孟菲斯,观五千余年之阶梯金字塔及拉美西斯二世神像。</small>

"今朝得慰昔年痴"(金字塔及狮身人面像,摄于开罗)

桂枝香·访卢克索 / 二〇一六年十一月

　　骇神夺目。对烈日炫煌，神庙闳肃。阙外狮身羊首，衔威列簇。参天巨柱密如阵；石尖碑，嵯峨云矗。逡巡神殿，端详雕壁，几番休足。　　溯往昔，豪奢竞逐。叹百阙之都，劫火赓续。法老千秋，于此遍历荣辱。圮垣应幸字痕在，诉从前、生命葱绿。孟农神像，于今记否，祭坛灵曲。

　　底比斯曾是世界上最大的城市，极为繁盛，古希腊大诗人荷马称其为"百门之都"。底比斯城横跨尼罗河两岸，东岸是古埃及宗教及政治中心，历代法老在此建造了大量神庙和宫殿，规模宏大，工艺精湛；西岸则是法老们死后安息之地，即今称帝王谷、皇后谷之所在。公元前十一世纪之后，古埃及先后被亚述、波斯、马其顿、罗马等帝国征服，底比斯的建筑经过战火和震灾大规模坍毁，只剩下少量神庙废墟。其中最大最著名者为建于近四千年前的卡纳克神庙。此神庙为敬奉太阳神阿蒙神而建，于今可见大小十余座神殿的遗址、方尖碑、巨型圆柱及狮身公羊像等石雕建筑，气势宏伟，令人震撼。其南一公里许的卢克索神庙是敬奉太阳神阿蒙之妻穆特的庙宇，规模较卡纳克较小，然建筑同样雄伟壮观。

"对烈日炫煌，神庙闳肃"（卡纳克神庙，摄于卢克索）

踏莎行·帝王谷 / 二〇一六年十一月

  底比斯山，帝王之谷，千年法老此归宿。依山凿圹墓墙坚，尖峰为塔何须筑。　　图坦卡蒙，谜般祚禄，煌煌金面重棺覆。依稀壁画说王梦，谁知王梦怎歌哭。

  位于开罗附近孟菲斯与吉萨之金字塔是古埃及老王国时期（距今四五千年）为法老们建造的陵墓。至新王国时期（公元前十四世纪，距今三千余年）法老们不再建造金字塔，而是在底比斯（今卢克索）尼罗河西岸状如金字塔的库尔恩山峰下凿山而为墓圹。由此形成之陵墓群（今称帝王谷）包含六十多个陵墓，始于图特摩斯一世时期，终于拉美西斯十世或十一世时期（大约从公元前一五三九年至前一〇七五年）。图坦卡蒙为古埃及新王国时期第十八王朝第十二位法老，九岁君临天下，十九岁暴亡，在位时间约为公元前一三三三至前一三二四年。在帝王谷所有法老墓中，图坦卡蒙墓是唯一一个三千多年来从未被盗掘者，直至一九二二年才被埃及学先驱英国考古学家霍华德·卡特发现，墓中出土大量珍宝，震惊西方世界。图坦卡蒙由此而成为最为闻名的埃及法老王，其生平及死因也成为考古学界长期研究和争论的焦点。

"于今记否，祭坛灵曲"（孟农神像，摄于卢克索）

"看城开寰宇，村幻渥流"（摄于尼罗河上）

沁园春·尼罗河写怀 /二〇一六年十一月

　　古国长河，半生冀愿，万里来游。对茫茫杳杳，远天沙碛；葱葱郁郁，近岸绿畴。椰枣荫浓，纸莎丛萃，帆影轮声过碧洲。经行处，看城开寰宇，村幻渥流。　　五千馀载回眸，数兴替，潢洋岁月悠。叹塔陵遗峙，日光抟晕；庙廓残圮，月影凝愁。足迹摩西，蹄踪西泽，迥野风来犹劲遒。凭谁计，总子黎血泪，尘世蚁蝼。

水调歌头·红海洪加达小住 /二〇一六年十一月

　　四日旅红海，红海竟奇蓝。淡浓深浅明暗，湛湛复渊渊。近水石礁苔藻，远水珊瑚鱼贝，观览可浮潜。朝摄煦阳影，晚拍落霞天。　　乘游艇，登溪岛，步沙滩。乐声催动歌舞，欣欢满楼船。舵尾鸥追翼尔，舷外鱼游倏忽，海钓笑声喧。心共云舒展，极目对沧澜。

"陟彼沙岗逐夕阳"（摄于撒哈拉）

卜算子·撒哈拉沙漠行 /二〇一六年十一月

轮疾过沙丘，起跌人惊骇。漫倚驼峰缓步行，弥望沙如海。　　部落贝因都，深井寮棚矮。陟彼沙岗逐夕阳，残照幻晕彩。

贝都因人分布于西亚北非的沙漠荒原及农区边缘地带，其游牧生活以氏族部落为基本单位，主要靠饲养骆驼为生。

渔家傲·伊斯坦布尔行吟 /二〇一六年十一月

君士坦丁史漫漫，教堂穹顶华光璨。古堡长垣经战乱。皇宫院，奢华遗迹奥斯曼。　　宣礼塔高矗两岸，长桥跨峡洪波瀚。曲巷长街多顾盼。最堪恋，儿童笑靥如花绽。

土耳其历史名城伊斯坦布尔曾是拜占庭帝国即东罗马帝国（公元三九五年至一四五三年）的首都，时称君士坦丁；十五世纪为突厥人征服，成为奥斯曼帝国都城。伊斯坦布尔古迹遗址甚多。圣索非亚大教堂为公元六世纪拜占庭帝国君主查士丁尼时建造，奥斯曼帝国建立后改为清真寺。托普卡帕宫（又称老皇宫）是一四六五至一八三〇年期间奥斯曼苏丹及嫔妃居住的王宫，建筑富丽，所藏珍宝极多。

水调歌头·船游博斯普鲁斯海峡 / 二〇一六年十一月

　　左岸欧洲树，右岸亚洲房。游轮螺桨劈浪，搅动水天光。四望海空潋滟，远近银花掠闪，鸥鸟正翱翔。迎面船来去，阵阵笑声扬。　　指红堡，观翠墅，过峦冈。一桥悬跨天际，车轨度危梁。半日历经欧亚，极目天蓝海碧，游兴自悠长。传说多奇诡：牛渡水中墙。

　　博斯普鲁斯海峡为沟通黑海与马尔马拉海之狭窄水道，与达达内尔海峡及马尔马拉海一起组成土耳其海峡（又称黑海海峡），全长三十公里。此海峡为土耳其亚洲部分与欧洲部分之分界。海峡两岸树木葱郁，村庄、城堡、别墅星罗棋布。连接欧亚两大洲之博斯普鲁斯海峡大桥位于伊斯坦布尔，一九七三年建成通车，全长一千五百余米，为欧洲第一大吊桥，世界第四大吊桥。据云古希腊语中"博斯"意为牛，"普鲁斯"则为水墙之意，神话传说，众神之首宙斯有情人名伊奥，尝化为牛度过一道水墙，神话所说水墙即博斯普鲁斯海峡。

浣溪沙·游花溪十里河滩 / 二〇一七年四月

　　春暮寻芳到麦翁，老妻携挽过桥东。竹篱石径柳条风。　　大将山高层樾暗，花溪河静蔽荫浓。珠榴初绽靥腮红。

花溪行吟余居此间逾廿载矣 / 二〇一七年五月

一水四山映带间，山含岚气水含烟。
径从蛇岭向龟岭，瀑自深潭下浅潭。
林暗秋山石涛笔，花浮春水易安篇。
渡河百步参差磴，来去忽焉二十年。

平桥溯溪数里归而有吟 / 二〇一七年五月

天公造景意真高,设此闳幽隔市嚣。
云影溪光亲鸳鹭,岩陂土埂丛榛茅。
梧枝臂拱绿荫径,盘磴步移白石桥。
眼翳幸仍腰脚健,溯流扶杖自逍遥。

丁酉五日二绝时在都江堰 / 二〇一七年六月

夜来一雨早晴晖,药草满街荟作堆。
灌县古城游百病,家家买得艾蒲归。其一

龙舟竞渡溯源长,蒲艾悬门角黍香。
欢娱几人忧屈子,于今世事正荒唐。其二

灌县行吟四绝 / 二〇一七年六月

岷水中分内外江,离堆左右衍流长。
深滩低堰千秋利,川主千秋祀二王。其一

滔滔江水带风寒,灏气直冲玉垒关。
高树云遮崖壁陡,茂松古道向天盘。其二

骇浪惊涛摄客魂,宝瓶口外水如奔。
临流长念丁公保,造就虹桥便庶民。其三

岷江浩漫出山来，鱼嘴分流内外裁。
灌县九河十八岸，一城水景画中开。其四

咏张松银杏 /二〇一七年六月

秦堰汉分地，献图植树人。
嶙峋根干老，郁茂叶柯新。
垂乳凝霄露，皴皮泐世尘。
一千七百载，有果证青春。

  都江堰市区离堆公园内有银杏古树，传为三国时西蜀名士张松手植。今次来游，竟得见枝头挂果。

西欧行四十六绝 /二〇一七年六月

沉雄精美凯旋门，观览自思拿破仑。
未遂雄师凯旋志，丰碑存世慰英魂。其一

  雄师凯旋门位于巴黎星形广场（今称戴高乐广场）。乃为纪念法军战胜第三次反法联盟之奥俄联军而建，拿破仑于一八〇六年八月十五日（其三十七岁生日）亲自奠基。凯旋门中经停顿多年后复建，至一八三六年七月二十九日始得落成，时拿破仑已逝去十五年。一八四〇年拿破仑灵柩返回巴黎，在巴黎九十万市民迎候之中通过凯旋门，安葬于巴黎荣军院。

一过香街眼愈宽，重楼雕像列如环。
巴黎正是阳光好，孰记风腥雨若磐。其二

  协和广场始建于一七五五年，原名路易十五广场，一七八九年易名革命广场。大革命时期共和军曾在此广场设断头台，处决国王路易十六、皇后玛丽等约一千一百名皇室成员及保皇派。其后，新共和国政府首脑丹东和雅各宾派政府实际首脑罗伯斯庇尔也先后在此被处死。

两岸风光次第开，十三桥影水波裁。
云鸥掠过荣军院，铁塔巍巍入眼来。其三

  乘观光船游塞纳-马恩省河。荣军院原为安置战争中伤残军人之医院，建于路易十四时期。拿破仑墓坐落其中。埃菲尔铁塔由工程师塔夫·埃菲尔为一八八九年世博会设计建造，高三百二十四米，重达万吨，巴黎人爱称为"铁娘子"。

心惊神诧叹恢宏，盖世奇珍集一宫。
名画精雕观不尽，双眸难及步匆匆。其四

  卢浮宫位于巴黎市中心塞纳-马恩省河北岸，是法国文艺复兴时期珍贵的建筑物之一，总占地面积为二十四公顷。始建于一二〇四年，原为法国王宫，居住过五十位法国国王和王后。一七九三年开放为艺术博物馆，以收藏丰富的古典绘画和雕刻而闻名于世。现有艺术藏品达三万五千件，包括雕塑、绘画、美术工艺及古代东方、古代埃及和古希腊罗马等七个门类。

美眸顾盼自依依，巧笑玄微如梦迷。
入化出神精绝世，艺坛共仰达芬奇。其五

  《蒙娜丽莎》嵌置于卢浮宫二楼中间大厅墙壁内。达·芬奇一五〇三年完成此一不朽杰作，代表其最高艺术成就。

无头何碍翅高搴，船首挺胸搏海天。
丰体薄袍英气爽，劲风拂动意翩跹。其六

  胜利女神雕像置于古希腊和古罗马艺术馆中。雕像创作时间约为公元前三世纪，一八六三年发现于爱琴海北部萨姆特拉斯岛神庙废墟，高三米二八，无头无手，迎风展翅。据研究是为纪念希腊罗地岛一场胜利海战而创作。

妩媚端庄集一身，洋洋生命与青春。
罗浮宫里人攒动，争睹美神兼爱神。其七

  断臂维纳斯大理石雕高二米零四。传为古希腊亚历山德罗斯雕刻，一八二〇年二月发现于爱琴海之希腊米洛斯岛，法国重金收买后陈列在卢浮宫特辟的专门展室中，其绝世魅力震动全世界。

巴比伦国遗物殊，柱碑法典石雕图。
楔形文字终得见，不负西行万里途。其八

　　汉谟拉比法典石柱，雕成于西亚古巴比伦王国第六代帝王汉谟拉比统治时期，距今三千八百余年。石柱以黑色玄武岩石雕成，总高度二米一三。其上部为高七十一厘米之浮雕，画面庄严稳重，所刻为太阳神沙玛什向汉谟拉比国王授予法典，表现君权神授之意。下部石碑满刻楔形文字，全文共二百八十条，对刑事、民事、贸易、婚姻、继承、审判制度等皆作详细规定，是迄今所见世界上最早的一部法典。

王宫宏阔气煌煌，彩画精雕满殿堂。
异宝奇珍添富丽，镜廊佳景世无双。其九

　　凡尔赛宫坐落于巴黎西南十八公里之凡尔赛镇。建于路易十四时代，至今有三百余年历史。全宫占地一百一十万平方米。宫殿建筑气势磅礴，布局严谨，五百多间殿堂厅廊处处金碧辉煌，豪华非凡，极富艺术魅力。其中由皇家大画家、装潢家勒勃兰和大建筑师孟沙尔合作建造的镜廊景观特异，是凡尔赛宫内一大名胜。

阶前瞻仰叹崔嵬，廊柱门楼映日辉。
魅影悬迷何处在，广场欣看鸽群飞。其十

　　巴黎歌剧院又称加尼叶歌剧院，是世界上最大的抒情剧场，中有全世界最大的舞台。由建筑师查尔斯·加尼叶于一八六一年设计，一八七五年建成。总面积一万一千余平方米。规模宏大，精美细致，是举世公认的建筑杰作。《歌剧魅影》为法国著名侦探悬念小说家加斯通·勒鲁作品，所写故事即发生在此建筑之中。

西堤岛上客如潮，圣母教堂矗碧霄。
骈塔楼高钟奏响，谁人不忆大文豪。其十一

　　巴黎圣母院大教堂位于巴黎市中心西堤岛上，是天主教巴黎总教区的主教座堂。始建于一一六三年，一三四五年建成，历时一百八十多年。雨果以其为背景创作《巴黎圣母院》，比喻它为"石头的交响乐"。

平畴一路麦金黄，绿树参差横纵行。
天际白云若轻絮，碧天洗出好阳光。其十二

　　自巴黎经塞波至第戎道中。

葡萄陇亩漫丘园，村落教堂丛碧间。
古窖名庄品美酒，启程已是晚霞天。其十三

  第戎访慕珑家族酒庄。第戎属勃艮第葡产区，多独立酒庄，以黑皮诺、霞多丽酿制私家风味葡萄酒。

林郁气清路几旋，悠然一镇两湖间。
绿坪花圃人闲坐，少女雪峰入眼帘。其十四

  瑞士因特拉肯位于图恩湖与布里恩湖之间，风光特异，空气绝佳。镇上可眺阿尔卑斯山之少女峰。

罗伊斯水映蓝天，迤逦廊桥七百年。
两岸楼街人散坐，咖啡啤酒享悠闲。其十五

  瑞士卢塞恩市横跨罗伊斯河的卡佩尔廊桥又名教堂桥，始建于一三三三年，是欧洲最古老的有顶木桥，桥上绘有一百二十幅宗教历史油画。桥身近中央处有八角型水塔，最初是城墙的一部分，曾被用作档案馆、金库、监狱和刑讯室。

负箭按矛态动人，雄狮濒死意悲辛。
世间何得弭屯乱，观览难忘卢塞恩。其十六

  狮子纪念碑雕刻在卢塞恩山崖凫白之中。濒死之雄狮前爪按盾牌和长矛，盾牌上有瑞士国徽；背上深插一箭，面露痛苦神情。此雕像为纪念在一七九二年法国大革命暴民攻击杜伊勒里宫时，因保护法王路易十六及玛丽王后而死的七百八十六名瑞士军官和警卫而建，意在祈求世界和平，同时也成为瑞士人忠贞坚毅的象征。美国作家马克·吐温称此为"世界上最令人悲恸的雕像"。卢塞恩又译"琉森"，琉森州的首府，是瑞士最美丽、最理想的旅游度假城市。

山光云影水一泓，野鸭天鹅嬉浪中。
小艇大船来复去，濒湖人坐沐和风。其十七

  游憩四森林州湖（今称卢塞恩湖）。此湖流入罗伊斯河。湖边可遥望皮拉图斯山，多坐游人，与天鹅亲近。

杂花点缀木窗楼，牧草漫坡上樾丘。
林带如绸霞似锦，教堂钟响听悠悠。其十八

  瑞士萨克塞恩小镇。

林壑深幽绿满怀，田园山水画图开。
村街寂寂无尘染，疑是武陵移此来。其十九

  住瑞士乡居旅舍，小楼处于半山，环境大好，客房亦佳。

峰绕云梯步步高，扶摇直上九重霄。
雾开隐约湖光镜，少女雪峰入望遥。其二十

  自凯瑞恩镇上皮拉图斯山。其山巍峨险峻，登顶可见阿尔卑斯山众多奇峰，山麓卢塞恩湖亦依稀在望。

莹白石雕作殿堂，塔尖丛聚蔽天光。
环瞻圣像叹观止，肃肃歌思正颉颃。其二十一

  米兰大教堂为天主教米兰总教区主教堂，是世界五大教堂之一，规模居世界第二，可供四万人举行宗教活动。其主教堂始建于一三八六年，一五〇〇年完成拱顶，一七七四年中央塔上镀金圣母玛利亚雕像就位，一八九七年主体建筑完成，直至一九六五年教堂正面最后一座铜门安装，教堂全部竣工，历时近六个世纪。教堂完全由白色大理石雕筑而成，内外圣人圣女雕像总数达六百余座，外部一百三十五个尖塔高低错落，每个塔尖都有雕像，中心尖塔高达一百零七米，上为圣母玛利亚金雕像。米兰大教堂是世界上尖塔最多、雕像最多、同时也是体型最大的哥特式建筑。马克·吐温称赞这一世界建筑史和文明史上的奇迹为"一首用大理石写成的诗歌"。

彩玻拱顶色缤纷，十字长街人挤人。
商铺时装摄影秀，伫观美女聚如云。其二十二

  埃玛努埃尔二世长廊维多利奥二世拱廊位于米兰大教堂广场左侧，建于一八六五至一八七七年。以意大利王国第一个国王维多利奥·埃玛努埃尔二世命名，是米兰的商业中心之一。

歌剧麦加非浪名，几回浴火又重生。
大师名曲图兰朵，旋律旷世耳边鸣。_{其二十三}

  米兰斯卡拉歌剧院是世界上最为著名的歌剧院。《图兰朵》《蝴蝶夫人》等四百多部著名歌剧在此首演，代表了世界歌剧艺术的最高峰。作曲大师普契尼一九二四年创作歌剧《图兰朵》，但未能完成全剧的写作。在他去世后，弗兰科·阿尔法诺根据其草稿将全剧完成。该剧于一九二六年四月二十五日在米兰斯卡拉歌剧院首演，由托斯卡尼尼担任指挥。

米兰幸有大师缘，胜迹长留城殿间。
旷世奇人勋业伟，人来礼敬细观瞻。_{其二十四}

  达·芬奇纪念碑位于斯卡拉歌剧院前面广场正中，碑顶为达·芬奇立像，碑座四角立有他四位得意门生的雕像。达·芬奇先后两次定居米兰。在一四八二至一四九九年受聘于米兰公爵的十七年间，为米兰留下了无数传世杰作，包括米兰大教堂拱顶油画《岩间圣母》等，最著名的是圣玛利亚感恩教堂中的旷世之作《最后的晚餐》。他还为米兰城市的建设作出了巨大的贡献。

三星同聚已多奇，神曲诗翁留故居。
久慕名城翡冷翠，穿街走巷意迷离。_{其二十五}

  佛罗伦萨是意大利文艺复兴时期诗歌和绘画的摇篮。此地为伟大诗人但丁出生地。称作文艺复兴艺坛"三杰"的达·芬奇、米开朗琪罗和拉斐尔，在一五〇六年曾聚会于佛罗伦萨，成为艺术史上的千古美谈。佛罗伦萨为意大利语音译，其意为"百花之城"，诗人徐志摩曾译作"翡冷翠"。

礼拜堂门世所稀，圆穹拱顶更神奇。
塔钟高耸入云汉，三色楼群入望迷。_{其二十六}

  百花圣母大教堂是佛罗伦萨最著名的一组地标建筑，包含主教堂、洗礼堂和钟塔三部分。总体外观皆以粉红、浓绿和奶白三色大理石砌成，以几何学配色方式调合，展现出优雅高贵而又和谐温馨的风格。主教堂建设花了一百五十多年时间。中央巨大圆顶是天才建筑家布鲁内列斯基的绝世之作，是他在不画一张草图，不作任何计算稿，甚至不搭内部脚手架的情况下，完全凭心算和精确的空间想象，花费了十四年时间建造成的，因此这个欧洲第一座文艺复兴式圆顶被誉为"神话穹顶"。教堂旁八角型的洗礼堂，其青铜大门上有著名的"天堂之门"，将旧约全书的故事雕刻成十个画面，是基贝尔蒂花费二十一年完成的杰作。紧挨主教堂的四角形柱状钟塔,高八十二公尺,底部有精致的浮雕,内部有二百九十阶楼梯可达顶部。

昔时集会竟何如,七百年间世事殊。
摄罢塑雕不尽意,游人争拍马车夫。其二十七

  佛罗伦萨市政广场又称君主广场,自十三世纪即为集会之所。广场东南角的维奇奥官(俗称老官)修建于一二九九至一三一四年,一五〇〇年由米开朗琪罗、达·芬奇共同设计扩建,后成为佛罗伦萨的市政厅。老官左侧是晚期哥特式风格的琅琪敞廊。敞廊内及广场上陈列米开朗琪罗《戴维》等众多神话雕像(复制品)。

嗜血王侯壁上观,忍驱人兽共撕残。
独夫一笑万夫死,罗马千年血迹斑。其二十八

  古罗马大斗兽场始建于公元七十二年(弗拉维王朝),至公元八十二年(提图斯时代)完成。公元七十年罗马帝国征服耶路撒冷,为纪念胜利,驱使八万犹太俘虏修建这一斗兽场。

巨石叠成蔚壮观,可怜廊圮壁颓残。
沧桑日月二千载,游客争看陈迹斑。其二十九

  斗兽场于今已是残垣断壁,但它作为古罗马历史的象征,却是最吸引五大洲游客的景观。

阶上终朝人聚丛,我来坐起也匆匆。
冰激凌店好生意,却是影星赫本功。其三十

  西班牙大台阶位于罗马三一教堂所在山丘下,因西班牙大使馆迁移于此得名。大台阶是巴洛克大师贝尼尼的杰作。台阶以钙华石砌成,由三个大平台分为三层组成,共十二段一百三十七个石级,是全欧洲最长与最宽的阶梯。从十七世纪以来,这里一直是罗马文化和旅游的中心地带,李斯特、拜伦、歌德、安杰里科、考夫曼、巴尔扎克等诸多名人曾在附近街坊居住,英国诗人济慈辞世之所即大台阶右侧。电影《罗马假日》中有赫本在此吃冰激凌的镜头,西班牙大台阶及旁边冰激凌店因而闻名于世。

不负心期万里行,文明古国梦魂萦。
条条大路通罗马,人有诚心事自成。其三十一

罗马少女许愿池是全球最大的巴洛克式喷泉水池。许愿池以海神宫建筑雕塑为背景，塑有海神、水神等神话诸神，以及"少女指示水源"等浮雕。十八世纪由教皇克里门七世命沙尔威设计建造，费时三十年完工，成为罗马最后一件巴洛克杰作。在电影《罗马假日》风靡全球后，许愿池成为游人必到之景点。罗马人传说，只要背对喷泉从肩以上抛一枚硬币到水池里，就有机会再次到访罗马。

穹窿高耸似天庭，圣像逼真雕绘精。
肃肃观瞻无尽意，圣灵滂浩得光膺。_{其三十二}

梵蒂冈的圣彼得大教堂是天主教宗座圣殿，也是世界上最大的教堂。教堂最早由君士坦丁大帝在圣彼得墓地上修建，于公元三三三年落成，一五〇六至一六二六年重建，一百二十年间，意大利文艺复兴时期的多位建筑师与艺术家多纳托·伯拉孟特、拉斐尔、米开朗琪罗和小安东尼奥·达·桑加罗等都曾参与了设计建造。教堂占地面积二万三千平方米，可容纳六万余人。中央穹窿直径四十二米，顶高一百三十八米。教堂前方为可以容纳三十万人的圣彼得广场与协和大道。此教堂为圣彼得安葬处，历任教宗也大都安葬于此，所以是著名的天主教朝圣之地。

船靠码头犹梦痴，水城久盼见飞狮。
汊河网织百馀岛，浮海之城木扎支。_{其三十三}

乘摆渡船到威尼斯。威尼斯城乃海中造岛而成，城市面积不足八平方公里，却由一百一十八个小岛组成，其间密布一百七十七条河道，大约有三百五十座桥梁连通数千条巷道。造岛之法，先以木桩密匝打入水底，再架石铺板建屋。带翼之狮是威尼斯的标志，多处可见。

临水窗门遍住家，往来全靠贡多拉。
木桥斑驳石桥老，窄巷悠悠岁月遐。_{其三十四}

贡多拉乃当地特色之小船，人工划行，便于在狭小河道中载人运货。

两岸楼光接碧霄，运河小艇浪中摇。
水城风景长追忆，梦里清波长短桥。_{其三十五}

威尼斯运河长逾三公里。沿天然水道自圣马可教堂至圣基亚拉教堂，将城市分为两部分，其间与众多小运河相连通。市内交通运输皆依靠这些水道。

北望雪峰如画裁，茵河两岸步长街。

黄金屋顶光耀眼，新老层楼栉比排。其三十六

  奥地利因斯布鲁克市区分布于莱茵河两岸，是旅游与冬季运动胜地，曾经两度举办过冬季奥运会。街镇之上即可见阿尔卑斯山雪峰。迈希米连大帝在位时所建的黄金屋顶成为因斯布鲁克的象征。

百里车行雨沛然，远山近树蔚岚烟。

方忧胜境无缘见，古堡忽焉入眼帘。其三十七

  新天鹅城堡位于慕尼黑以南富森之阿尔卑斯山麓，为德国迄今遗存一万四千余个古城堡中之最著名者。

奇景峣然悬半空，白宫青嶂画朦胧。

天鹅骑士觅何处，国主情怀梦幻中。其三十八

  新天鹅城堡建立者为巴伐利亚国王路德维希二世。其建成一百多年以来一直是访问量最大的城堡之一，迪斯尼乐园睡美人城堡以及许多现代童话城堡的灵感大都来源于此。

空阔天水四望中，恬然美岛一船通。

杂花掩径人行坐，飞艇遥浮入碧空。其三十九

  乘船登美瑙岛。美瑙岛是位于博登湖西北部的著名花岛，面积四十五公顷，岛上植物种类众多。此岛是地处德国境内的瑞典家族私产。

长河南岸起丛丘，古堡巍巍入眼眸。

来此诗人失心地，石街迤逦几停留。其四十

  海德堡。古堡在内卡河南岸国王宝座山上，是建于十三世纪的古城，以内卡河的红褐色砂岩筑成。曾经是法尔茨选帝侯的官邸所在地。名胜古迹非常多，历史上曾经过几次扩建，诗人歌德尝有诗谓"把心遗失在海德堡"。

绿树丛间红瓦楼，石桥九拱跨清流。

哲人小径无暇访，荡荡白云过宇陬。其四十一

  哲学家小路位于内卡河北岸山丘上。据云史上众多诗人、哲学家如黑格尔、歌德、

荷尔德林等曾于此散步思考，小道因而得名。惜匆匆未得寻访。

学府煌煌八百年，丛楼掩映树崖间。
斯文荟萃清灵境，驻足难忘海岱山。其四十二
    中国诗人冯至一九三〇年到海德堡学习文学、哲学和艺术，将此地译作"海岱山"。

一城入眼跨三桥，山水树楼相向遥。
绮美风光无语赞，浩思直上九重霄。其四十三
    马克·吐温称海德堡是他所到过的最美的地方。

风光绮丽美因河，街市繁华游客多。
皇帝教堂神貌老，沧桑阅尽势嵯峨。其四十四
    法兰克福。罗马广场边的皇帝大教堂（又称加冕大教堂）有六百余年历史，曾有十个德国皇帝在此加冕。二战时英国空军轰炸法兰克福时手下留情，此教堂幸免于难。

腥风血雨记当时，泐石留存后代知。
戒咎坦诚不讳过，德人应是世人师。其四十五
    法兰克福街头犹太人受难纪念雕像，下有碑文，刻奥斯维辛等全部集中营名录。

旅程半月今朝还，欧陆太多好景观。
人老观花难走马，奈何花在雾中看。其四十六
    法兰克福至成都机上有占。

都江堰向峨乡观景有吟 / 二〇一七年七月

老鹰岩下景台高，峨岭巍巍岷水遥。
山路弯长篁竹翠，林坡遍种猕猴桃。

青城后山四绝 /二〇一七年七月

昨宵一雨洗青城,坡路遍闻响水声。
林际重崖悬瀑漱,味江叠浪势奔腾。其一

重崖高树夹溪流,乱石叠成深浅湫。
廊外林屏绿满眼,清风送爽上层楼。其二

近树葱茏远岭苍,岸边竹筏弄溪光。
驱车来避暑伏气,得享山中一日凉。其三

逶迤石街枏木楼,川西古镇倍清幽。
锅盔腊肉豆花饭,啤酒活鱼浸水沟。其四

进青城后山,游泰安古镇,食憩汤记环水木楼客舍。

华严洞歌 /二〇一七年八月

习安城南五里许,崭然一山迎面起。烟萝云树映苍崖,更有奇窍境清佳。洞口顶覆天棚石,横广纵深百千尺。岩隙滴泉声泠泠,恍疑世外闻玉筝。洞中雪岩绕冰谷,欲访仙居须秉烛。将军盘砣石参差,最奇砂岩结荔枝。复有峨峨一石挺,叩之声越若清磬。再进三里遇深潭,澄澈峻冽胆气寒。仙源幽渺无舟楫,冷风扑面烛欲熄。石洞千年暗昏昏,孤迥閴寂绝烟尘。悠悠迨及永历岁,荒陬一朝脱冥昧。遐外忽焉莅高僧,洞中唱诵华严经。自此古洞得名号,华严洞口立寺庙。赤松和尚黔灵来,诗赞鸿蒙一窍开。奇洞名刹香火盛,远近僧俗循山径。山麓赵氏聚族居,耕读传家颇勤劬。乾嘉之年值岁试,农家子弟彰才智。学政洪公喜开颜，肇赐嘉名读书山。诵诗讲学蔚风气，满目文章播美誉。习安八景广知闻，"华严书声"远尘氛。荏苒复经百馀载，狼烟劫火弥四海。倭骑踏破山海关，故宫文物大徙迁。白下星沙屡辗转，风尘万里急驰趱。南路文物入黔中，华严洞作藏宝宫。垒石架木为庋库，国宝六年此秘贮。其间遴展酬地方，神品百件何焜煌。黔人何期承眼福，得见稀世宫中物。主事先生庄慕陵，鞠躬职守竭精诚。颠沛跋涉冒雪雨，携家带口入边裔。抱志清卓度时艰，呕心唯护国宝全。山居暂得依林壑，拾柴煮蔬稚子课。一朝离去难忘情，乃倩同仁写丹青。津门画家刘峨士，水墨绘就华严志。田园村舍梦中裁，七尺长卷寄追怀。梦境绘成意未尽，遍征品题足余兴。马衡署题作篆书，诸友跋尾文采敷。巴山台海生花笔，十四名家留手迹。中有女史张清徽，情思曼婉辞芳菲。南吕一阕习安梦，零泪长吟思乡痛。画卷传今七十年，故人故事如云烟。庄刘马张早作古，可叹海隅北望苦。年来陆海音问频，庄张哲嗣访山屯。妙影佳文出胸次，后彦还踵先贤事。画卷影印传习安，乡人幸觇旧林峦。华严本在穷边地，不期竟与国宝遇。复因文物结文缘，入画入诗传世间。在昔洪公有句曰："读书山畔藏书穴"。书籍文物俱典藏，华严古洞添荣光。嗟我黔山造化赐，奇穴异洞在在是。若非得沐高士风，长眠草昧困屯蒙。读书山麓幽绝境，幸识群贤真情性。僻境高情究若何？我为华严一放歌。

　　清康熙年间，贵阳黔灵山弘福寺开山始祖赤松大和尚行游安顺华严洞，有诗云：森然石室千层胜，庶使鸿蒙一窍开。读书山之名为清乾隆间提督贵州学政洪亮吉所赐。其《卷施阁诗集》有云：华严洞外，山甚秀折而无名。县人赵氏聚族居焉。余岁试安顺，赵氏子弟获隽者文武各二人，因以"读书"名其山，从土人所请也。又有诗云：我欲摩崖易旧名，读书山畔藏书穴。（《初一日出南门至华严洞持烛入三里许》）清郭石农诗：烟霞洞壑尘氛远。

花溪晚步 /二〇一七年八月

平桥步过溯溪行，几处流莺唱晚晴。
桐叶因风亲细草，柳丝随浪戏浮萍。
树间漏影斑斑画，波里熔光点点星。
何羡严陵滩七里，此间碧水绕烟汀。

贵州赫章韭菜坪五绝 /二〇一七年九月

坡道蛇盘向九垓，万峰顶上一坪开。
白云逸驻青天近，红紫花光入眼来。其一

丛樾满山香满坪，纷妍烂漫接天庭。
莫非真有散花女，过此竟将囊橐倾？其二

分得韶光不占春，参差紫浅与红深。
千花早谢百花老，妆点秋光兀自芬。其三

穷裔生成不是栽，自为绝色出蒿莱。
质殊应笑上林女，修态丰容费剪裁。其四

乌蒙逸秀未矜夸，半月秋霜焕紫霞。
如此迥高幽僻境，何人伴我共开花？其五

雨中赤水二日有吟十四绝 / 二〇一七年十月

岚隧云桥天渐低，群峰驼聚竟飙驱。
车行向晚雨来甚，雾锁重峦望眼迷。其一

两省为邻傍水涯，雾中灯火万千家。
长街短巷潇潇雨，迤逦来寻陈豆花。其二
　　　陈豆花为赤水著名老店，有八十余年历史。

河岸峦峰连宸排，客窗清冷绝尘埃。
秋朝雨歇雾初散，赤水滔滔入望来。其三
　　　住赤水同盛酒店。

猗猗丛竹满山崖，灼灼芙蓉一路花。
细雨曲流三十里，轻车佳兴向幽遐。其四

夹径竹林掩碧萝，石阶赤赭向嵯峨。
眼前一幅写生画，笔下洇红如许多。其五

果然赤水映丹崖，赪壁如霞还似花。
最诧清泠山涧水，一经石底幻红纱。其六

许是女娲炼石场？环崖灼灼耀红光。
倏然一瀑九天泻，丹气蒸腾视渺茫。其七

千条百叠竞奔喧，豪雨连宵壮瀑泉。
两岸竹林绿新染，参差瓦舍白云间。其八

码头纤道丙滩场,商埠千年烧酒坊。
往昔川盐入黔地,双龙桥外久徜徉。其九
  丙安古镇旧称丙滩场。

板房吊脚大河边,古镇老街云雾间。
铁索吊桥通对岸,河滩渡口话当年。其十
  红军一渡赤水尝驻丙安。

千山万壑竹林风,银瀑丹崖掩绿丛。
满眼筠波浑似海,峰回烟雨又迷蒙。其十一

宋窖明屯岁月经,船帮盐号显声名。
千年古镇开新貌,赤水河边访土城。其十二

民居水涯向山崖,烟袋纸牌盖碗茶。
老汉街边说四渡,门前赤水浪翻花。其十三
  土城古镇为红军四渡赤水之处。

流泉似带壁如屏,浓雾初开景乍明。
白鹭翩跹似相送,此行神爽气还清。其十四

丁酉九日大将山二首 /二〇一七年十月

光阴容易逝,一岁又重阳。
叶陨秋山瘦,日斜人影长。
菊丛初展蕊,桂子尚遗香。
应节出门去,步桥过柳塘。其一

九日登高去，花溪大将山。
林间叶丛凑，桥下水潺湲。
十里河滩画，九秋云景天。
黄花行处是，篱外忆陶潜。其二

登鹿回头岭 /二〇一八年二月

坡鹿回头处，城山傍海天。
游人观胜景，故事说情缘。
近背崖青碧，远眸水蔚蓝。
群楼如蚌立，妆点白云间。

元阳梯田三绝 /二〇一八年二月

曲曲坎梯田泡冬，朝暾如火晚霞红。
千层云母万重镜，嵌在哀牢深谷中。其一

耕夫犁下万山低，雾聚云开望眼迷。
欲上九霄摘星斗，山田竟作上天梯。其二

雕画时光千百年，重田垒上白云边。
哈尼世代琢工巧，沟壑岑峦指掌间。其三

观贵州平坝樱花 / 二〇一八年三月

湖山赪粉蔚云霞,占断九州三月花。
踏访何须上野去,自家门里尽风华。

高阳台·黔西百里杜鹃 / 二〇一八年四月

宿雨送春,春归何处?乌蒙幽壑来寻。崇岭危崖,盈眸绛紫殷赪。谁将縠帛缯绡剪,化此间、绮梦卿云。醉花仙,朱晕脂颜,红染榴裙。　　客来四海颇希罕,问黔山何幸,百里藏春。丹羽绯霞,非关蜀魄楚魂。留春未必哀春老,纵子规,万啭千吟。且长歌,花里西施,白傅知音。

<small>白居易有吟杜鹃诗句云:花中此物似西施,芙蓉芍药皆嫫母。</small>

阮郎归·安顺文庙 / 二〇一八年四月

峨坊大殿石玲珑,石桥泮水中。透雕龙柱誉声崇,莹莹石砌宫。　　茶味好,桂香浓。吟蛩伴晚风。树庭影乱月朦胧,清箫入夜空。

"莹莹石砌宫"(透雕龙柱,摄于安顺文庙)

访歪寨 /二〇一八年五月

乘兴访歪寨，且欣雨转晴。
院墙皆漉漉，阶草自青青。
局弈布依叟，谜传藤甲兵。
盘桓复指顾，翠岭列如屏。

访羊昌河 /二〇一八年五月

羊昌河十里，夹岸尽荷田。
栈道迤陂水，村墟霭午烟。
碧莲叶散漫，白鹭舞翩跹。
摇曳清溪柳，婆娑云水间。

访旧州 /二〇一八年五月

石巷入屯堡，曲河过旧州。
扶风亭外树，天宝桥前楼。
街净花明艳，院深庭阒幽。
田间菜籽熟，灿灿喜迎眸。

浣溪沙二首·溪山 /二〇一八年五月

久雨初晴日色新，扶筇漫步向溪滨。半年违隔自相亲。　　夹岸四山投水影，横溪百磴度行人。临流难煞女高跟。其一

潴若碧霄泻似银，岸林如堵草如茵。芙蓉洲上隔嚣尘。　水满河湾轻柳漾，波萦石隙老根皴。苇丛鸟语也欣欣。其二

鹧鸪天·访久安茶乡 / 二○一八年五月

林密山高弯路长，轻车驰向久安乡。风来树杪收宵雨，云散岭头转艳阳。　壅土坎，衍坡房，千年茶树叶清香。乡民同励辛勤志，绿水青山扮靓妆。

登将军山 / 二○一八年六月

垌外一山林樾深，泠然清境涤尘襟。
白旗屯堡今犹在，赤面将军何可寻。
旧庙墙斑丛棘绕，荒阶石老绿苔侵。
邑廛远近路桥架，四十三年重眺临。

将军山在安顺城西三十里，下即白旗屯。清《安顺府志》云：明永乐时，有赤面将军著灵此山，祈祷辄应。土人建庙以祀，因名。

俄罗斯双城十二律 / 二○一八年六月

金顶辉蓝宇，白墙映绿畴。
斋堂四壁彩，钟塔五层楼。
礼拜聚虔众，圣泉慰苦修。
广场千百鸽，飞跃自悠游。其一

谢尔盖圣三一大教堂。谢尔盖耶夫镇又名为扎戈尔斯克，位于莫斯科市区东北七十

公里。此间谢尔盖三圣大修道院是俄罗斯最古老的修道院，也是俄罗斯东正教的中心，包括三圣教堂、杜霍夫斯基降灵教堂、圣母升天教堂、教皇宫殿和斯摩棱斯克教堂，以及斋房、钟楼、慈善医院等。其中最著名的三圣教堂建于一四二三至一四四二年，是俄罗斯早期白石建筑的艺术典范。

蜚声普天下，久欲访红场。
绚烂宫墙色，灿然穹顶光。
四方楼簇拥，千万客徜徉。
世事风云变，此间奏彩章。_{其二}

  莫斯科红场与克里姆林宫。俄罗斯国家历史博物馆、莫斯科国立百货商场、圣瓦西里大教堂、列宁墓和克里姆林宫红墙等矗立在红场四周。克里姆林宫内则有圣母升天教堂、天使教堂、伊凡大帝钟楼、捷列姆诺依宫、枢密院大厦、大克里姆林宫和兵器陈列馆等建筑。

古桥连要塞，灯塔对长滩。
水映晴空碧，波如鳞羽翻。
岸林接楼宇，歌舞动游船。
河口清风爽，芬兰隔海湾。_{其三}

  圣彼得堡乘船游涅瓦河。河两岸有瓦西里岛长滩和灯塔，兔子岛彼得保罗要塞等建筑。涅瓦河出口即波罗的海芬兰湾。

彼得离宫苑，衍坡临海间。
金人长立陛，银瀑共喷烟。
极目森森囿，迎阳晔晔泉。
客游多兴致，接踵并摩肩。_{其四}

  夏宫位于芬兰湾南岸。宫殿、公园竣工仪式于彼得大帝去世前两年（一七二三年）举行，迄今近三百年。

冬宫多宝藏，眼界大开张。
帝座衬屏赤，金厅眩牖黄。

塑雕廊陛立，名画壁墙镶。
孔雀鸡鹞伴，钟鸣岁月长。_{其五}

  冬宫博物馆即艾尔米塔什博物馆，与巴黎的罗浮宫、伦敦的大英博物馆、纽约的大都会艺术博物馆并称世界四大博物馆。小艾尔米塔什馆二楼有纯金制造孔雀自鸣钟，每逢报时，孔雀开屏，公鸡打鸣，猫头鹰转头，精巧无比。

金顶傍青丛，皇村掩映中。
丝绸瑰丽室，琥珀奥珍宫。
幽岛明湖渺，深林曲径通。
百年容易逝，犹见肆奢风。_{其六}

  叶卡捷琳娜宫殿和花园。宫中琥珀屋最为珍贵罕见。园林广阔，风光绮美。

俄程八日旅，此地颇清幽。
木屋短长舍，教堂高矮楼。
风轻披岸树，云漾渡河洲。
年少写生画，晴光景丽柔。_{其七}

  卡洛明斯克庄园为沙皇时期皇家别苑，是俄罗斯最美庄园，位于首都莫斯科克里姆林宫南面，横跨莫斯科河两岸，占地面积达三百四十五公顷。

西郊圣女墓，静谧隔尘嚣。
碑石呈纷沓，鲜花慰寂寥。
卓舒诸烈士，果契众文豪。
凭吊低回处，追思上碧霄。_{其八}

  新圣女公墓是俄罗斯著名知识分子和各界名流的墓地，埋葬有两万余名俄罗斯各个历史时期的名人，是欧洲三大公墓之一。短时游访，得见果戈理、契柯夫、奥斯特洛夫斯基、马雅可夫斯基、卓娅、舒拉、屠格涅夫、赫鲁晓夫、叶里钦等人之墓。

古镇教堂外，老街寓所前。
一人留胜迹，万里访前贤。

惋叹太阳陨，钦倾丰采传。

广场瞻塑像，留影亦翩然。其九

　　先后瞻仰圣彼得堡普希金广场、皇村普希金就读学校及所祈祷之圣母显灵教堂、莫斯科老阿尔巴特大街普希金故居。普希金有"现代俄罗斯文学之父""俄罗斯诗歌的太阳"之誉。

皇家歌剧院，富丽并恢弘。

廊顶四马跃，厅环五厢重。

天鹅白黑舞，楼幔红金绒。

婉转湖边乐，萦萦一梦中。其十

　　亚历山大皇家剧院观看芭蕾舞剧《天鹅湖》。剧院位于圣彼得堡奥斯特洛夫斯基广场中心，是俄罗斯古老的剧院之一，与马林斯基剧院、米哈伊洛夫斯基剧院并称为"三大帝国剧院"。

世界杯开赛，激情处处歌。

旗翻彼得堡，舞动莫斯科。

夜客酒吧满，醉人晨巷多。

球迷黄白黑，齐道哈拉嗦。其十一

　　旅俄期间适值世界杯足球赛。"哈"字有平仄二声，此处作仄声（《集韵》呼合切，入声合韵）用。

一路森林密，四郊房屋稀。

夜分仍夕照，方寝即晨曦。

歌舞融情盛，教堂色调奇。

盎然观览兴，不枉旅驱疲。其十二

水调歌头·天河潭 /二〇一八年七月

　　谁谓天河远，片刻到河湾。暌违二十馀载，不是昔时颜。园外楼街列肆，坡上妍花作囿，湖面起喷泉。乐动水光舞，熠熠复翩翩。　　过丛石，穿翠樾，见澄澜。墩桥百步，旧识犹在卧龙潭。甫度涵云幽囷，又听跌涛喧畅，蹑步逐清湍。悬索飞人过，延望尽青峦。

行香子·花溪早行 /二〇一八年九月

　　暑热骤消，早晚添凉。且追迎、溪上朝阳。其光也媚，其影也长。看水初枯，山初瘦，树初黄。　　长林踟蹰，曲岸徜徉。经行处、几点凝霜。景添秋色，人换秋装。对鸟飞轻，花飞乱，叶飞狂。

云栖谷四律 /二〇一八年九月

我到云栖谷，伴云栖谷中。
侵晨岚共雾，入夜雨兼风。
近树千溜下，远山一罩笼。
赵公山下水，流汇正淙淙。其一

重楼掩葳蕤，连岭看迷蒙。
径树列杉桂，圃花杂翠红。
叶垂滴宵雨，鸟唱伴晨风。
浓雾一时散，青城入望中。其二

连日多阴雨，今朝晴好天。
云开明曙照，风过散晨岚。
幽寂苑中苑，清明山外山。
且抛尘俗事，适意便心闲。其三

一山两河地，幽谷景奇殊。
河是缥缃锦，山为水墨图。
凭窗听婉尔，临岸叹泱如。
濛雨忽焉至，霎时山影无。其四

访街子古镇 /二〇一八年九月

川西寻古镇，街子在崇州。
三绝希珍食，一江迤逦流。
遗风览清塔，故里记唐求。
遥想瓢中句：雨声孤馆秋。

> 街子古镇为晚唐诗人唐求故里。唐求有诗：树色野桥暝，雨声孤馆秋。求每写诗辄揉纸为团，掷于瓢中。镇中用以焚化字纸之塔建于清咸丰年间；叶儿粑、冻糕及豆腐帘子为地方名吃之三绝。味江流经镇中。

念奴娇·玉垒山有怀用东坡"凭空眺远"韵 /二〇一八年九月

锦江春色，并浮云玉垒，诗人吟迹。岷水激流分灌口，润得山青水碧。鱼嘴滩前，宝瓶口外，曾是鱼凫国。深掏低筑，二王功烈历历。　　念此松茂咽喉，川西锁钥，茶马千年客。关隘峥嵘崖径险，茬苒晴朝雨夕。驮马仰嘶，役夫浩叹，恨未生骞翼。临江怀古，吟风幽咽如笛。

阆中十九绝 / 二〇一八年九月

七百里驱快若风，川西一路向川东。
连朝阴雨转晴日，云锦满天到阆中。其一

路绕山崖向水涯，古城内外万千家。
阆中自古倡风水，巴国故都风水佳。其二

江水三弯环阆州，古城千载白云悠。
晨昏信步饶游兴，城下长街城上楼。其三

岭树四围一水宽，阆城三面对江湾。
桥堤向晚明灯火，白塔山高望市廛。其四

何叹无头墓葬身，桓侯浩气塞乾坤。
嘉陵蜿蜒蟠龙邈，千载长招英烈魂。其五

庙貌庄严英气高，赤肝墨面叹雄豪。
治功史载三分国，退敌威凭丈八矛。其六

治理巴西福泽长，千秋崇祀奠馨香。
嘉陵波涌流遗恨，谒墓万人斥达疆。其七

桓侯墓前有张达、范疆跪像。

状元府邸语声低，书画盈墙作客居。
猗竹绮窗深院静，唐时尹氏凤双栖。其八

唐代阆中尹枢尹极兄弟皆中状元。

历创太初落下闳,天罡推背共淳风。
观星楼志前贤事,历法天文耀阆中。其九

西汉阆中人落下闳首创太初历和浑天仪。唐时尝居阆中的袁天罡曾与李淳风共创推背图。

将军立马勒碑铭,吴带当风刻阆城。
画虎应称张善孖,形神栩栩感风生。其十

锦屏山碑林内三宝:嘉陵江门打捞之张飞立马勒铭碑,吴道子画观音像刻石,张善孖画上山虎下山虎刻石。

蜀道名州看阆中,嘉陵水碧塔山葱。
晨岚一似润肤露,扮靓山容与水容。其十一

南津小镇陟雄关,水上长桥楼外山。
浩浩清风吹雾散,一弯江水碧如蓝。其十二

昔年工部览山河,阆水阆山俱作歌。
石浪松崖纷入咏,江山增色何其多。其十三

杜甫曾在阆中居留,作有《阆山歌》《阆水歌》等诗。

过江漫陟锦屏山,林樾重重石径弯。
欲觅少陵务观迹,崇祠掩映翠篁间。其十四

放翁尝赏阆中花,两度旅居步水涯。
下马长亭留锦句,凭栏诵罢仰思遐。其十五

陆游诗:数枝闲澹阆中花,下马长亭便似家。

道台衙府敞弘开,贡院学宫去复来。
岁月沧桑城旧老,瓦檐木屋满长街。其十六

处处小瓶大罐缸，满城无店不琳琅。
百年古法阆中醋，一路行来郁郁香。其十七

李氏古城有厨房，菜肴可口名远扬。
蒸馍牛肉保宁醋，三绝一盘格外香。其十八

冷面却将热酱浇，阆城口味也蹊跷。
伤心凉粉宽心面，馓子油勺碗仔糕。其十九

川西杂吟二十一绝 / 二〇一八年九至十月

门外小溪屋后山，花墙瓦舍掩林盘。
芙蓉幽院叠青翠，万茎竹丛千尺楠。其一
　　　崇州叠翠园。

柳街镇上访诗乡，七里坝中稻熟黄。
闻道此间赛诗会，风流源起唱薅秧。其二
　　　都江堰七里诗乡。

栈道拱桥一水环，榭轩清敞草平宽。
琳琅书画茗烟袅，宴罢风轻歌舞欢。其三
　　　金桢楠山庄。

白沙虹口境清幽，半日轻车散漫游。
乱石堆中寻异趣，满滩爽气逐江流。其四
　　　白沙河滩中得石数块。

昔日燔窑今电窑，钧旋毂转制泥陶。
百年古法开新运，造化天工气也豪。其五
  访彭州桂花古窑。

蜀酱古窑六百春，日晞夜露致精醇。
望丛祠外郫都地，豆瓣辣椒川菜魂。其六
  访郫县豆瓣博物馆。古蜀王杜宇定都于郫，死后葬望丛祠。

蘸碟葱香酱辣麻，水中脂玉白无瑕。
川西坝子愿长住，但得天天食豆花。其七

青城道上梁鸡肉，街子镇中张豆花。
李煮血旁何鸭子，川西店号太奇葩。其八
  都江堰及周边店名皆如此，"王棉花""周花圈"之类尤有趣。

错峰之旅少游人，满路清风景物新。
三道堰边欣驻足，嫣红姹紫共缤纷。其九
  三道堰在柏条河上，都江堰往郫县方向所经。

柏条河岸柳欹斜，幽巷小楼农户家。
处处闲人行立坐，不知有否话桑麻。其十
  青杠树村。

香草湖边丛草深，柳堤花圃过游人。
行来正是窦章堰，蜀绣此称第一村。其十一

浓荫幽径竹篱疏，云锦满天蕴一湖。
半日行游不尽意，新村好景在郫都。其十二

一年一度到离堆，漫步伏龙观外陂。
玉垒青苍若屏扆，岷江东去势恢恢。其十三

老树一千七百年，苍皮突乳伫江边。
欲知三国鼎分史，应记西川别驾篇。其十四
　　张松银杏。

玉垒巍巍岷水宽，连朝风雨渐凉寒。
今晨喜得晴光照，灌县城中望雪山。其十五

抗战老兵留印痕，赤红一似捧丹心。
八年浴血万千手，力挽神州免陆沉。其十六
　　建川博物馆抗战老兵手印广场。

鏖兵八载遍玄黄，功烈直追日月光。
壮士群雕英武阵，戎装正气各堂堂。其十七
　　抗日壮士雕塑广场。

一馆宏开信史存，两墙遗像殒将军。
英风浩气留天地，歌泣仰思民族魂。其十八
　　抗日战场纪念馆。

三百万兵出四川，抗倭保土战关山。
旗开死字慨然去，不斩敌酋誓不还。其十九
　　川军抗战馆。川中父老送子出征有赠死字旗者。

旧檐老匾对重门，叠院高墙堂庑深。
庭树荫浓甬道暗，此来向晚少游人。其廿
　　大邑县安仁镇刘氏庄园。

米饭甑蒸留米汤,米汤煮菜软还香。
豆花小菜两三碗,饭馆便宜胜食堂。其廿一
    川西城镇饭馆多有经营"小菜饭"者。

邛崃杂吟九绝 / 二〇一八年十月

车转林蹊景忽开,寻幽一路向天台。
千年宋塔巍然立,碑刻竟遭无妄灾。其一
    大悲寺石塔历经数度地震依然完好。周边颇多明清石碑,皆被另刻标语口号于其上。

树干苔生披绿衣,竹林瓦舍傍楠溪。
桥楼挹爽跨幽涧,一盏清茶解旅疲。其二
    楠木溪桂蕊飘香山庄。

自笑平生山水痴,耽玩犹效少年时。
一夜溪声频入耳,侵晨记取梦中诗。其三

辗转来寻白鹤踪,一山青翠荟樟松。
赤砂石径通幽寺,书院追思魏了翁。其四
    白鹤山。

西来沫水渡轻舟,古石桥边旧码头。
平落镇观竹编巧,长街半日自悠游。其五
    平落古镇。

出江堰上过乡场,风物由来聚四方。
老店客多生意好,肥肠血旺辣麻香。其六
    过大邑新场镇。

千秋一曲凤求凰，古井犹存垆酒香。
绝代才情遗远韵，竹风花影满轩廊。其七

踟蹰琴台并井台，川西访古向邛崃。
当垆涤器传佳话，胜迹一园迤逦开。其八

旷古风流何处寻，临邛古井忆文君。
当垆何负才人美，馀韵千秋绿绮琴。其九

戊戌秋分都江堰即景 /二〇一八年十月

落木萧萧凉意侵，秋风秋雨届秋分。
绿枫万树初湮赤，银杏一城待染金。
水涌岷江散轻雾，云飞玉垒向高岑。
青城山下奏摇滚，乐煞马拉松跑人。

西双版纳纪行廿七绝 /二〇一八年十月

流沙河水汇沧江，半浊半清异色光。
桥跨猴山接远岭，浓荫竿短系纶长。其一
　　所住碧江苑位傍流沙河，沿河行一公里即澜沧江。

临河满眼绿蕉林，夹道凤凰杂紫荆。
远近高低千万树，行来空气最清新。其二

骤雨忽来似倾盆,片时雨过又昕昕。
一天几度转晴雨,行走从容本地人。其三

北看沧江南看山,朝朝对景自心宽。
沿江步道罕人迹,乘兴几回去复还。其四

南联山上树葱茏,大佛巍然奕奕容。
廊殿金辉烟袅袅,嵯峨石级向巅峰。其五
　　景洪市区内大佛寺。

百里思茅散漫游,茶园青翠衍坡陬。
雨林高速叹观止,绿满双眸难尽收。其六
　　景洪至普洱途中。

定波湖水映天蓝,登岭竟逢好景观。
回望亭中舒望眼,万山丛里一城宽。其七
　　定波湖在思茅茶马古道景区内。

基残石泐绝行尘,古道崎岖岁月痕。
马驮由兹通四海,艰辛想见运茶人。其八
　　茶马古道。

滇马遍行山海陬,爨锅草履伴春秋。
下洋通藏入京甸,普洱茶名动五洲。其九

骤铃绝响茶香消,古道苍凉岁月遥。
丛樾森森苔藓厚,斑鸠坡上望思茅。其十

九千战象史辉煌，坐断南疆勐泐王。
御苑廊桥连水榭，铁刀木上植兰香。其十一
  曼听御花园。

回廊重宇赤描金，贝叶树高接白云。
总佛寺中瞻佛像，偶逢年少出家人。其十二
  总佛寺在曼听御花园侧。

总佛寺中白石坟，傣王末代继承人。
史传勐泐人尊戴，民语专家刀世勋。其十三
  刀世勋，云南车里（今景洪）人。最后一代西双版纳傣王。一九四三年世袭车里宣慰使。毕业于云南大学历史系，曾任云南省政协副主席。

向晚驱车入告庄，临江灯火倍煌煌。
汤锅烧烤手抓饭，食客熙熙满店堂。其十四
  告庄在江北，乃著名休闲购物之所。

筒裙短袄细腰身，头插鲜花郁郁芬。
赶摆市中盈笑靥，热情招唤往来人。其十五
  云南人谓赶集为赶摆。

大金塔后境宽宏，夜市琳琅沐晚风。
攘攘南来北往客，游观食购各融融。其十六
  湄公河六国水上市场。

咖啡可可自成林，割汁橡胶叶庇荫。
果木希奇增识见，六花五果佛缘深。其十七
  西双版纳热带花卉园。

雨林自古有生民，大象为邻孔雀亲。
造纸制陶还织锦，铁针贝叶写经文。其十八
　　　参观西双版纳民族博物馆。

佛家小乘布滇南，勐泐王民代代缘。
赕佛因成泼水俗，自将福报馈人间。其十九

弯道上山又下山，车行勐混眼增宽。
四围青岭环平野，十万亩皆好稻田。其廿
　　　景洪至打洛途中。

轻车来去也匆匆，火焰木花一路红。
茶厂茶园遍林野，远峰幽邃近葱茏。其廿一
　　　勐海县号称普洱茶第一县。

木楼宽敞庑廊空，小院浓荫花放红。
老者竹编妇织锦，傣家日子自从容。其廿二

河边木舍傍田畴，勐景来村一日游。
傣女饷尝牛角粽，隔河缅甸望中收。其廿三
　　　勐景来寨称为中缅边境第一寨。

葫芦岛上绿林宽，植物果然称大观。
镇日游观不尽意，漫留美照忆滇南。其廿四
　　　中国科学院西双版纳热带植物园。

清风爽意碧连天，大树争高花竞妍。
烂漫当推美人树，稀珍难见是王莲。其廿五

葵竹棕榕各竞豪,望天巨树最奇高。
一根直木通天外,风动白云过半腰。其廿六

幽深清寂绝尘嚣,丛树鲜花掩石雕。
培植艰辛六十载,开基莫忘蔡希陶。其廿七

蔡希陶先生为著名植物学家,曾任中国科学院昆明分院副院长。一九五八年蔡在葫芦岛上筹建中国第一个热带植物园。

百里杜鹃三绝 / 二〇一九年四月

谷雨后日往观黔西百里杜鹃,值花期将尽,然山气清佳,游人稀少,从容赏玩,亦不负此行,爰赋三绝。

前宵狂肆雨兼风,漫谷盈陂尽落红。
几处欣欣犹待我,展苞吐蕊自从容。其一

百里杜鹃欲谢时,赪霞翠锦看参差。
清风助我游观兴,一树红云一树诗。其二

行来最喜少游人,雨后山中空气新。
红褪绿饶春已老,子归何处忆啼痕?其三

日本本州岛纪游十八律 /二〇一九年五月

五月八日薄暮关西机场上空得句

果然一大阪，环顾海天宽。
机翼苍茫里，城楼浩渺间。
飞蛉起降影，游蚁往来船。
黔境凌霄宇，东瀛返市寰。

  关西国际机场是全世界第一座百分之百填海造陆而成的人工岛机场，同时也是一座大型海上国际机场。

访二条城

京都一日访，御所二之丸。
樱谢庭院外，鹂鸣廊板间。
唐门旧江户，幕府故行辕。
障壁三千画，虎鹰松竹间。

  二条城是江户时代幕府将军在京都的行辕，建于公元一六〇三年。二之丸御殿为二条城主要建筑。殿内走廊行走时会发出莺鸣般响声，故有"鹂鸣地板"之称。殿内墙壁和隔门绘有三千多件彩画，精美绝伦，多为宽永时代德川家所资助狩野派画家之作。一八六七年德川幕府第十五代将军德川庆喜将大政奉还皇室，奉还仪式即在二之丸御殿内举行。

高台寺览胜

高台遗胜迹，风物一何清。
堂奉开山祖，廊连偎月瀛。
樱枫换时景，竹木结幽亭。
钟古未闻响，丛间莺啭声。

  日本名刹高台寺位于京都东山灵山之麓。肇建人为日本战国时代著名武将丰臣秀吉之妻北政所。一五九八年丰臣秀吉病逝，夫人北政所出家。一六〇六年建此寺为其夫祈祷冥福，并瞻养修佛。一六二四年迎请建仁寺高僧三江绍益开山住持，号称高台寺。北政所为人温良贤慧，广为古今世人爱慕推崇。其谢世后，高台寺屡遭火灾而修复，现存开山堂、灵屋、伞亭、时雨亭、观月台等国家重要文物。

京都灵山麓静室坐享茶道

室设锦文席，人当晴翠窗。
炎炉挹水沸，筅碗抹茶香。
游目随柔指，攸心游盛唐。
频频行跪礼，古意叹悠长。

　　　　茶室在高台寺侧。

游平等院

悠悠平等院，煜煜凤凰堂。
净土园庭景，明湖翠锦章。
藤萝盈架紫，菩萨驾云翔。
降陛入宏馆，堪惊国宝藏。

　　世界文化遗产平等院位于京都府郊区宇治市，近临宇治川，远对朝日山，是平安时代的寺院园林。园林始建者为贞观年间嵯峨天皇之子源融，其后阳成天皇、宇多天皇、朱雀天皇先后在此构建别庄。面对阿字池而建的凤凰堂为平等院中最具代表性的建筑，因其置奉阿弥陀如来与五十二尊云中供养菩萨（现藏凤翔馆博物馆内），故本名"阿弥陀堂"，后以此堂构型酷似凤凰振翅欲飞，又因中堂脊沿有金铜凤凰像两只，遂在江户时代更名为"凤凰堂"。

宇治抹茶古街品尝特色抹茶餐食

宇治小街古，院庭户户幽。
琳琅多食品，栉比老门头。

味美兼形美，店稠客亦稠。
此来得嘉旨，信步自悠游。

  宇治市位于日本京都府南部，是一个以世界遗产寺庙平等院及宇治抹茶闻名的都市。

白川乡合掌村观特色民居

细细芦苇秆，重重复木椽。
高低榫卯接，横纵枲绳缠。
博落绕渌水，错综对雪山。
乡居如世外，桥度一河宽。

  白川乡位于岐阜县西北部白山山麓，是一个山环水绕、田畴纵横的安静山村。此间有百余栋"合掌造"（茅草的人字形木屋顶）民宅，形成独特的村落奇观。一九九五年被指定为联合国教科文组织的世界文化遗产。

高山阵屋

直辖长官所，德川飞驒庐。
迂回郡役宅，宏敞客座敷。
年贡谷仓老，官刑狱具殊。
吏厅廿五代，历久竟端如。

  位于岐阜县高山市的高山阵屋建于江户时期，德川幕府以之作为管理飞驒地区的行政机构。明治维新之前共有二十五代官吏受江户政权委派驻此管理行政、财政、警察等政务。明治之后这里相继被用为"县厅"（县政厅）、"郡役所"（郡政厅）、"支厅"（政府分支机构），至一九六九年飞驒县事务处才从此处搬迁。日本国中代官所（地方政府）之建筑物保留至今者唯此一处。

宿白桦湖温泉酒店

蓼科山麓水，白桦树间湖。
坡陡行车险，林深匿境殊。

阴陂雪未化，寒沼草犹枯。
晚宿景无见，晨窗入画图。

  白桦湖位于长野县茅野市北部蓼科山西麓，属八岳中信高原国定公园。此地山高气寒，然和室内有空调取暖；泡温泉尤为惬意。

访山梨县佐渡屋红酒庄

教堂邻酒肆，美酒窖藏中。
佐渡百年史，甲州一桶容。
室间机械忆，壁上影图踪。
瓶启香轻散，氤氲满室穹。

  山梨县是日本最早的葡萄种植地，也是日本红酒的诞生发祥地。佐渡屋自江户时代的一九〇九年从法国引入葡萄酿造技术，百年传承，以山梨葡萄为原料制作的甲州红酒口感上乘，享誉国内外。

河口湖观富士山

来观富士景，山水映青空。
湖是绮衣女，山如白发翁。
树幽屏镜匣，云过拂妆容。
摄得神山影，天心鉴夙衷。

  富士山跨越静冈县与山梨县境，高约三千七百七十六米，是一座活火山，也是日本的最高峰。作为日本的象征，富士山在世界范围内广为人知。

游忍野八海

忍野村中水，世传八海名。
雪融来富士，泉涌作澄瀛。
樱谢堕溪粉，松蟠入眼青。

泠泠一掬饮，神爽过畦町。

忍野八海位于山梨县山中湖和河口湖之间的忍野村。富士山融化的雪水流入地层过滤后形成喷泉，其出水口成为八个风光秀丽的水池，平均水温约摄氏十三度，水质清冽甘甜，入选"日本名水百选"。村中可看到富士山风光。

富士山芝樱祭

树樱初谢罢，且喜绽芝樱。
红紫织缯锦，白黄纺斐绫。
龙神池作镜，富士山为屏。
妆就娉婷态，嫣然顾盼情。

芝樱为多年生常绿宿根草本花卉。原产北美东部，在我国称丛生福禄考。日人以其花如樱而其茎如草故称为芝樱。

谒伊豆修善寺

群峰环抱处，古寺映苍苔。
泉是佛锥击，经从唐密来。
真言宗派主，秘府论文开。
伫盼清奇境，幽思入我怀。

修善寺为九世纪初期弘法大师开建的名刹。大师法名空海，密号遍照金刚，谥号弘法大师。于日本延历二十三年（八〇四年）随日本第十七次遣唐使团到中国，经福州到长安。受唐密第七代祖师惠果阿阇黎灌顶付法，成为汉传密宗八祖。归国后创日本真言宗（东密），不但鼎盛当时，且影响至今。大师尝撰《文镜秘府论》，乃就其所带回唐人崔融、王昌龄、元兢、皎然等人诗律诗法之书排比编纂而成，所引之书今多失传，故是书独具特殊价值。寺前有佛锥温泉，传说因大师以佛锥敲打岩石时温泉水涌出而得名。

浅草寺

五洲客来此，熙攘拜观音。
大士嵯峨殿，雷神宏阔门。

五层塔重峻，万众道参频。
商肆溢欢忭，人神皆可亲。

  浅草寺位于东京台东区，是东京都内最古老的寺庙，同时也是具有"江户风格"的民众游乐之地。

松叶原遇神田祭

神田护江户，祭典进行中。
和服缤纷色，人群兴奋容。
舆扛争厝手，乐奏竟穿空。
男女襄盛会，明神世代崇。

  神田祭是祭祀神田明神的典礼。神田明神是江户地区（关东地区）的守护神。现今的神田祭一般在奇数年中离五月十五日最近的双休日举行。周六的游行队伍大约由三百人组成，穿过神田、日本桥、大手町、丸之内等东京都中心区。队伍当中既有屋檐上挂有凤凰等饰物的神轿，也有各种各样的花车，还有坐在马上的神官，场面十分盛大。周日则有从各镇赶来的大大小小近百台神轿行游并聚集到神田神社。

三宝松原

午时豪雨住，空气倍清新。
长栈两厢屋，古松十里林。
人随银浪嬉，履过黑沙痕。
传说羽衣事，悠悠广听闻。

  三保之松原位于静冈县静冈市清水区三保半岛，青松林总长度为七公里。于此可远眺伊豆半岛及富士山，绿色的松林，黑色的沙滩，白色的波浪，蓝色的大海，无论阴晴，皆是一幅绝美的风景画。

美秀美术馆

馆配自然景，自然入馆中。
洞行忽现屋，厅坐漫观松。

光影随时化，希珍异地丰。
桃源觅何处，来见大师踪。

  美秀美术馆是位于日本滋贺县甲贺市的私立美术馆。创办人为小山美秀子，馆藏包括南亚、中亚、西亚、日本、中国、埃及、希腊、古罗马等古文明的艺术品。由著名美籍华人建筑师贝聿铭联同日本纪萌馆设计建造，建筑本身及周边环境、布展形式都体现了设计者匠心独运的智慧。

游本寨二绝 / 二〇一九年六月

人寥风静院庭空，高堡低檐错落中。
石壁沧桑堪摄影，探门串巷自从容。其一

山重水绕隔尘嚣，石巷石房连石碉。
小坐院庭尝美味，红糖蘸子拌松糕。其二

游云山屯二绝 / 二〇一九年六月

垭口路通前后关，云屯欲访必登山。
戏台长演征戎事，沐雨栉风六百年。其一

夹径两山一堵封，关前关后树葱葱。
长街指看登山径，古寺嵯峨立碧空。其二
  入屯左手为云鹫峰，上有寺。

坝陵河大桥二绝 / 二〇一九年六月

谁引蜃霓跨昊空，青山绿水一桥红。
凌虚我亦玄真子，衣袂流云耳际风。其一

顾盼逡巡桁索间，飞车头顶度遥天。
一根长索下深壑，惊叫声呼震远峦。其二

  坝陵河大桥梁架行走，观世界最高之崩极。

阮郎归·安顺武庙 / 二〇一九年六月

  石坊过罢石墙门，清幽隔市尘。殿堂肃穆蔚灵芬，崇崇关圣人。 高甍陛，暗碑痕，沧桑六百春。柱楹整采少俦伦，峨峨耸入云。

  大殿石柱三十六根，高者达十四米，皆采整石料为之，世所稀见。

江阴纪游十二绝 / 二〇一九年六月

机飞无锡转江阴，重访蓦然十二春。
江尾海头重得睹，还思万里考源人。其一

  九日上午自京飞无锡转至江阴。二〇〇七年七月尝至江阴，迄今十二年矣。江阴为徐霞客故乡。霞客追踪长江之源，计程十万，计日四年，直抵云南三江地带之石鼓附近，认定金沙江乃为长江正源。所撰《江源考》驳正"岷山导江"之说。

季札遗踪何处寻，春申故境尚留痕。
黄山名并君山老，都市容颜日日新。其二

  江阴有"延陵古邑""春申旧封"之称。其地于春秋时属吴国延陵，为吴公子季札封地；季札尝避耕于江阴申港之舜过山下。战国时为楚春申君黄歇采邑；黄山君山皆由此得名。

右江左壁势萦迂，栈道行来高复低。
风疾忽惊涛拍岸，长桥危耸与天齐。其三

  鹅鼻嘴沿江行。江阴长江公路大桥全长三千零七十一米，是我国首座跨径超千米的特大型钢梁悬索桥。

万里长江此绰宽，锁航要塞壮区寰。
炮台甬隧烽烟渺，犹记渡江第一船。其四

  一九四九年四月渡江战役中，船工王小弟之木船运载五十名战士，在渡江东线最早到达江阴申港徐村渡口。

翠嫩芦芽白玉盘，一壶黄酒兴初酣。
河豚味美难言道，却是坡诗引老馋。其五

  苏轼《惠崇春江晚景》诗：蒌蒿满地芦芽短，正是河豚欲上时。

金汁玉囊琥珀光，氤氲弥散一笼香。
拈来尤怕吹弹破，齿颊终朝留味长。其六

  陶兴宝为餐饮名店，特制蟹黄小汤包有江苏十大名小吃之誉。

白话半农留妙文，胡琴华茂奏清音。
西横街上清幽院，昆仲三英出一门。其七

  江阴古城西门访刘氏三兄弟故居。长兄刘半农为著名作家、语言学家、新文化运动先驱，曾创作大量白话诗文。二弟刘天华、三弟刘北茂为现代音乐奠基人、著名演奏家、教育家。

语音实验开先河，文学改良发浩歌。
古调新声琴曲韵，刘门遗泽叹何多。其八

瓦釜扬鞭白话诗，审音绎法汉文辞。
百年故宅猗猗竹，还忆先生听雨时。其九

  半农先生著有《汉语字声实验录》《四声实验录》《中国文法通论》《中国文法讲

话》，新诗《扬鞭集》《瓦釜集》等。

奕世书香岁月遐，渊渟学问羡无涯。
徘徊思夏堂前院，叫我如何不想他。其十

  刘母姓夏，思夏堂为半农先生题额。《教我如何不想她》，刘半农作词，赵元任谱曲。

千载沧桑几劫隳，身倾顶圮尚巍巍。
长廊短榭人闲坐，塔影池波落日晖。其十一

  江阴兴国寺塔建于北宋太平兴国年间。

闹市竟藏一境殊，曲廊环沼绕扶疏。
方观石刻换鹅帖，又见云林山水图。其十二

  游江阴适园。廊壁所嵌王羲之换鹅帖与倪瓒山水图皆为清道光年石刻。

乌镇二日十绝 / 二〇一九年六月

东市河边木瓦廊，逢缘左右石桥双。
橹声欸乃吴声婉，枕水人家岁月长。其一

  十七日上海至桐乡转往乌镇，游东栅景区。东栅财神湾旁有双石桥，称左右逢源。

少小十年老五年，光阴荏苒院堂间。
晚晴小筑幽深宅，坎壈生涯瑰异篇。其二

  木心先生故居在东栅财神湾一八六号，昔时称孙家花园。先生自五岁至十六岁于此生活十一载。后离乡，再后去国。七十九岁返里居此，自题晚晴小筑，至八十四岁辞世，时共五年。

地灵人杰自超超，子夜星光耀九霄。
立志学堂瞻望久，此间走出大文豪。其三

  茅盾故居及纪念馆位于乌镇东栅观前街和新华路交界转角处，惜因整修未开放。

"枕水人家岁月长"（摄于乌镇）

木雕丝绣看琳琅，行过酒坊又染坊。
游客渐稀天向晚，门前闲坐几街坊。其四
  夜宿静幽居。东栅日暮即关闭栅门，至为清静。

纵横街汊巧勾连，水阁木楼青瓦檐。
桥拱参差树盈翠，满河桡桨漾云烟。其五
  十八日游西栅。河道街巷房舍及人群皆数倍于东栅。

墨彩诗书迥绝尘，狱中手稿摄心魂。
此间识得大师面，生命艺文一样真。其六
  木心美术馆在西栅，临元宝湖而建，用以纪念并展示画家、文学家、诗人木心先生之生平和文学美学遗产。

太子尚书携卷来，千秋文运自兹开。
石坊高耸园庭静，古镇文星累世才。其七

  昭明书院。清乾隆《乌青镇志》载，梁天监二年（五〇三年），昭明太子萧统随其师沈约来乌镇读书，建书馆一座。后书馆塌毁，遗迹残存。明万历年间乌镇同知全廷训于书馆旧址建石坊，里人沈士茂题写"六朝遗胜""梁昭明太子同沈尚书读书处"匾额。石坊因年代久远，风化残缺，一九八四年镇人集资修缮。

七级浮屠百级陔，云天高矗景宏开。
登楼凭眺晨风爽，浩漫运河入眼来。其八

  白莲寺塔在西栅望津桥畔，毗邻京杭大运河。原塔建于北宋崇宁年间，坍于清同治年间，存世七百六十余年。现塔为二〇〇五年依原样易地复建。

乡人长念故将军，保境安民心胆纯。
血食车溪庇黎庶，千年银杏矗青云。其九

  西栅内乌将军庙供奉唐宪宗元和年间将军乌赞，因平叛被乱箭射亡于车溪（今乌镇市河）畔。

街桥人众晚风轻，酒肆茶楼笑语盈。
灯火万家璀璨影，橹桡搅动满河星。其九

  晚膳凭窗观西栅夜景。

终朝西栅雨绵绵，街景迷蒙云树烟。
中夜恍知檐雨住，平明喜听鸟声喧。其十

  夜住水巷驿酒店。

东欧行半月五古十五首 / 二〇一九年九月

　　夤夜离成都,始作东欧旅。机飞逾十时,车驱数百里。下车即奔行,途尘未得洗。此身纵劳疲,观景则心喜。其一
　　成都飞捷克首都布拉格,入境即乘车转赴德国德累斯顿。

　　德累斯顿城,萨克森故都。兵燹复涅槃,墟址材建殊。王侯为队列,瓷砖百米图。易北河桥畔,晴光正皦如。其二
　　德累斯顿为德国东部仅次于首都柏林的第二大城市。二战后期遭到盟军大规模轰炸,内城被彻底摧毁。一九九〇年德国重新统一后,圣母教堂等一系列建筑根据历史图片并多采用毁弃旧材复建,旧城得以重生。现该市为德国魅力大城市之一,有"易北河上的佛罗伦萨"之称。

　　勃兰登堡门,过往人熙熙。国会楼纵火,独夫死留谜。墙隔两世界,晦明判东西。一朝决篱网,拥吻共晴曦。其三
　　勃兰登堡门是德国首都柏林的一座古典复兴式建筑,由普鲁士国王腓特烈·威廉二世下令于一七八八年至一七九一年间建造。德国国会大厦位于柏林市中心,曾是德意志第二帝国议会、魏玛共和国议会的会址。从一九九四年开始是德国联邦议院的会址,每五年在此选举德国联邦总统。一九三三年二月二十七日大厦失火,"国会纵火案"成为纳粹统治者迫害政界反对派人士的借口。一九四五年四月三十日,苏联红军把红旗插上国会大厦的屋顶,宣布了反法西斯战争的胜利。据载法西斯头子希特勒用手枪结束了自己罪恶一生,但关于希特勒之死一直有不同的说法。柏林墙始建于一九六一年八月十三日,全长一百五十五公里。其正式名称为"反法西斯防卫墙",是德意志民主共和国(简称"民主德国"或"东德")所建环绕西柏林边境的边防系统,目的是阻止民主德国(含首都东柏林)的人员逃往西柏林。一九九〇年六月,民主德国政府正式决定拆除柏林墙。九月二十八日,来自二十一个国家的一百八十位艺术家在柏林东火车站至奥伯鲍姆桥之间留存的柏林墙上创作了以反战和平为主题绘画,称为东边画廊。东边画廊长达一千三百一十六米,是世界上最大的露天画廊。

　　俨然童话境,弗罗茨瓦夫。楼宇缤纷彩,路石错互铺。楼窗花艳艳,细雨衣濡濡。满城小金人,趋寻趣味殊。其四
　　弗罗茨瓦夫位于波兰西南部奥得河畔,为波兰第四大城。该城二战前属德国,称

布雷斯劳。二战之后,根据《波茨坦协定》,德国将包括布雷斯劳在内的十一万平方公里领土割让给波兰,作为对波兰东部割让给苏联十八万平方公里领土的补偿。由此该城的原住德国人西迁,而来自波兰割让给苏联领土的波兰人成为此城的新居民。弗罗茨瓦夫建城历史悠久,拥有为数众多的各种风格的精美建筑。城中有三百余个铜制小矮人,这些造型各异的大胡子小老头遍布街边墙角,须仔细寻觅才能得见,为旅游者增添一种乐趣。

华沙大学校,学者功煌煌。战前预测绘,毁城得重光。遗宅访居里,寄心怀肖邦。裂土亡国史,街展意难忘。其五

华沙大学建于十三、十四世纪之交,改建于十七世纪,为哥特式建筑风格。二战前希特勒宣称要在短期内消灭波兰。华沙大学建筑系的师生把华沙古城的主要街区、重要建筑物都作了测绘记录,战争爆发后把这些图纸资料全部藏于山洞。战后华沙古城因此得以按照原样重建,并被联合国教科文组织作为特例列入《世界遗产名录》。著名的物理学家、化学家玛丽·居里一八六七年十一月七日诞生于华沙,其居所现作居里夫人纪念博物馆,展出她的照片、试验器皿、诺贝尔奖等遗物。波兰籍著名音乐家肖邦在出生几个月后便随着父母移居华沙。一八五〇年十月十七日,在肖邦去世一周年之际,他的心脏从法国移回波兰,安置在华沙圣十字教堂。

王室曾居处,瓦维尔城堡。加冕复厝灵,教堂精工巧。集市大广场,客纷无喧扰。马车的的来,驭鞭女娇好。其六

克拉科夫为波兰第二大城,一三二〇至一六〇九年曾为波兰首都,被认为是欧洲最美丽的城市之一。瓦维尔城堡是位于波兰克拉科夫的一座哥特式建筑,修建于卡齐米日三世时期,历史上曾长期是波兰王室的住所,城堡中的大教堂则是他们加冕及死葬之地。克拉科夫的中央广场是欧洲最大的中世纪广场,号称"全欧中央广场"。

百万冤魂聚,奥斯维辛城。毒气死亡厂,焚炉灭绝营。车轨尚留迹,恶梦如闻声。殷鉴不可忘,人间厌战争。其七

奥斯维辛—比克瑙德国纳粹集中营和灭绝营遗址位于波兰南方的小城奥斯威辛,距华沙三百余公里,在克拉科夫西南六十公里。一九四〇至一九四五年此处先后关押过数百万人,其中有一百多万人在此被杀害,其中绝大部分是犹太人。一九九七年联合国教科文组织将其列入世界文化遗产名录,以警示世界"要和平,不要战争"。

布达岩嵯峨，佩斯楼栉比。车过链子桥，渔人堡突起。教堂存雕像，茜茜容艳绮。船行多瑙河，桥树看迤逦。其八

匈牙利首都布达佩斯是欧洲著名古城，坐落在多瑙河中游两岸，由位于多瑙河左岸的布达和右岸的佩斯合并而成。渔人堡是一个新哥特式和新罗曼风格的观景台，位于布达一侧多瑙河河畔的城堡山。马加什教堂毗邻渔人堡，是一座新哥特式的美丽教堂，因历代匈牙利王的加冕仪式皆在此举行，故有"加冕教堂"之称。教堂中有茜茜公主（巴伐利亚的伊丽莎白女公爵，奥地利帝国皇帝弗兰茨·约瑟夫一世的妻子，身兼奥地利皇后和匈牙利王后）塑像。在布达佩斯有九座桥梁跨越多瑙河，其中最老的是链子桥，它同时也是布达佩斯的标志之一。

老城数百载，时光任消磨。沿街雕塑众，广场艺人多。丛楼毗亲岸，奥国近隔河。城堡宜远眺，长桥卧清波。其九

斯洛伐克共和国的首都布拉提斯拉伐的城堡是位于多瑙河岸边一座丘陵上的四方建筑。它最初是古罗马城堡，如今最古老的部分于公元十三世纪重建。现城堡内设有历史博物馆和音乐博物馆。城堡所在的地势较高，在建筑主体周边的丘陵上可以俯瞰多瑙河以及整座城市。

屹屹霍夫堡，煌煌美泉宫。哈布斯堡朝，奥匈势恢弘。大师乐不朽，剧院歌融融。旧城值霖雨，街景正迷蒙。其十

霍夫宫是位于奥地利首都维也纳的宫殿建筑，由十八个翼、十九个庭院和二千五百个房间构成；这里曾经是哈布斯堡王朝奥匈帝国皇帝的冬宫（夏宫是美泉宫），现今是奥地利总统官邸所在地。美泉宫坐落维也纳西南部，这座巴洛克艺术建筑曾是神圣罗马帝国、奥地利帝国、奥匈帝国和哈布斯堡王朝家族的皇宫。传说一六一二年神圣罗马帝国皇帝马蒂亚斯狩猎于此，饮用此处清爽甘洌的泉水，遂命名"美泉"。美泉宫及其花园被联合国教科文组织列入《世界文化遗产名录》。维也纳是世界音乐之都，世界四大歌剧院之一的维也纳国家歌剧院坐落在老城环行大道上，原是皇家宫廷剧院，素有"世界歌剧中心"之称。在奥匈帝国建立的一八六七年，著名音乐家小约翰·施特劳斯创作了圆舞曲《蓝色多瑙河》。

伏尔塔瓦河，小城环抱间。清境如世外，古堡跨山岩。柱雕纪疫难，鳟鱼作午餐。登临欣放眼，红房映碧天。其十一

克鲁姆洛夫小镇坐落于捷克南部的波希米亚地区，距首都布拉格约一百六十公里，只有一万四千居民。小镇被流经该处的伏尔塔瓦河三面环抱，大部分建筑建于十四至十七世

纪之间，多为哥特式和巴洛克式风格。小镇中心广场有黑死病纪念柱。河对岸则是著名的依山而建的古城堡。该城市于一九九二年被联合国教科文组织列为世界文化遗产。

　　黄草裹圆卷，绿草正茵茵。晚住百威镇，啤酒倍浓醇。广场楼四合，街廊少行人。旅舍窗如画，红房衬绿荫。其十二

　　捷克中南部的城市布杰约维采是一座啤酒之城，这里生产啤酒的历史悠久，所产"布多巴扎·布多巴尔"啤酒也称为百威啤酒（"百威"是德语中称此地名的音译）据说是世界最好的啤酒（因为"百威"是优质啤酒的同义词，所以美国啤酒制造商安海斯—布希公司一八七六年将自己的啤酒也命名为"百威"，从而引发一个世纪之久的商标权官司）。

　　千年古城堡，教堂塔楼崇。于今总统府，在昔帝皇宫。又访卡夫卡，故居人聚踪。冒雨上景台，老城入望中。其十三

　　布拉格城堡位于捷克首都布拉格伏尔塔瓦河西岸拜特申山上。城堡始建于西元7世纪，最初为波希米亚皇室居所，后为历代皇帝、国王的宫殿，如今是捷克总统为外国元首来访举行欢迎仪式和接受各国大使递交国书之地。城堡内有庭院、花园及街巷，始建于一三四四年的圣维特大教堂也在其中。城堡黄金小巷二十二号是西方现代主义文学的先驱和大师卡夫卡的故居。一九九二年，布拉格城堡被列入世界文化遗产名录。

　　二日布拉格，日晒复雨浇。观画列侬墙，留影查理桥。广场多杂耍，长街自逍遥。千人同仰面，钟声动九霄。其十四

　　列侬墙是位于布拉格修道院大广场的一面涂鸦墙，一九八〇年代起人们开始在这面墙上创作约翰·列侬风格的涂鸦并书写披头士乐队歌词的片段，此墙因此得名。查理大桥遵照捷克国王查理四世之命而建，是布拉格人在伏尔塔瓦河上修建的第一座桥梁，距今已有六百五十年历史。此桥是连接布拉格老城、小城和布拉格城堡的交通要道。桥两侧石栏杆上有三十座天主教圣徒和保护神的雕像，造型有女神、武士、人面兽身和兽面人身像等。布拉格老城广场的中世纪天文钟安装在老城市政厅的南面墙上。钟楼建于一四一〇年。天文钟是一座精美别致的自鸣钟，根据当年的地球中心说原理设计，上面的钟指标一天绕行一圈，下面的一年绕行一周，每当整点报时，十二尊耶稣门徒从钟旁两个小窗依次现身，随后有雄鸡鸣叫。大钟至今走时准确。

　　机翼展长天，白云飘脚底。往返万里程，回环半月旅。导游忙代购，暴走如飞履。归家腰背痛，浩叹吾老矣。其十五

草海行歌 / 二〇一九年十月

　　黔地风光何多彩，车行威宁看草海。草海草多草密浓，地上水中尽芄芄。地上草黄连青天，水中草绿漫碧渊。岸草斑斓如绮散，湖草迷离似梦幻。斑斓迷离看不够，放眼水天俱通透。高天朗朗清如洗，浅水滢滢不见底。藻漾荇摇浮轻云，苇黄荻白日熔金。高原此景真奇绝，画家谁能调此缤纷色。何来百里明湖水泱泱，尤奇一湖丛草莽苍苍。造化神工沧桑变，兼得湖泊与草甸。水清草茂净绝尘，延徕鸟类与鱼群。君不见，斑头雁与黑颈鹤，越冬栖此倍安乐。我来草海尚金秋，未见名鹤意怅惘。临风凭眺对溟漭，半日神怡绝俗想。惟愿世间葆此澄灵境，清风爽气扫浥浊嚣净。

己亥九日花溪平桥有句 / 二〇一九年十月

一年容易过，今日又重阳。
银杏褪深绿，碧梧呈浅黄。
鹭飞入茅屿，叶落漾溪光。
夕照融融里，扶筇身影长。

庚子孟夏云栖谷行吟六律 / 二〇二〇年五月

玉垒关前水，青城山下溪。
小楼宜客寓，幽谷伴云栖。
穿宛双流激，遮云千树迷。
暌违逾半载，今复到川西。其一

两河交汇处，水上景观台。
苇荻迎风舞，蔷薇缘岸开。
草幽稀履迹，风畅动吟怀。
雨歇岚烟散，青城入望来。其二

远眺熊猫谷，近依螃蟹河。
重楼间花圃，曲径度杉萝。
雨夕涡光耀，霁朝云气多。
行观难尽意，得句且磋磨。其三

昨日几番雨，今朝一片霞。
景光转明媚，山气愈清佳。
雀鸟鸣丛树，苇苔动水涯。
林间漫行步，户户院前花。其四

日暖岷江外，风轻孟夏时。
山头云缱绻，河岸树荣滋。
蒲柳未衰叶，桃梨初挂枝。
间关闻雀语，其意究谁知。其五

小住云栖谷，怡然半月间。
青城似屏扆，岷水为镶缘。
朝赏峦烟幻，午闻雀唱眠。
还将闲适意，挥洒向吟边。其六

访崇州道明镇竹里村 /二〇二〇年五月

昔诵竹里馆,今访竹里村。山竹猗猗翠,里径寂寂深。节竿峭拔立,风叶萧飒吟。手编琳琅艺,村居幽僻门。劬劳编竹翁,闲散观景人。复有房桄异,卓然见匠心。

偷声木兰花·晨起平桥漫步 /二〇二〇年六月

半年不见花溪水,晓步还忻溪景美。曲岸梧桐,竹浦柳荫绿意浓。　平桥上下景观换,白水青丛流散乱。堪涤尘怀,一幅缥缃任剪裁。

过平桥溯溪行有赋 /二〇二〇年六月

连朝尽阴雨,今日现晴熙。
风动云堆散,波摇树影迷。
林敷青翡翠,水嵌碧琉璃。
悦目养心处,从容步曲蹊。

滴水滩瀑布 /二〇二〇年七月

青嶂竟遗白浴裙,荒崖高挂万千春。
坝陵桥下长流水,何处乘槎一问津。

梦游格凸河窑而作歌 / 二〇二〇年七月

　　格凸河景久听闻，所憾迄今未亲临。昨日友人来短信，夜来一梦到紫云。紫云天低云霞紫，万岭千峰聚于此。自古人从鸟道攀，五丁不来万夫死。高山垒垒夹清流，异洞奇崖自僻幽。美幻疑非人世境，孰将仙界弃荒陬？伏流地底藏深窟，潜行迤逦争涌出。腾挪郁滞湍复缓，过罢平陂切深谷。阔流急缩浪急翻，崖壁阻厄一洞穿。狂波咆哮声声怒，战角雄兵叩险关。水军争拥入洞罅，移时喧哗变喑哑。束脚敛声静静流，竟若络缰羁奔马。四顾摄息大诧惊，神魂摇荡自吞声。满目陆离还惝恍，始知误闯九重城。削壁高悬石钟鼓，千形百态难尽数。缥缈似闻鼓乐音，婀娜恍见宫掖舞。中庭忽见顶窗开，万丈豪光入洞来。鳞波晖影莹莹闪，蛟宫宝镜水晶台。岩浆垂落纷纷雨，银绦金线重重缕。迎光幻影作霓虹，七色斑斓焕绫绮。忽焉头顶闻喧鸣，洞转天旋舞精灵。万千岩燕凌空起，宛若闪电裹流萤。环观崖壁愈惊诧，人效蜘蛛壁间挂。神乎其技骇山灵，如履平阡走云罅。张望不及目晕眩，跌落再度入重渊。蘑菇潭里再出头，訇然雷鸣冒鼓天。清波微澜盈盈步，翠竹香樟荫处处。枯藤倒挂百丈崖，绿萝缠攀千年树。路转忽闻古歌声，飘飘星槎来相迎。芦哨引落云间雀，竹篙点乱河里星。大河岸边苗家寨，宛似明珠缀玉带。拦门美酒迎嘉宾，苗女飞歌同天籁。酒酣长吟赋黔乡，造化有私此屏藏。山水陶情人醉梦，梦醒馀韵尚悠长。

白露次日入花溪公园二首 / 二〇二〇年九月

此日公园散漫游,前游已是去年秋。
花墙掩映东西舍,螺屿参差大小洲。
脚下跌流瀑喧沸,耳边深樾鸟啁啾。
谁言熟睹无风景,兹境回回豁眼眸。 其一

溪畔偕行感僻幽,未经烦暑竟临秋。
塘边叶萎花仍艳,山外雨来风渐遒。
石磴跨河宜独步,鸳禽戏水乐相畴。
荇藻飘摇云影动,隔岸丛苇已白头。 其二

"垌外一山林樾深"(戴明贤、袁本良同游,摄于安顺将军山)

西江月·安顺文庙 / 二〇二〇年九月

龙柱透雕绝世，石坊浮镂精工。泮池水碧槛棂空，万仞宫墙高耸。　时是先师圣诞，行随远客来踪。大成殿内礼瞻恭，丹桂庭香风送。

修文桃源河乘小火车观景有吟二绝句 / 二〇二〇年十月

鱼梁河谷众峰高，流水蜿蜒时卷涛。
夹岸陡坡金橘树，连排种向半山腰。其一

山宸青葱四面高，人来幽谷绝喧嚣。
气清便觉精神爽，逸兴逐波过渚皋。其二

桃源河小住二律 / 二〇二〇年十月

桃源觅何处，竟在此山中。
山障四围黛，水萦一曲泷。
林泉隐幽绝，岩壑尽青葱。
日夕汤池浴，身心俱放松。其一

终宵幽谷静，雀鸟报平明。
绕树百千啭，向天三两声。
林岚随处蔚，山气郁然清。
早起人踪罕，河边自在行。其二

庚子重阳登高 / 二〇二〇年十月

难得金秋晴朗天,蜿蜒石径上麟山。
老藤蔓挽苍崖壁,杰阁檐飞碧树颠。
勉力自忧无胜具,舒心应念有因缘。
花溪岁岁度重九,白发萧疏又一年。

采桑子·花溪 / 二〇二〇年十一月

　　天孙妙手裁云锦,织此花溪。恋此花溪,吟士屐痕遍岸畦。　　流丹溢翠山溪美,景也迷离。情也迷离,瀑雨林岚漫品题。

后记 ｜ 山水如梦幻，我在白云边

本书是我所写行旅诗的选集。书中作品起自1965年，止于2020年，时间跨度是半个多世纪。

我的出生地是贵州安顺。这是一个处于"黔之腹，滇之喉"的边隅小城。在这个曾经满眼是石街石院石井台、石坊石墙石门洞的"莹白的石头城"（作家戴明贤先生语）里度过了儿童和少年时代。1965年，我考上北京师范大学，第一次离开家乡。其时滇黔线只修通了贵阳到安顺一段，到北京的直达火车，起点站就是安顺。湘黔线尚未开始建设，列车是从贵阳往东南开进广西，再折转进入湖南。在车上的头三天，看倦了平素熟悉的山叠山、水连水的南方景观。第四天黎明时分，突然发现窗外平畴万里，一望无际。这是我第一次看到北方广袤而辽远的平原。对于自小"开门见山"，只知"地无三里平"的贵州人来说，眼前的平原无疑带来了极大的新奇和愉悦。于是心中漾出一首小诗："负笈去乡关，铁龙出万山。长空明曙色，心逐莽原宽。"（《赴京途中》）这是我平生所写的第一首行旅诗。

1966年，"文化大革命"开始。我因为家庭出身不好，不能参加造反派组织，也没有贴大字报和参加大辩论的权利（辩论时要先报出身）。"所幸"有一技之长，对"革命"还多少有点用处。我从进校就参加了校学生会组织的美工队书法组，"文化大革命"开始以后，其中出身好的去当了造反派红卫兵，剩下几个家庭"底牌"不好的,则被命令参与制作校内和街头的语录墙。记得写过的语录墙中最大的一块在北太平庄路口,大概有两三层楼高。先由建筑工人砌墙抹灰,上好红色的底漆。我们爬上架子,用皮尺和粉笔画出格子,再逐个勾画出仿宋体美术字的轮廓,然后用白漆填实。每天顶着烈日从早干到晚,非常辛苦,但是却不敢叫累(其实当时也找不到人说)。到了十月份,学校内住满了外地来京接受检阅的革命师生,本校的红卫兵们则已经纷纷到全国各地串联,写语录墙的事不再有人过问。我们几个人就自发组织了一个"毛泽东思想美工宣传队"外出串联。因为出身不好,不敢像别的北京学生那样走到哪里都煽风点火、鼓动造反。我们商定只做两件事,一是刻印当时传抄的未发表毛主席诗词(后来知道其中大部分不是真的)在路上散发,二是根据所到地方的需要去帮助写语录牌。我们一行五人坐火车到重庆,在地处北碚的西南政法学院住了几天,写了一块语录牌。随后转道去桂林,住进曾经是靖江王府的广西师院。找人联系写语录牌的事,无人理睬;"毛主席诗词"也已经发完。我们无事可做,"不得已"只好游山玩水。这一趟行经之处,重庆、桂林、湛江、广州,我都写了诗。抄在随身小本中的,本书所选之外尚有几首。如参观红岩革命博物馆,看到郭沫若的诗:"往日曾来此,精神受启蒙。秧歌花一朵,腰鼓乐三冬。领袖诗词好,工农气象雄。艰难成大业,敢放劲头松?"于是用其韵写作一首:"风雨飘摇处,山城浊雾蒙。真情融赤县,热血御寒冬。咏雪词锋健,渡江气势雄。郭公犹努力,我辈敢轻松?"参观歌乐山杨虎城将军殉难处,写了凭吊诗一首:"将军殉难处,苍岭白云间。英烈芳千古,群魔臭万年。长江逐旧秽,歌乐换新天。愿效先驱志,前行不息肩。"又如在桂林,除几首绝句外还填了一首《浪淘沙》词:"绿水绕青峰,造化神功。翻山越岭兴方浓。罗带玉簪来眼底,满目青葱。日暮月悬空,未减游踪。喜吟郭老满江红。我亦凌虚歌一曲,付与秋风。"当时的游山玩水是假"革命大串联"之名,所以诗作中自然也就打上了一些"革命"的印记。

因为挤不上火车，我们在广州滞留了半个多月。11月底回到学校，听说不少同学回京后又外出开始二次串联。不过这一次按上面的要求换了花样，乘车改成了步行。12月9日，我随另外一批同学（大多是本班的）组织的"12·9长征队"出发，打绑腿，背背包，一路唱语录歌，晓行夜宿，向南行进。经固安、霸州、河间、献县、冀州等地，半月后走到距北京一千里路的大名县地界。原定的计划是要先走到井冈山，再沿红军路线长行陕北。但到大名县境暂住金滩镇时，有附近农村的"造反派"闻讯前来，申说在当地受打击迫害的情况，请求帮助。担任长征队领导的同学决定暂停行进，入驻该村，介入运动，帮助造反派夺权。在这里闹腾了二十来天，正要继续征程，突然有中央指示下来，要求所有人停止串联，限时回所在学校参加运动。于是我们便赶到邯郸，乘火车返回北京。这一次的串联不仅艰苦，而且不像头一次出行那样自在（那次的同行者既不同系同班，又都不是什么好出身），所以没有留下什么诗作。只是回京以后曾经填过一首《苏幕遮》词，回忆彼时情景："路绵长，风猛厉。大雪纷飞，漫漫无涯际。驻足金东方雪霁。千里征程，一路风光异。脚踝伤，心志毅。带疾冒寒，西宋访君去。相伴相帮结友谊。卧病农家，君慰应长记。"词中所说伤足是文侠的事，我与她正是在这次千里行走中得以相互了解，一年后成为恋人，五年后结为夫妻。卧病农家则写的是我的经历。此次步行串联，路上顶风冒雪，颇多辛苦。白天纵有咸菜热粥，夜晚却多睡薄被冷炕（被子是自带，炕自然是老乡家的。那时候都穷，老乡没那么多柴火，所以只烧一个炕，全家人睡在一起，接待我们的只能是冷屋冷炕）。我在金滩镇一住下来就患了重感冒，发高烧几日不退。不仅如此，还留下了严重关节炎的毛病，后来在北京积水潭医院扎了将近一年的针才略有好转。

其后几年，在纷纷扰扰的政治风云变幻中，我一直置身于运动之外，做了不折不扣的"逍遥派"。文侠和我志趣相同，也不愿参加任何派性活动。除了早请示晚汇报批斗会宣讲会等等所有人不得不参加的集体活动之外，我们一有空就找个不易被认识的同学发现的地方（常常是到隔壁的邮电学院），偷偷地读书抄书，或者做些虽百无聊赖却又颇有趣味的事（比如我们曾经爬到六层楼的楼顶用垂吊法解剖线绳，用来织线衣线裤，还曾经自己装过半导体收音机）。那几年再无机会外出，所以也就没有多少行旅诗的写作。集中仅有两首在京游历的诗作（《一剪梅·西山碧云寺》《颐和园偕文侠同游》），均是写赠文侠的。

1972年4月，我和文侠结束了在北京将近七年的动荡岁月，被分配到贵州省安顺师范学校。学校位于娄家坡水库边上的西瓦窑，条件很差，生活非常艰苦。试举拙诗二首，其境况可见一斑："破瓦残墙处处风，泥沙堵缝纸糊棚。窗前草盛连沟坎，门外蛙鸣动夜空。""淘菜洗衣向井涯，免冠徒跣踩煤粑。晚风过处炊烟起，两碗一锅幸有家。"（见《守拙斋诗稿》）我们在这里教书（其实开始的几年虽有学生却无书可教）、劳动，生儿育女。迫于生活和政治的压力，这一时期一首行旅诗也没有留下。直到1980年，我在蛰居八年之后得以走出安顺，到南京大学进修，此后外出机会渐多，才逐渐又有行旅诗的写作。

1992年夏，我们一家（我，内子文侠，女儿泉子，儿子小田，加上当时的准女婿哲勤）到湘西新开发的风景区张家界去旅行。此前的行旅诗都是在因事外出就便观览的情况下写的，这一次却是自家正儿八经的自费旅游。只是时间不长，花费也不多，算是小试牛刀。1994年7月15日至8月26日，我和文侠带着田儿三人游历华东和东北。文侠所写游记《与台风赛跑》中附有行程表："安顺—贵阳—上海—屯溪—黄山—南京—无锡—苏州—杭州—宁波—普陀—宁波—溪口—上海—长春—北京—贵阳—安顺"，并有说明："此次良、侠、田三人行，历时四十三日，跨越黔、湘、赣、苏、浙、沪、徽、粤、津、辽、吉、京、冀、豫、鄂十五省（含直辖市），行程一万余公里，花费一万多元。"在二十几年前，花一万多元出去游玩，应该算得上是一次"豪举"。我和内子都是教师，当时两人每月的工资收入加在一起还不到四百块，这一万多元是我们辛辛苦苦"一口一口讲出来""一分一分攒出来"的。这以后的多次出游，如2002年的河南及山东行，2003年的海南、云南、东北、山东行，2004的西北（陕西、甘肃、宁夏、青海、新疆）行，2007年的川西北行，2010年的西藏行，2011年的内蒙行，2012年的山西行，等等，都是家人出游。这些出行，虽然付出了辛劳，还花费了平时清贫生活中的大多积蓄，但却收获了人生中"与美丽同行"（文侠游记中标题）的别样经历和体验。几乎每次出行之后，我们都有文字记录这些经历和体验。在我，惯用的是纪游诗；在内子，则是留下了三十多万字的《文侠游记》。我们所以珍视这些文字，并不仅仅因为它记录了所见所经的景观，更重要的是它存储了我们对于自然和生命的个性感悟，蕴涵了人生旅途中相伴相携的可贵亲情。

　　我为人拙笨，不识世故机巧。不管在任何学校，只有站上讲台才感觉身适心安，其他的一切事务（如开会、学习等）都觉得是精神上的负担。种种社会活动，也于我不宜。这大概是"文化大革命"中当"逍遥派"留下的毛病。而一旦走出校门或所在城市，到了无人相识的环境之中，跟自然山水为邻，与前代先贤共语，便感到身心俱宽，自由自在。所以在前人诗中，我特别喜欢陶渊明的"山气日夕佳，飞鸟相与还。此中有真意，欲辩已忘言"，李白的"众鸟高飞尽，孤云独去闲。相看两不厌，只有敬亭山"。我曾写过一首诗，自述平生癖好："平生恋山水，恨不为烟霞。朝出瀛海路，夕归岩岫家。飘摇向岳岱，嵾嶬驻珞珈。流漾何缱绻，影随云梦槎；蒸腾还氤氲，情寄苍梧崖。移时为苍狗，斯须变白纱。无意托鸿鹄，有心寄兼葭。晶晶为晨露，无声润珠芽；泠泠为玉泉，溢沸瀹新茶。盈盈为渠清，保墒育桑麻；汤汤为潮狂，涤秽无涘涯。

春作一犁雨，催耕上篱笆；夏作三素云，绮影投莲注；秋作青女霜，九阿托禽华；冬作梁苑雪，六出逐风斜。寄形无大小，寓兴任迩遐：万顷可包日，怀中天地赊；一滴堪溶墨，笔底绽诗葩。榆枋也自适，扶摇不自夸。自由即自在，兴堕任随他。"（《平生》）我在各地游历中大多有诗作留存，正是心境适而逸兴生的结果。可以说，我之所以喜爱吟诗，很大程度上是因为喜爱游览各地风光的缘故。"观景似观太白诗，从来如醉复如痴。等闲题得清空句，正是意酣情热时。"（《观景》，1999年9月作）正是神州大地蕴焕奇情壮采的自然和人文景观，催生了我的这些诗作。本诗集以"我在白云边"（《游阳朔》中句）为题，寓意正在于此。

  我多年的游历及与此相关的写作，得益于内子文侠的共同爱好。文侠生性安娴澄澹，亦不喜社交，却乐于徜徉自然山水。每有朋友言，如何想外出旅游，无奈夫人不爱不许，我闻此而不禁窃喜自身之幸。选编此书，随感而有《南乡子》一阕："伉俪性相投，八极九荒纳寸眸。海隅山陬千万里，悠游。已惯天涯莫浪愁。一岁几车舟，买路何尝惜脯脩。烦累苦辛却自在，何求？明日重登鹳雀楼。"（"已惯"用纳兰性德句）我虽性耽悠游，但向来体质羸弱而不"经事"（安顺话谓结实也）。每于旅途之中，由兴高采烈而忘乎所以，终致乐极生悲，常常中道而废。2002年山东之行，本拟自曲阜到泰安，却因在游三孔（孔庙孔府孔林）时活动过度而中暑病倒，登泰山的计划只得作罢。此类情况时常发生，总是给文侠增添途中生活和精神的负担。2013年9月随友人游镇宁，回程当晚高烧，致令文侠担惊受累。返家后有诗一首，述自省自疚之情："吾性爱丘山，玩山最欢喜。结伴高荡村，游观景旖旎。登坨复陟冈，摄影乐无比。玩乐不思归，晚归霞如绮。入暮尚贪凉，长街行逦迤。吃罢过街调（本地俚语谓在街市上随兴小吃为过街调），分袂返客邸。欲浴始更衣，浑身寒颤起。战股且磕牙，筛糠还簸米。病急惊老妻，惶惶复葸葸。买药奔出门，匆匆几倒屣。刮背又奉汤,一夜数坐起。大汗发终宵,周身如水洗。破晓渐轻松,高热方消弭。致爽朋友约,竟日神委靡。于妻劳心身,于友失仪礼。自省大半生,此况良有以。空存疏狂心,恨无强健体。得意每忘形,纵情则失理。一至兴高时,结局定如彼。老伴性温存,从不相叱诋。论因怪天时,未尝思责己。天时有阴晴,人运有通否。要须顺自然,何事硬牵挤?我为近愚氓,愦愦于胡底!亲情如温羹,友情如甘醴。情长毋多言,心感难状拟。抱兹二情深,吾生自足矣。"(《癸巳中秋次日纪事》)在本书的选编过程中,检点并回忆游程中的这些情况,我的心中对内子充满由衷的感激之情。

  我写作行旅诗,有一些是在游历当时便草成并记下,也有的是当时心有所感,吟成一二句,回旅舍或返家后足成。所以诗集中的写作时间通常只记年月而不记日期。多年来所到之处,大多留下了诗作,但也有一些地方虽然去过却没有留下作品。这里的原因,大抵是当时感悟不深,过后又因他事牵扰而未能及时吟味,事过境迁,兴尽而罢。

  本集所收作品一千余首,悉为旧体诗词。诗诸体俱备,而以七绝为最多。这是因为七绝这种形式颇适宜于旅次倥偬间的创作(当然这只是个人的习惯和感受)。不过七绝容量较小,所以我又有创作旅程组诗的习惯,如《西北纪游六十四绝》《西藏纪行三十绝》《内蒙古东四盟纪游四十绝》等。这些诗移步换景,次第而为,既能分别表现不同地点不同景物的特点,又能集中起来体现一次游程的概况(律诗也有组诗的情况,如环游西湖十八律等,但不多)。

  关于这些诗词的用韵和平仄,需要作一个说明。我在《守拙斋诗稿》后记中曾说:"诗文随世运,诗韵的标准也无疑是要随着语音的时代变迁而不断变化的。依愚见,在目前尚无众所认同的一个科学合理的诗词韵部标准的情况下,作旧体诗时平仄应该从严(讲究平仄是律体与非律体最重要的区别。时下有人提倡按现代普通话四声来区分平仄,但诗词中字的平仄地位仍然是依从传统的），用韵无妨从宽。"现当代人写作旧体诗词，依平水韵、依词韵宽押、依现代新诗韵的情况都有。我几十年来所写的诗词，多种情况都做过尝试，所以本集中诗作的用韵不都是一个标准。又集子中所收作品中偶有平仄不合之处（指近体诗和词而言），这里的原因往往是语涉专名，如"乘船来览朝天门"（《重庆旅次四绝》其一）句，"朝"字处当仄而平，虽于律不合（成了古风常用的"三平调"），但以意而为此。这种情况，前人诗例有之，或难完全避免。以上对于用韵和平仄的说明，是想要回答读到我的诗作的人可能在声韵方面产生的疑问。

我毕生喜好诗词。自少年时诵习仿作，至老来沉吟寝馈，乐而不疲。所作皆为自吟自遣，原不求悦人传世。尝自印《守拙斋诗稿》《守拙斋诗稿二集》，只用以馈赠亲友作为纪念。现在选编这本行旅诗集，主要是为平生经历留一念想。若有同好不弃而随兴检览，则山水景致、行旅情怀得与人分享，亦未尝不是一桩乐事。

北京钱理群、贵阳戴明贤二兄是我的莫逆之友，情胜友于。几年前我刊印《守拙斋诗稿》，即获二兄惠贶长文弁于编首；此书稿编成，又蒙二兄再度拨冗赐序，私心无任感荷。我读明贤序中附赠之诗，随感奉答一首，现也附录于此，以飨同好：

羡兄才识广，为文总渊渊。偶或呵吟石，坐为云峤篇。逍遥游八极，何尝用两骖？行笔烟霞蔚，展纸水天蓝。我生性愚拙，庄樗弃溪滩。群籍长懒散，权贵绝交关。驰神向四海，束囊出八番。白云长随我，青鹿衔句还。纵知伦品猥，高吟对溪山。不意获眷睐，与兄大有缘。润色复评骘，劝誉无吝悭。几度蒙写馈，解我枵肠馋。既得知音赏，中心自沾沾。何期三不朽？止慰七不堪。

袁本良

2014年10月25日稿，2020年10月25日略改

付梓附言：

　　本书稿于2014年10月编成，以故未能及时刊印。如今时过六载，幸有机会付梓。原编稿本收作品七百余首；现将其后数年所作加以选汰，择编入集。全书共收旧体诗词一千零九十二首，计五绝三首，七绝六百三十二首，五律一百九十五首，七律八十八首，五言排律十三首，五古三十三首，七古（含七言为主的杂言古风）十三首，词一百一十五首。

　　本书承贵州人民出版社出版，责编黄冰女士悉心编辑，付出很多时间和精力，在此谨致以由衷的谢忱。诸多好友多年来一直关心拙著诗词的出版，借此机会也向这些朋友致意。

　　本书书名题签和封面画幅皆出戴明贤先生手笔，拙著因之大为增色。戴公垂爱至情，言谢不足摅意，是唯嘅然于心，铭感不尽。

2020年11月25日于花溪守拙斋